「うれしすぎて顔が……
うぅ、にやけてしまいます」
ミヤロ

ユーリ

俺は、竜めがけて
勢い良く突っ込んでいった。

「温かい。
最初からこうしていればよかったかもな」
キャロル

亡びの国の征服者 4

魔王は世界を征服するようです

著
不手折家

イラスト
toi8

Conqueror of the dying kingdom.

Characters
登場人物

ユーリ・ホウ

シャルタ王国の将家、ホウ家の嫡男。騎士院で学ぶかたわら、ホウ社を起業した。国の滅亡を予見し、新大陸発見を目指している。現代日本で生きていた前世の記憶を持つ。

キャロル・フル・シャルトル

次期女王となるべく育てられたシャルタ王国の王女。騎士院と教養院の両方に在学している。プライドが高く、世間知らずな一面も。王族の証である美しい金髪と碧眼を持つ。

ミャロ・ギュダンヴィエル

魔女家の長女でありながら、騎士院に在学する少女。参謀タイプで、ユーリに付き従う。

シャム・ホウ

ユーリの従妹で教養院に在学する少女。人付き合いは苦手だが、天才的な頭脳を持つ。

リリー・アミアン

教養院の寮でシャムと同室の先輩。機械関係に強く、ユーリの依頼で様々な品を作る。

ルーク・ホウ

ユーリの父。牧場を営んでいたが、兄の跡を継ぎホウ家頭領となる。

スズヤ・ホウ

ユーリの母。農家の生まれで、温和な性格ながら芯の強さを持つ。

イーサ・ウィチタ

異端故に国から逃れてきたクラ人の女性。クラ語の教師をしている。

ドッラ・ゴドウィン

騎士院に在学する少年でユーリと同期。身体が大きく、武術に長ける。キャロルを慕っている。

カフ・オーネット

ホウ社の社長。かつて腐っていたところをユーリに拾われた。

シモネイ・フル・シャルトル

シャルタ王国の女王で、キャロルとその妹カーリャの母親。のんびりした性格。

The story so far
これまでのあらすじ

二つの人類 ―― シャン人とクラ人が生存競争を繰り広げる世界。
シャン人を「魔族」と呼ぶクラ人国家の侵略により、
シャン人国家は白狼半島の二国家を残すのみとなった。

その一つであるシヤルタ王国の将家に生まれた少年ユーリ。祖国がもう長くないことを悟った彼は、将家の嫡男として騎士院で学ぶかたわらホウ社を起業。
現代日本で生きた前世の記憶を元に天測航法を確立し、
交易を行いながら新大陸の発見を目指していた。

そんな中、もう一方のシャン人国家であるキルヒナ王国に、
クラ人の遠征軍 ――“十字軍”が侵攻を開始したという報せが入る。
ユーリは女王の要請を受け、王女であるキャロルをはじめとした学生からなる
観戦隊を率いて、前線を視察しに向かうことになるが……？

CONTENTS

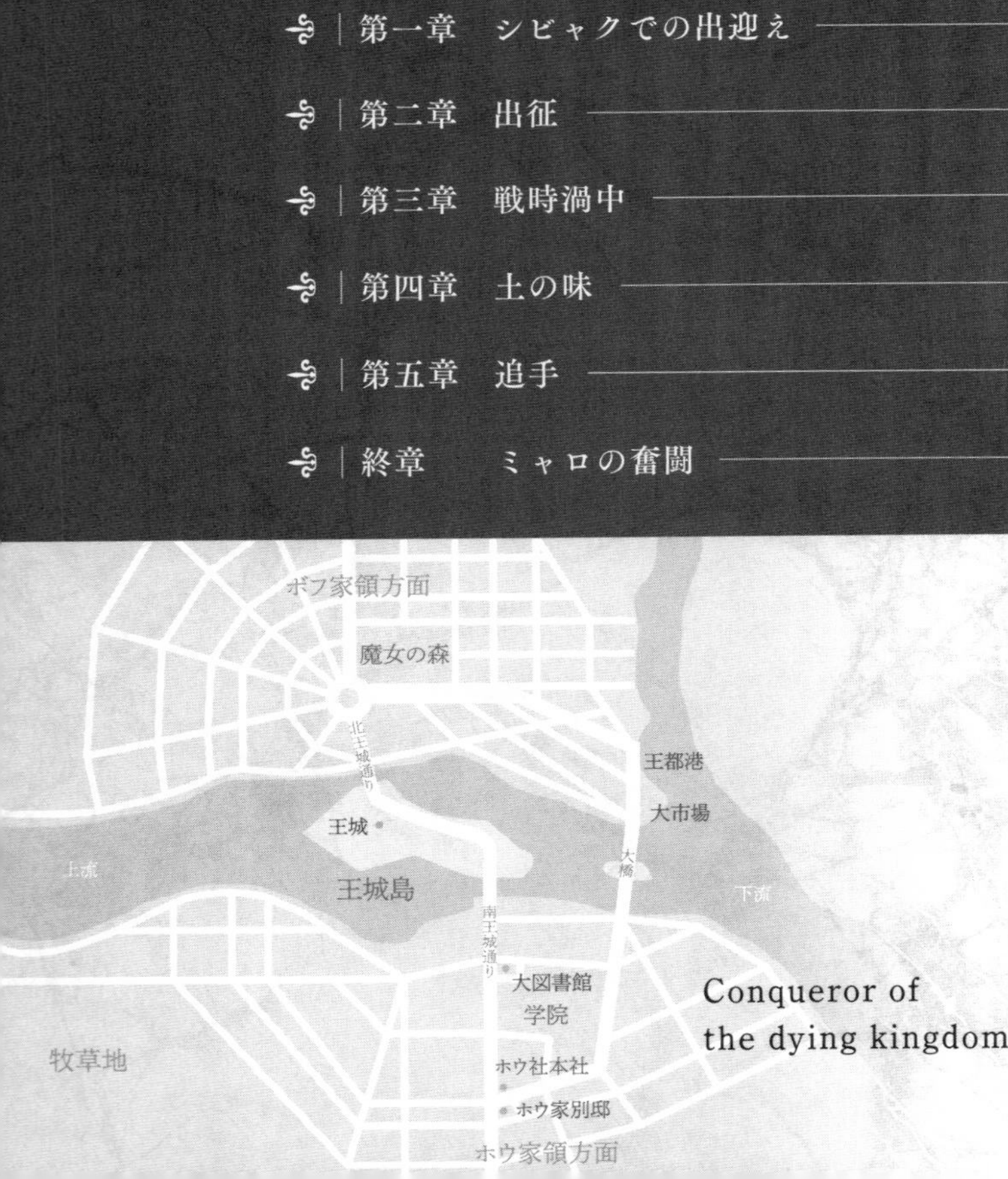

Conqueror of the dying kingdom. 4

第一章　シビャクでの出迎え

Ｉ

四月十四日、俺は予定通りシビャクに帰着した。

離着陸場に着陸地点を定め、バサリバサリと柔らかく着地すると、星屑《ほしくず》はさすがに疲れた様子で足を折ってへたりこむように羽を休めた。

行きと違って帰路は立ち寄るところがないぶん一直線に戻ったため、一日あたりの飛行距離は長くなってしまった。そのせいで疲労が溜《た》まっているようだ。一週間はゆっくり休ませてやる必要がある。

「ユーリ！」

俺を呼ぶ声を聞いて、そっちを見るとシャムが駆け寄ってきていた。

どすん、と胸に鈍い衝撃が走り、むぎゅー、と抱きしめられる。

「シャムよ……俺はもう三日も風呂に入っていないんだが」

できれば鼻を押し付けないでほしい。

「むごむごむご」

服に顔を押し付けながらなんか言ってる。ぜんぜん聞き取れない。

「ユーリくんが死んでまうと思ってたんやから、許したって」

どこかのんびりした声がやってきた。リリー先輩だ。

なんだか制服の上に大きめの羊毛セーターみたいなのを羽織っている。お胸がふくよかな人のセーター姿っていいよね。

「お久しぶりです。リリー先輩」

俺がぺこりと頭を下げると、

「おかえり」

リリー先輩はそう言って自然に微笑《ほほえ》んだ。おかえりか。

「えっと……ただいまです」

少し遠くの木陰にシートが敷いてあり、小さなランチボックスのようなものがいくつか置いてある。帰る予定はあらかじめ伝えてあったので、ピクニックついでに待っててくれていたようだ。

「私には？」

シャムがちょっと睨《にら》み上げてきた。

私には、と言われても、おかえりと言われた覚えがないのだが。それとも、さっきからモゴモゴ言ってたやつの中にそれが入ってたのか。

「ただいま、シャム」

俺は頭をなでてやりながら言った。


道すがら、二人に旅先であった出来事を話しながら鷲舎《トリカゴ》まで歩き、星屑を預けてしまうと、

「それでは、リリー先輩。お願いします」

俺はそう言った。少し手垢《てあか》で汚れてしまった紙を取り出す。

道中、十日間で十ヶ所メモった観測データである。

運の良いことに、十日の間には、多少曇ることはあっても、太陽の場所がまるきりわからない日はなかった。

「おっけー。なんとかそれらしく地図に仕上げてみるわ」

リリー先輩は、俺の手から紙を受け取った。

「お願いします。僕は少し用事があるので、お任せしてしまいますが」

「あったりまえやろ。ユーリくんに、こんな雑用手伝っとる暇があるわけないやん」

うっ……。

実際、あまり時間がないのは事実なのだが。

「どうも、仕事を押し付けてしまうようで、すいません」

恐縮しきりである。

「いやいやいや、嫌みで言ったつもりやないんよ。気にせんといて」

「そうですか」

嫌みと受け取ったわけではないけれども。

「ユーリくんには、やらなあかんことがいっぱい

あるんやから、任せといてくれてええんよ、ってこと」

なんともまぁ頼りがいのあるお言葉だ。そう言ってもらえるとこちらも気が楽になる。

「お言葉に甘えてしまいますが」

「わたしとしては、他のことで甘えてほしいもんやけどなぁ……」

えーと……他のことで甘えるってなんだ？

リリーお姉ちゃん、大好き♪

みたいな感じで甘えればいいのか？

無理無理。ちょっと想像したら心が壊れそうになったわ。

「それでは、頼りにしています」

聞かなかったことにした。

「……うん。頼りにしとって」

リリー先輩は少し物憂げな顔をしながら頷《うなず》いた。

「あのー」

シャムがジト目でこっちを見ていた。

「なんなんですかぁ～」

どこで覚えたのか、なんだか子供みたいな抑揚で言ってくる。

え、えーっと。

「えっと、シャムな、ちゃうねんこれは」

リリー先輩はなぜか慌てている。

「私も頑張るんですけど～」

なんか言い出した。

まあ、実際のところはシャムが数字出すんだろうし。

シャムも頑張るんでしょうけど。

しゃ、シャムさん？

「うん、シャムもえらいな。えらいえらい」

「私は頼りにはしてないの？」

えっと。

「メチャ頼りにしてる」

「ほんと～？」

ほんと～？って。

星屑から降りたときから感じていたが、なんだか今日のシャムは変なテンションになっている。

俺と久しぶりに会ったからか。

「そりゃ座標を頼りに飛ぶんだから、頼りにしてない奴《やつ》に任せたりしないさ。下手すりゃ海の藻屑《もくず》なんだから」

「じゃあ頼りにしてるって言って」

さっき言ったんだけど。

「頼りにしてる」

俺はそう言いながら、しゃがみこんでシャムの頭を撫《な》でた。

なでなで、なでなで。

「むふふ、頑張ります」

頑張るらしい。

やっぱりなんだかちょっとテンションおかしいな。

「え、えーっと……あっ、ああ、そうやった」

リリー先輩はおもむろにポケットを探ると、何やら包みを取り出した。

「はい」

包みを受け取り、開いてみると、中には銀色のライターが入っていた。

「できましたか」

「今日からまた忙しくなるからな。今日までに仕上げようと思ってたんよ」

ライターは、やはり大ぶりのものだったが、前よりは確実に小型化されている。

パチッと開き、火打ち石を削るホイールをぐっと回すと、ジャリッとした感触が指に伝わり、以前と比べるとあっけないほど簡単に着火した。

「すごく良くなっています」

「そう、よかったわ」

こういうものを着実に改良していけるというのは、凄《すご》い才能だよな。

「重ね重ね、ありがとうございます。これで安心して行けます」

「気ぃ早いなぁ」

リリー先輩は照れ隠しをするように笑った。

◇　◇　◇

「おかえりなさい」

二人と別れて寮に行くと、そこで待っていたのはミャロであった。

「すみません、お迎えに行こうと思っていたんですが」

「いや、いいよ」

お迎えにこられても困る。

二人と違って、ミャロは今多忙を極めているはずなので、ピクニックしている暇はないだろう。

「参加の申し込みの締め切りが今朝だったものですから」

「ああ、そういえばそうだったな」

今は昼の一時ごろだ。

観戦隊の申し込みは今朝が締め切りのはずなので、その処理で忙しかったのだろう。

確認をしようと寮の玄関前で辺りを見回すと、出て行く前に設置したはずの特設ポストがなくなっていた。締め切りが過ぎたので撤去したのであろう。

「ポストは捨てたのか?」

と訊《き》いてみた。

「あれはやめました。二日前に火種が投函《とうかん》される事件があったので」

えっ……。

なんとまあ。誰がそんな嫌がらせをしやがった。

「それ以降は、寮生の方々で参加しない人に、直接受け取ってもらう仕組みにしました。そのことを書いた看板は、今朝撤去しました」

うん。

それはいいのだが。

「犯人は見つかったのか?」

「見つかりません。しっかり探したほうがよかったですか?」

ミャロは確かめるように聞いてきた。

時間があったら探したのだろうが、その前にやらなければならないことが山積していたのだろう。犯人を探すと言っても、誰も見ていない夜に火種を放り込むくらいのことは労の少ない妨害行為だし、誰にでもできる。

学院は一応は関係者以外立入禁止となっているが、少し身軽な人間であれば鉤縄《かぎなわ》のようなものを使って塀を越えることは難しくないので、外部犯の可能性もある。

まあ、動機的には俺に憎悪があるラクラマヌスあたりが筆頭格とも思えるが、キャロルが参加する関係上将家の可能性もある。

嫡男のリャオ・ルベが参加しているルベ家とウチのホウ家はありえないが、他の二家は言ってみればハブられた形になるわけで、機嫌を損ねてもおかしくはない。そのへんは考えてもキリがないし、調べたところで「あぁこいつがそうだったのね」と腑《ふ》に落ちることが一つ増えるだけで、特別に得られるものはない。

ミャロのほうもそう思って犯人の捜索に労力を割かなかったのだろう。

「いや、別にいい。あんなポストを使った俺たちがアホだった」

ポストに悪戯《いたずら》されるなんてことは貴族学校では起こり得ないだろう。と無意識に思っていたのか、隙を作ってしまった。

「まあ、そうですね」

「中の紙は焼けてしまったのか？」

ある意味でそれが一番の問題だ。

申込用紙には実の親の署名が必要なので、教養院と違い大半の生徒が遠隔地に実家がある騎士院では、その作成に著しく手間と時間が掛かってしまう。

女王にかけあって鷲《わし》を使った公用定期便に混ぜて送ってもらえることにはなっていたが、それが往復しているのは大都市と首都の間だけだし、山の背側の田舎などは時間をフルに使ってもさほど余裕があるわけではない。

その場合、期間内にもう一度提出しなきゃ面接も許さん、というのは余りに酷《こく》すぎる。だが親のサインを確認できていないのに許可するのにも抵抗があった。

「いえ、前夜に一度回収していたので、焼かれたのは一枚だけでした。それも、投函者が誰かは突き止めました」

そうだったのか。

ホントに運が良かったな。

「ちなみに、王都に比較的近い土地の方でしたので、既に再提出も済んでいます」

「それならいい」

いやホントに良かった。

被害はポスト一本と費やされた労力程度で済んだわけだ。

「今日の早朝あたりにやられていたらと思うと、ぞっとしますね」

たぶん、提出のピークは今日か昨日あたりだったはずだ。最悪のタイミングで火種を入れられていたら、沢山の用紙が焼かれ、今日はその用紙の持ち主の特定にてんやわんやということになっていただろう。

「そうだな」

「参加希望者は百七十九名です」

「えっ……そんなにか」

「単位をクリアしている有資格者が二百五十八名しかいないことを考えると、なかなかの希望率かと思います」

そんなことまで調べたのか。

俺は有資格者は生徒数の二割程度が良い、と考えて単位の足切りラインを引いた。二百五十八名ということは、足切りラインの設定はほぼ目論見《もくろみ》通りといってよい。

だが、参加希望者のほうはかなり多い。俺は生き死にがかかった自由参加のイベントなど、有資格者自体が成績優秀者の集まりとはいっても、せいぜい半分が参加すればいいほうだろうと思っていた。

二百五十八人の中の百七十九人ということは、おおよそ七割程度は応募したことになる。それが騎士院生の覚悟によるものなのか、キャロルやリャオの人気によるものなのか、そのへんは判《わか》らないが、誤算には違いない。

「実際には二百一枚の提出がありましたが、二十二名は単位数を偽ったり、病や怪我《けが》を得て行軍に耐えられそうにない者でした。あとは……」

「いや」

俺は続けようとするミャロの言葉を遮った。

「詳しい報告は後で聞こう」

立ち話でする話でもないし。

「あ、そうですね。お湯を特別に用意してもらっています。寮のお風呂がわいていますよ」

すごい。

なんとも手配が行き届いておる。

「ありがとう。助かる」

「いえ。ユーリくんの参謀を務めるのであれば、これくらいは当然のことです」

ミャロは若干得意げであった。

どうやら参謀という響きも気に入ったらしい。


風呂を出て、久しぶりに制服に着替えた。

「よし、飯でも食うか」

俺は食堂に向かった。

「おばちゃん、一食ください」

すっかり顔なじみのおばちゃんに言うと、

「はいよ。久しぶりだねえ、旅行にでも行ってたのかい？」

事情を全然知らないのか、そんなことを言ってきた。

まあこの国の庶民はニュースだのをチェックしてるわけではないから、そんなものなのかもしれない。

さすがに、また戦争が起こりそうだ、というのは知っているだろうけど。

「ええまあ、そんなもんです」

気もそぞろに答えておくと、トレーに乗った食事がすぐに用意されて出てきた。

「はいよ」

「ありがとうございます」

礼を言って、俺はトレーを取って、適当に空いている席に座る。

「ユーリくん」

当たり前のように前の席に座ったミャロが言った。

「明日の面接に来る方の一覧です」

ミャロは書類の束を机の上に置いた。

羊皮紙でなく、社から買った紙でできている。このくらいは役得がないとな。

「上から優秀そうな順にまとめておきました。なので最後まで読む必要はないかもしれません」

「そうだな。できるだけ目を通しておく」

俺はパンを齧《かじ》りながら答えた。

全員を連れて行くことができないのは残念ながら事実なので、ミャロの言うとおり、最後のあたりの人間はよくよく考査する必要はないかもしれない。

こんなことを考えていると知れたら怒られるかもしれないが。

この用紙の下のほうでも採る者は採るとは思うが、その辺はたぶん実際に面接して初めて良さがわかるタイプの人物だろう。

「あと、補給の用意はあまりはかどっていません」

急ぎとはいえ、人数も決まっていないのに補給の算段はできないもんな。

そのあたりは、保留段階なのだろう。

「それに関しては、出発の前にホウ家で兵站《へいたん》を担当していた人物を呼び寄せておいた。高齢だから同行はさせられないが、助言はもらえるだろう」

「ああ、そうだったんですか」

ミャロは、その件についてはよほど悩んでいたのか、見るからにホッとした表情をした。

出る前に言っておくべきだったな。

「補給は実際に担当した人間でないと、気づかない部分が出てくるだろうからな。頭でいくら考えても限界がある」

補給に関しては当然騎士院の座学でも学ばされ

ているが、座学はあくまで座学である。

いくら頭で考えても実際にやったことがなければ、出発してから「あれを買っておけばよかった」「こういう工夫をしておけばよかった」などという問題が噴出してくるものだ。

「ボクもそう思っていて不安だったんです。さすがはユーリくんですね」

なんか褒められた。

「今頃は、うちの別邸に着いているころだ。あとで相談しにいこう」

「はい。それで、聞いておきたいのですが、隊員は何人くらいに絞るつもりなのですか？」

「まあ……六十人少しだな」

「六十人……ですか」

キャロルもリャオも三十人程度ずつは面倒見られるだろ。

おそらくは。

それ以上に膨れ上がると、管理しきれなくなりそうだ。

「人が増えるごとに補給規模も大きくなることを考えるとな。本隊の邪魔をせずに行動できる部隊規模というと、まあそれくらいだろう。たった六十人ったって、補給を含めればけっこうな規模になる」

それ以上になると管理しきれる自信がない。俺はこんな作戦で人が死ぬのは馬鹿らしいと思ってるし、全員を無事に帰したい。それを考えると、やはり部隊規模は小さくしたほうがいいだろう。

「そうですね」

「それに、実際のところ、百何十人の内、王鷲を持ってこられる連中がどれだけ居るんだって話だしな」

王鷲を子供にポンと貸せるほど裕福な家というのはそうそうない。平時であれば親戚の家から調達したりするのは難しくはないが、時期はまさにその王鷲が必要とされる戦時なのだ。自分が戦争に持っていくものを子供に貸す馬鹿はいない。

「そうですね。実家が天騎士の家系かどうかも調べてありますが、あまり当てにはならないでしょう。今持っている生徒でも実家に取られる場合もあるでしょうし、逆にいえば天騎士でもない低位騎士の生まれでも調達する方法はなくもないようです。鷲は同寮の友人からの借り物でもいいのか、という問い合わせは何回か来ています」

ああ、なるほど。友人から借りるという手があったか。

成績が悪くて参加できない王鷲持ちに、後生だから貸してくれと頼むのは悪くない方法だ。

俺だったら星屑は絶対に貸さんが、道具と割りきっている奴もいるから貸す奴は貸すだろう。

「だが、そうなると、合格ということになっても出発日までに入手が間に合わないという者も多そうだな」

入手見込み、ということで、王鷲を持って行きます。などと答える奴は多そうだ。

「面接で王鷲を持って参加する、と言っておいて、当日には駆鳥《カケドリ》で現れる。ということですね。確かに、その場合の対処も考えておくべきでしょう」

カケドリで参加しても、実際の王鷲での視察飛行には参加できないわけだから、こういうのは殆《ほとん》ど意義がないと言ってもいいのだが、こういうのは参加したという実績が大事という部分もある。

「対処といっても、参加を許さないという方法しかないだろう。一人を許したら、何人現れるか知らんが全員許さなきゃならない。士気にも関わる」

「ええ、そうですね……それはボクもそう思います」

「そのへんは、面接の際に伝えておくべきだろうな」

「では、質問リストに付け加えておきますね」

質問リストて。そんなもんまで作ってあるのか。最終的には俺が調整するにしても、予《あらかじ》めそういうものが作ってあれば、俺も楽ができる。やっぱりミャロがいてくれて良かったな。

「ところで、リャオはどうしてる？」

「馬車や荷車の調達とか、参加希望者の相談を受けたりしているようです」

なるほど。

俺一人で行くのであれば、昨日までやっていたように町で食料を買いつつの行軍というのは造作もないことだが、数十人規模ともなればそうもいかない。

数十人となると小さな町に突然到着して数日分の食料を用意してくれというのは難しい規模になるし、無理に接収しつつ行軍する、なんてことは部隊の性質上許されるはずもない。となると自分で持っていく他なく、その場合は馬車で持っていくことになる。

王鷲は長距離を歩かせられる動物ではないので、その護衛・監督は駆鳥隊にやらせることになるだろう。

その意味で、カケドリで随行する人員も一定数いなければならない。

「今晩は会議だな。奴にもいろいろ考えがあるだろう」

「そうですね。今度はキャロル殿下も呼ぶべきでしょう」

ああ、そうだった。

いつまでもあいつをハブるわけにはいかない。

「そうだな……場所は、あー」

セッティングが難しいな。

喫茶店もなんだか変だし、キャロルがいるから飲み屋もまずい。

寮もあまり使いたくない。変な話だが、今回のこととは関係のない奴らのほうが多いのだから、あまり大きな顔をしたくない。

「校舎の適当な空き教室でよいでしょう。学院は今回のことについては意外と協力的です。学長がリャオ殿の伯父様ですから」

「ああ、そうなのか」

そういえばそうだった。学長がルベ家の者というのは知っていたが、リャオの伯父なのか。

「鍵を借りておきましょう。ついでに、飲み物と食べ物も少しばかり調達しておきます。出前で」

「それじゃ、連絡は頼んでいいか？　俺はこれに目を通しておくから、時間になったら呼んでくれ」

「わかりました」

そう言うと、ミャロは素早く席を立ち、どこかへ行った。


「よう、久しぶりだな」

リャオは教室に入ってくると、手をあげながら気楽そうにそう言った。

「おう」

「なんだ、飯の最中か？」

俺は、ミャロが用意した教室の中で、夕飯代わりに出前でとったサンドイッチを食べていた。

「お前は済ませてきたのか」

「済ませてきた」

食ってきたらしい。

リャオは堂々と歩いてくると、少し迷った素振りをしてから、俺の対面に座った。

テーブルには椅子が四つあったので、どれをキャロルに残すべきなのか悩んだのだろう。

「どうぞ」

ミャロは茶を注ぐと、すっとさし出した。

「おう、ありがとう」

「冷めていますが、給仕もいないのでご勘弁ください ね」

茶は、飯と一緒に来たティーポットを分厚い保温布で包んでおいたものなので、まだ温かいだろう。

「それで、今日は明日からの面接の話か」

リャオは茶に口をつけながら言った。

「まあ、だいたいはその話になるだろうな」

「ところでな、ちょっと相談があるんだが」

「ああ、誰彼を入れるっていう談合の話だろ」

「よく分かったな」

リャオは意外でもなさそうに言った。

出発する前の話だが、その事は予め聞いていた。

ルベ家の高位騎士家の生まれで、入寮以来リャオの遊び友達だった生徒が、応募にわずか四単位足りず、だがどうしても参加させたい。という相談を受けたのだ。

俺はそれを承諾した。足りない単位もわずかだったし、口ぶりからして将来的には自分の片腕のような存在になってほしいと見込んでいるように見えたからだ。

そこまでして参加させたいのは一人だけだったようだが、それ以外にも何人か面接で落としてもらっては困る存在がいるのだろう。

「もちろん、ルベ家の事情は汲《く》むつもりだ。だが、あまり多くの要求はするなよ。俺は隊を私物化してホウ家とルベ家だけで固めるなんてことはしない。それは主旨に反する」

と、俺は一応言っておいた。

「それは分かっている」

「ホウ家の藩爵の嫡男だろうが、俺は落とすやつは落とす。よほど人望薄く体力も劣るような者を入れたら家柄で選ぶのかと不平が出るしな。それに、死ぬ危険もある任務だ。本人のためにならない」

藩爵というのは将家の将たる天爵の一つ下にある爵位で、家柄的にはもちろん譜代の重臣のような連中となる。当然ながら、家柄が良くても有能とは限らない。

「分かっているさ。もちろん、元から明らかに劣った馬鹿野郎を入れろと頼んだりはしないつもりだ。入れたいのは俺の腹心みたいな連中さ。俺は家柄だけで腹心を選んだりしない」

ほうほう。

「それならいい……まあ、続きはキャロルが来てからだ」

「ああ、そうだな」

それから、茶菓子を二、三食べながら待っていると、キャロルがやってきた。

「すまん、遅れた」

「座れ」

俺が指図すると、キャロルはかすかにムッとした表情をしたが、俺が大将ということを思い出したのか、素直に椅子に座った。

「さて、人選だがな。調整しつつ六十人程度に絞ろうと思う」

「えっ……そうなのか？」

キャロルが意外そうな声を出した。

「まさか……お前、四方八方に安請け合いして回ったりしてねえだろうな」

条件に当てはまるならまず大丈夫だよ。面接はほとんどスルーだから。みたいなことを他ならぬキャロルが言って回ったりしていたら、かなり面倒なことになる。

「馬鹿にするな。そんなことするはずないじゃないか。ただ、半分以上落とすのかと思っただけだ」

「実際に行ってみたが、やはり向こうの情勢は良くない。どう考えても王鷲で空中から見る以上のことは認められそうにない。例えばカケドリで遠いところの丘の上から見聞なんてのは論外だ。斥候と鉢合わせして戦闘になって死者が出るのがオチだからな。となると、王鷲持ち以外を大勢向こうに連れて行っても意味がない」

「まあ……それはそうか。でも、六十人か……かなり厳しい審査になりそうだな」

「こちらの学生を代表していくんだから、少しくらい厳しいほうがいいだろう」

と、俺は適当に考えた口実を口にした。

「確かに、そうだな」

キャロルは頷いた。キャロルにとっては納得しやすい話だったのだろう。

「さて、それで、次は補給の話だ」

と、俺は言った。

「座学でさんざん習ったと思うが、軍は常に補給に制限される。人間は一日飯を抜けば満足に動けなくなるし、王鷲は二日食わなければ人間を乗せて飛べなくなる。六十人分の食料というのは、シヤルタではどこへいっても調達するのは難しくない。だが、混乱したキルヒナの地では、毎日安定して調達するのは至難の業だ。これが何を意味するかは、座学の教師が何度も何度も言っていたよな」

騎士院の座学では兵站の責任者だった元騎士の人が教師となっていて、じっくりと補給について教える。低学年では基礎を学び、高学年では仮想の兵站責任者となって限られた資金を与えられ、机上で演習をやる。数字の上で資金を兵站物資に交換し、日が進むごとに兵站物資は消耗されて数字が減っていく。時折教師から理不尽なイベントを突きつけられ、敵に補給段列が襲われて馬や馬車や兵站物資が消滅しただとか言われる。

「無計画に王鷲六十騎で飛び立って向こうへ着いたとして、二日間調達が上手《うま》く行かなければ俺たちは帰ることもできないということだ。そうなれば、命がけの戦争をしている軍本隊に助けを乞う羽目になるだろう。言うまでもなく、それほどの無様は広い世の中を見回してもなかなかない。キルヒナの騎士界隈《かいわい》では、長らく物笑いの種になるだろうな」

キャロルは、その状況が想像できたのか、嫌そーな顔をしていた。

リャオのほうは目をつむって耳を傾けている。

ミャロは……言われるまでもないことなのか、いつもの顔でいた。

「そうならないために、補給はきちんとやる。もちろん、俺たちで調達して、俺たちで持っていく。本来の主旨からいえば、これも含めて経験になることだからな」

そこで、リャオが手を上げた。

「話せ」

と、発言を許す。

「うちのオヤジは、もし補給が行き届かないようなら頼れと言っていたぞ」

「ありがたい話だ。もしもの時は頼りにさせていただきたいと伝えておいてくれ」

「いいのか？」

ルベ家に借りを作りたくないんじゃないのか？　と目で尋ねてくる。

「もちろん、最初から頼ろうとは思っていない。だが、世の中何があるか分からないからな。山火事に巻き込まれて物資を全て捨て置いて逃げ出すことになるかもしれないし、川を渡っている時に鉄砲水が急に来て補給段列の半分を失うかもしれない。どんなに周到に準備しても不測の事態というのは起こり得る」

「ン……そういうもんなのかもしれんな」

「それで、だ。王鷲を持たない連中……カケドリで参加する者には輸送を担当してもらいたい。これはリャオ、お前に監督を頼みたいんだが」

「あー……まあ、そういう役回りになるとは思っていたが」

リャオは頭をボリボリと掻《か》いた。

「当たり前だが、カケドリで参加したからといって、お前に王鷲に乗るなと言っているわけじゃあない。行きは誰かに王鷲を貸して、運んでもらえばいい。鷲を持っている気心の知れた仲間を輸送隊に随行させたい。というのであれば、もちろんそれも構わない。そういう手下がいるのといないのとじゃ、仕事のしやすさが全然違ってくるからな」

「そうだな。まあ……それなら、請け負おう」

「ありがとう。助かる」

あーよかった。一番面倒な役回りだからな。

「当たり前だが、この仕事はキルヒナの地理に多少なりとも詳しくなけりゃ難しい。お前が一番適任だ」

「確かにな。俺も詳しいというほどじゃないが、何度か陸路でリフォルムと往復したことがあるし、道や気候がどんな感じかは肌で知ってる」

頼りにできそうだ。目立ちもしない損な役目を押し付けられた、みたいに考えて嫌がるかもと思っていたが、さほど嫌そうでもない。このまま任せて大丈夫だろう。

「どの道を使って行くかは、他の軍が行軍に使う道を調べながら決めるとして……最終的な目的地だけは決まっている。ニッカという村だ」

「ニッカ？」

キャロルが言った。キャロルは地理にはかなり詳しいが、さすがに覚えがないようだ。

「知らなくて当たり前だ。ニッカというのは、有名な都市でも町でもなく、ただの村だからな」

有名な名産があるわけもないから、その手の専門家でもない限りは知らないだろう。

「観戦隊はそこを拠点にする。リフォルムからの地図は後で渡す」

「そのニッカという街を選んだ理由は？」

キャロルが言った。

「一、避難地域に属していて住民の退避が済んでいる。二、主戦場予定地まで王鷲で接近容易なこと。三、王都リフォルムからヴェルダン大要塞へ繋《つな》がる大街道から若干外れていて、こちらの行動で主軍団の移動を邪魔したり、或《ある》いは敵方の攻勢に巻き込まれる危険が少ないこと。以上三つの理由からだ」

「なるほど……だが、もう一つ疑問がある」

まだあんのかよ。

「住民がいないのであれば、王鷲組の補給はどうするのだ？　当地で合流する日付けは予め決めておくにしても、リャオの方は補給段列を連れての長旅になる。一週間ほど遅れることもあるのではないか？」

細かいことに気づく奴だな。

「それは既に手配してある。俺が行った時、ニッカの村にはまだ人がいたからな。保存食をできるだけ買い取って家を借りて中に入れておいた。六十人なら二週間くらい食べられる量がある」

「……そうか、手抜かりはなしというわけか。さすがだな」

私が隊長を譲っただけのことはある……みたいな顔をしているが、俺はこいつのポンコツ具合を知ってるだけに微妙な表情しかできなかった。

「それで、持っていく物資は誰が調達するんだ？」

と、リャオが言った。

「その辺は、ミャロがやる。そういった細かい手配はミャロの大得意だ」

「はい。務めさせていただきます」

ミャロはずっと黙っていたが、この会議で初めて口を開いた。

「そうなのか。ミャロは補給の方に入って……つまりこっちについてくるのか？」

「……あー」

言われて気がついたが、まったく考えてなかった。

「ボクはユーリくんの指示に従いますよ。ただ、その場合はボクの鷲も誰かに持って行ってもらわないといけません。残念ながら、ボクには請け負ってもらえるような友人に心当たりがありません」

ミャロは当然ながら王鷲を持っていないが、これは内密にホウ家から一羽貸すつもりだった。しかし友人がいないというのは、ぼっちを宣言しているようで物哀《ものがな》しいな……。

「それは、なんだったら俺のほうでなんとかしておこう」

とリャオが言った。

「俺の配下にはそんなに気が利くやつはいないからな。それに、ミャロはユーリ殿の相棒みたいなもんなんだろう。何かあった時の決定には、助言を貰《もら》いたいところだ」

なるほど。何かトラブルがあったときの処理を多少なりと合議したい。というところか。

連帯責任の相手を求めているともいえる。リャオが一人で指揮している隊が失敗して物資を台無しにしたとしたら、俺は怒るかもしれないが、ミャロがそばに付いていて相談しつつ行動したが力及ばず駄目だった。ということなら、俺は怒りを覚えないだろう。ミャロの能力を信頼しているからだ。

「そういうことなら、ミャロは補給の方の担当にしよう。王鷺での移動は三日、多く見積もっても四日で済む。考えてみれば行程が長くて困難な方を一人きりで監督させておいて、易しい方は三人でやるというのもおかしな話だしな」

対して、陸上での移動だと、おおよそ半月ほどはかかってしまう。どちらが大変かは瞭然といってよい。

「では、そういうことで頼む」

リャオが言った。

「分かりました」

ミャロも頷いた。

「さて……では、補給の話はそれでいいだろう。あとは、選考の話だが」

と、俺は話を切り出した。

「リャオさんの推薦枠は、この十五名です」

ミャロがそう言って紙を出した。

そこには通し番号のようなものが書いてある。そういえば、前に渡された評価付きの紙の束に一ページずつ番号が振ってあったな。

「それは後で確認しよう。問題なのはこいつだ」

俺はペラリと一枚の紙を机の上に出した。紙には、ドッラ・ゴドウィンという名前が書いてある。ページ番号は、ミャロは運動能力を重視しているのか、百七番ということになっていた。

あいつの取得単位が二百五十単位を超えていたことがまず驚きだが、やつは実技においては他の連中より三つくらい先をいっていて、現在は〝上級白兵戦技術Ⅳ〟という実技の最終段階に足をかけている。

実技には他にも弓術のような必修ではない単位も結構あるので、そのへんで単位を稼いだのだろう。

「そいつがどうかしたのか？」

事情を知らないリャオが言った。

「こいつはな、俺とキャロルの同室の男だ」

「ああ……」

リャオは納得したというふうに頷く。

「まー、ダチといえばダチだな。真面目な男で、朝から晩まで棒を振っている。ちなみに天騎士は最初から目指していない」

「ほー……しかし、なるほど。腕っ節は十分のようだな」

ミャロが調べた紙に書いてある単位の進み具合を見ると、リャオは感心したように言った。

「こいつについては、キャロルに任せたいと思う」

「え、私にか？」

キャロルは驚いたような様子であった。

俺はキャロルを見た。

「入れるも入れないも自由だ。お前が要らないと言うなら弾《はじ》くし、入れてやってくれと言うなら、無条件に入れてやる」

「……しかし」

「あいつは、お前のためなら躊躇《ちゅうちょ》なく死ぬ奴だ。だから、加入も扱いもお前に任せる」

俺は、ドッラについては名前を見た時からそう決めていた。

やつは、キャロルのためなら死ぬし、それは本望だろう。

キャロルも、それはなんとはなしに感じているはずだ。だからこそ、ドッラを殺さないために無茶な行動は自重する。

ドッラはキャロルに自重を思い出させる枷《かせ》になるのではないか、と俺は見ていた。

「それなら、入れてやってくれ。でも……」

あっさりだな。

でも、の続きを待っていると、キャロルはそのまま口を閉じてしまった。

なおも待っていると、

「いや……ドッラは入れる、ことにする」

と、何故《なぜ》か同じような言葉を再び言った。

自分的に言い方に不満があって、訂正したのだろうか。

「よし。じゃあそれで決まりだ。あと、何か話がある奴はいるか？」

俺がそう言うと、誰も手を挙げなかった。急ぎの話はないようだ。

「じゃあ、これで終わりとする。明日は面接だ。俺は寮内にしっかりものが二人いるからいいが、リャオは寝坊に気をつけろよ」

「まったく、羨ましいこった」

リャオが呆《あき》れたように言った。


寮の玄関の前で、俺はキャロルに言った。

「キャロル、お前はしばらく食堂かどっかで待ってろ」

「……？　何かあるのか？」

「野郎が部屋にいるからな。ちょっと話してくる」

先程、ドッラはベランダに出て俺たちを見ていた。そして遠目に俺たちを見つけると、すぐにひっこんだ。

キャロルあたりは気づかなかったようだが、俺は目が良いので気がついたのだ。

「ああ……そうか」

「内々で合格が決まっているってのは特別扱いだからな、口止めしておかないとまずい。俺から言っておく」

「頼む」

じゃあ行くか。

寮の玄関をくぐると、俺は一人だけ別れて階段を上って二階へ行った。

自分の部屋に入ると、ドッラはまだ居た。

逃げてなかったか。

「よう」

「お、おう……」

「ちょいと話しておかなきゃならない事がある」

「ああ……」

なんでこいつはこう、カゲが入ってるのかな。アウトドアかつ脳筋タイプなのに、なんで陰気なんだ。

「観戦隊のことだけどな、お前も入れることにした」

「そ、そうか。良かった」

嬉《うれ》しさを隠せないらしく、表情が和らいだ。

「もちろん、これは内々の決定だから、お前は明日面接に来なくちゃならない。面接では半分ほど落とすからな。表面上のこととはいえ、特別扱いすれば周りが黙っちゃいないだろう」

「分かった。そうする」

「ちなみに、お前を入れてやってくれと言ったのはキャロルだ」

「エッ」

ドッラはよほど意外だったのか、びっくり仰天した顔をした。

「まあ、お前は鷲には乗れないから、キャロルとは別の班になるけどな。キャロルにもしもの事があったら、真っ先に駆けつけろ」

「言われるまでもない。殿下のためなら、真っ先に死んでやる」

誰が死ねって言った、と言いたいところだったが、まあいいだろ。武士道は死ぬことと見つけたり、みたいな考えがあるのかもしれん。

しかし思い込みの激しいやつだ。

「じゃあ、せいぜい槍《やり》でも研いでおけ。あと、馬に乗る練習をしておくといいかもな」

実際に乗るのは馬車の御者席だろうが、カケドリに慣れると案外馬の気性に疎くなる事が多い。

「分かった。そうしておく」

「……キャロルがお前を」

入れてやってくれと言ったのはなんでだろうな。と口にしかけたが、口が止まった。聞いても仕方がない気がしたからだ。

リャオが持っている手下のような、完全に自分の味方になる人材が隊内に欲しかったのだろうか？　どうも違う気がする。

キャロルとこいつとの関係はなんとも摑《つか》みづらい。言葉にできない無言で形作られた不文律のような摑みどころのなさがある。

「なんだ？」

俺が黙ってしまったので、ドッラが言葉を急《せ》かした。

「いや、なんでもない。忘れちまった」

適当にはぐらかすと、俺は部屋を出ていった。

Ⅱ

四月十七日。

面接の三日目、百七十九名の最後の一人が帰り、面接が終わった時には、もう日が暮れていた。

最後の一人が終わると、誰からともなく皆ため息をついた。

「……やっと終わったな」

ドッと疲れが出てきた。

せっかく、若いなりに生き死にの覚悟を決めて書類を作ってきたのだから、面接はキチンとしてやらなくてはならない。

しかし、疲れすぎて脳が麻痺《まひ》している感じがする。

「予定では、面接は午前で終わって、午後はのんびりと会議をするつもりだったのですが……それどころではありませんでしたね」

ミャロが立てていた予定は、今となっては夢の彼方《かなた》だ。

今日中に終わっただけ御の字で、これから全員の選考資料を見ながらの会議などできそうにない。

俺もホウ社の面接は何度かしたことがあったが、これほどの量の面接をいっぺんにしたことなどなかった。

こんなに辛《つら》いもんだとは思わなかった。今思えば、経験者のカフが二十名くらいに絞ってくれていたのだろう。

一日で五十人以上というのは無理もいいところだ。

「……出発の予定を一日ずらそう」

そう言いだしたのは、リャオだった。

「途中考えていたんだが、やはり調練が一週間を切るのはまずい気がする。隊がオタつくかもしれんし、補給の用意も心配だ」

予定では、リャオの指揮する補給隊は今日から一週間後の二十四日に出発することになっていた。

発表が一日遅れるのでスケジュールを一日スライドさせようということだろう。

祝日の都合もあるが、そう難しいことではない。

「そうだな……そうしよう。元々急ぎ足すぎた気もするしな」

偵察によってある程度の予測が立っているとはいえ、最前線では突発的な激突で戦端が開かれることもあるし、援軍の本隊が出発するときになれば、渋滞で橋は塞がってしまう。

だから見物をするなら早めに到着しておきたいところではあったが、一日くらいは仕方がない。

こっちにも少し遅らせたい事情がある。

「……キャロル？　お前何してんだ？」

キャロルを見ると、会話に参加せず、熱心に机の上の書類を見て何かを書き込んでいた。

「おかしな評価がなかったか考えなおしている」

キャロルは面接の間中、特に熱心に話を聞いたり質問をしたりして、その都度手元の用紙に何かしらを書き込んでいたが、その考査を考えなおしているらしい。

が、どこか浮ついていて集中できていない気がする。疲れからか、眉間に皺《しわ》を作って目を細めながら紙面と対峙《たいじ》している。

「やめとけよ。顔も見ずに書き直したって、逆効果になるだけだ。文面だけ見て考えなおされても、連中も嫌だろう」

写真があれば大分違うのだが、手元にあるこれには写真も似顔絵もない。

文字の羅列だけでは人柄まで思い出すことはできない。

自分が採用する側になると思うが、やっぱり証明写真というのは大きな要素だ。

「……そうかもな。やめておこう」

思い当たるフシがあったのか、キャロルは筆を置いて、さすがに疲れた様子で眉間を揉《も》んだ。

「それじゃ、今日はこれで終わりにするとするか。みんな良く休んでおいてくれ」

俺はそう言うと、席を立った。

やることがなくなった俺は、少し迷った末にイーサ先生の講義準備室に足を向けた。

実は女王陛下にお願いされてから今まで、俺はイーサ先生に挨拶をしていなかった。何を話していいか分からなかったからだ。

コンコン、とドアをノックすると「どうぞ」と涼やかな声が返ってきた。

「失礼します」

ドアを開けると、驚いたことに、イーサ先生以外に先客がいた。

教養院の女の子だ。彼女は振り返って俺を見ると、顔を知っていたのか驚いた顔をした。

「あ……お忙しいようでしたら、またにしますが」

と俺は言った。

「いえ、そうでもありませんが……火急の用でなければ、この娘の質問が終わってからでもよいでしょうか？」

「もちろんです。待たせてもらいます」

俺は近くの椅子に座って待たせてもらうことにした。

「ここの動詞はここに掛かっているわけですね。主語が三人称女性なので動詞はこう変化します。それで関係副詞が指しているのがここからここの文章ですから……わかりますか？」

「え、えええええーっと」

女の子は先生に質問をしに来たとは思えぬほど慌てている。

有名人が突如現れたからだろう。例のエロ本関係でとんでもない印象を持ってたりしないといいが……。

「ネーコはロウに会った時、遊んでいたと言ったが、それは嘘《うそ》だった……という訳でよいですか？」

「はい、その通りです。よく出来ましたね」

「あっはい！　ありがとうございました！」

女の子はそう言うと、ぺこりと頭をさげて

「しっ、失礼しました！」と言って、脱兎《だっと》のごとく部屋を出ていった。

イーサ先生に言ったのか、俺に言ったのか……。

「よくいらっしゃいました。ユーリさん」

イーサ先生は、机に出ていた本を片付けると、微笑みながら改めて歓迎してくれた。

「ご無沙汰しております。イーサ先生」

イーサ先生は、さすがに出会ってから八年の間に印象が変わった。

しかし、加齢による見た目の変化はあるものの、人柄は相変わらず変わらない。

思慮深く、物事に敏感でありながら、浮ついたり神経質になる様子もなく、外界と緻密に接している。

今やシャン語のイントネーションには違和感の欠片《かけら》さえなく、シャン人以上の語彙を使いこなしていた。

先生は、席を立って俺の横を通り過ぎ、ドアのほうに向かった。

半分開くと、表にかけてあった出入り自由の掛札を裏返し、扉を閉めた。

「珍しいですね、こんな時間まで質問者がいるなんて」

「いえ、最近は」

イーサ先生は再び椅子に座った。

「わりとひっきりなしにおいでになりますね。教室も今年から一回り大きくなりましたし、講義も上下に分かれたおかげで受講しやすくなりましたので」

クラ語講座は流行の兆しを見せているらしい。

あれほど閑古鳥が鳴いていた教室が生徒だらけになるとはな。

「そうなんですか」

「はい。ユーリさんやハロルさんのご活躍のおかげでしょうね」

ああ、そうか。

そういうこともあるよな。

ホウ社が貿易で大儲《おおもう》けしているというのは周知

の事実なので、目端の利く就職希望の聴講生あたりは受講を希望してもおかしくない。

「お部屋を騒がせてしまっているようで、申し訳ありません」

俺はぺこりと頭を下げた。

イーサ先生は、滅多に人の来ないこの私室で、神や歴史に思いを馳《は》せているのが似合っていた。

ひっきりなしに学生が訪れる状況になって、あの静かな部屋は壊れてしまったのか、と思うと、なんだか寂しい気がする。

「えっ……いえいえっ！　そういう意味で言ったのではないですよ。教えるのは楽しいので、なんの不満もありません」

イーサ先生は珍しく焦った様子で、俺の杞憂《きゆう》を否定した。

「そう言っていただけると、助かります」

「いえ……本当に」

イーサ先生は少し乱れた髪を、手でそっと直した。

「それに、こうして昔の教え子も訪ねてきてくれるのですから、私は幸せ者です」

そうなのかな。

でも、イーサ先生が幸せと言うのだから嘘ではないのだろう。少なくとも、今は不幸なようにも仕事にうんざりしているようにも見えない。

「ところで、一つお知らせしたいことがありまして」

「はい……だいたい察しはつきますが、なんでしょうか」

察しはついているということは耳には入っているのか。

「えっと、女王陛下の要請で、戦場を少し見物しにいくことになりまして、しばらく留守にします」

「そのようですね。世事《せじ》に疎い私にも聞こえてきていましたよ。くれぐれもお気をつけください」

イーサ先生の耳にまで入っているということは、かなり噂《うわさ》になっているのだろう。観戦隊自体はさほど突飛な話ではないが、世間的にセンセーショナルなのはその中に入っている〝キャロルが参加する〟という要素だ。

キャロルはまだ学生の身分の王太子なのである。それが戦場へ出ていくというのは前代未聞の重大事件といえる。

「俺はなんとでもしますが、イーサ先生こそ身辺に気をつけてください。戦争が始まれば、何者かの敵意がイーサ先生に向かないとも限りません。どうか戸締まりなど厳重に……」

「……そうですね。気をつけておきます」

「はい」

「あの、ユーリさんには言おうかどうか迷ったのですが」

「なんでしょうか?」

俺が問い返すと、イーサ先生は少し緊張した面持ちで、話し始めた。

「もし、あちら側に捕まった時は、カソリカ教皇領の者に会って、イーサ・ウィチタの居場所を知っている、自分を逃がせば連れてくる。と言えば、なんらかの取引ができるかもしれません。私は構いませんので、もしものときは……」

…………えーっと。

なんとまぁ、面白いことを考えつく人だ。

しかしイーサ先生はそこまで大物の手配人なのだろうか。

「残念ですが、そこらの騎士ならばともかく、将家の嫡男ともなると、それでは見逃してはもらえないと思います」

もし相手が間抜けで俺の身分に気づかなくとも、そういった取引は人質などの担保なしでは成立しない。担保もなしに俺を解き放つほど、向こうも間抜けではあるまい。

いや、例えばキャロル辺りが一緒に捕まって、キャロルが人質として機能する、といったことも考えられるか……。

考えたくもないが、そうなったら……。

「いいえ、私の名が出れば、聖職者たちは必ずうろたえます。ユーリさんをただちに害することはできなくなるのです」

「そうなのですか？」

はて？　どういうことだろう。

「私は、向こうではとても重要な異端者なのです。教皇領で言うところの、獣級《ザ・ビースト》の異端者ですね。これは、教会の信仰を大いに脅かす者にかけられるもので、それを捕らえた者は、死後に必ず列聖される習慣になっています」

……どんだけドでかいことをやらかしたんだこの人は。

列聖されるということは、イイスス教の聖人になれるということだ。あくまで死後の話ではあるが、例えば自分を崇敬する聖名を冠した教会ができたり、持っていたものが聖遺物として丁重に扱われたり高額で取引されたりする。その辺は聖人にも人気のあるなしがあって、誰も知らないようなマイナーな聖人は見向きもされず教会も建たなかったりするわけだが、信者として特別な地位を与えられるのは事実で、死後の世界を信じる敬虔《けいけん》な信徒にとっては羨ましいことだろう。

「はあ、なるほど……」

「交渉を断るにしても、あちらにはギルマレスク大聖堂まで連絡して、管区大司教《アーチビショップ》の指示を仰がなければならない決まりがあります。少なくともその間は、ユーリさんは無事でいられるはずです」

ギルマレスク大聖堂というのは知らなかったが、名前から察するにティレルメ神帝国のギルマレスクにある大聖堂なのだろう。

大都市なので場所はおおまかには知っている。キルヒナから駆けるとなると、馬で一ヶ月前後かかるだろう。決死の状態から一月も生きられるというのは上等だ。

無事でいられるかというと、向こうからしてみれば交渉以前に拷問で吐かせればよいことなので、痛い思いは免れないだろうが。

「しかし、たしか十字軍には従軍司教《ビショップ》がいるはずでは……？　それなのにギルマレスクまで行かねばならないのですか？」

「はい。従軍司教というのは、ただの司教であって、大司教ではありません。司教は司教でも、出世頭のたいへん優秀な方が選ばれるのですが……」

「でも、なぜそのような事になっているのですか？　責任者不在では、何かと問題があるのでは」

判断のできる責任者が馬で一ヶ月の場所にいるのでは、どうしようもなく不便だろう。

指示を仰がなければならないほどのイレギュラーが生じる可能性は少ないので、問題が表面化するのは稀有《けう》ということなのかもしれないが。

「大司教以上の御役目《おやくめ》の方々は軒並みお年寄りなので、寒い北方への長旅などしたくないのですよ。大昔の十字軍ではそれこそ教皇自身が出征したりしたものですが……。現在ではちょっと考えづらいことですね。枢機卿《すうききょう》などもヴァチカヌスでの政治に忙しく、丘の上を留守にしたくないようです」

なるほど。

確かに日頃から鍛えている戦争屋の騎士や王ならともかく、修道院暮らしがそのまま年寄りになった連中では、北方まで馬に乗って来るというのも難しいか。

「分かりました。もしもの時のために覚えておきます」

使う気は毛頭ないけれども。

「はい。そうしてください」

と、先生は安心したように微笑んだ。

「それと……聞いていいものか解《わか》りませんが、先ほどイーサ先生はイーサ・ウィチタと言いましたよね。イーサ先生の姓はヴィーノだったと記憶していますが……」

「はい。あれは偽名です」

イーサ先生はなんともあっさりと言った。

まあ、それほどの大物ともなれば、偽名を使う必要もあるか。

というか、ヴィーノというのはテロル語ではぶどう酒を指す名詞である。

ハロルが船を使ってせっせと運んできているのがそれで、ここ九百年ほどの間、シャン人の酒飲み界隈では、文献にのみ登場する幻の酒であった。

綿と並んで、我が社の売れ筋商品の一つだ。

それはどうでもいいのだが、「ぶどう酒」という姓は、農家の出であれば不思議でもないが、イーサ先生のようなインテリ層にあっては、やはり少し変であろう。

俺もハロルに秘儀を施したのを見たあたりから偽名については疑いを覚え、入国の際にとっさに名乗って引っ込みがつかなくなったんだろうなぁ、とか思っていた。

「政治犯として利用される可能性を考えて、入国するときは偽名を使わせていただきました。できれば、私の本名は秘密にして頂けると助かります」

そうか……。

イーサ先生も、ちょっとやそっとの覚悟で、俺にこんな提案をしたわけではないのだ。

本名を明かした時点で、かなりのリスクを負っている。そんなことは覚悟の上で、俺に生き延びる手段の一つを与えようとしてくれたのだ。

きっと、俺が戻ってきて、申し訳ありません、キャロルが捕まっているので人質交換されてくれませんか、と言えば、自分が明らかに死ぬと理解していても、「はいわかりました」と快く応じてくれるのだろう。

俺は、なんという善意を受けているのだろう。

「もちろん、口が裂けても言いません」

「いえ、口が裂けそうになったら言っても構いませんよ？」

イーサ先生はいたずらっぽく微笑んだ。

「……先生のご厚意は忘れません。ありがとうございます」

「いえ、厚意などとは……私は、丘の上を去る時に一度は死んだつもりでいますし、この命をユーリさんのために使えるのであれば」

いや、死んだつもりでいられると、こっちも気が気ではないのだが。

「ヴァチカヌスで何があったかは知りませんが、イーサ先生はこうして生きていますし、僕の大切な恩師ですよ。できれば、命を粗末にしないでいただけると助かります」

俺がそう言うと、イーサ先生は少し困ったような顔をした。

「確かに、そうですね。自分の命を蔑《ないがし》ろにしながら、ユーリさんにそれを望むのは、いささか説得力に欠けるかもしれません」

そういうことではないのだが……。

まあいいか。

「どうかご自愛ください」

「それと、話は変わるのですが」

「なんでしょうか?」

「先生はお嫌かもしれませんが、少し商売を考えているのです。それで……イーサ先生がその気であれば、聖典を翻訳してみませんか。軽く注釈をつけて」

「えっ? それは……現代シャン語にですか?」

イーサ先生は、シャン語訳の聖典というようなものを想像したらしい。

「いえ、テロル語です。実は、ハロル・ハレルに任せているアルビオ共和国との取引が上手くいっているので、印刷した聖典を輸出したら面白いかと思っているんです。正しい教えを啓蒙《けいもう》していけば、少しずつでも意識が変わっていくのではないかと……」

「しかし……どこで売るのですか? 買ってくれる者などいないのでは……」

イーサ先生はいかにも商売とかしたことなさそうだしな。

「イイスス教圏全体に売ってゆくのです。アルビオ共和国は闇取引の人脈をどこの国にも持っていますから……ホウ紙と印刷技術を使えば、羊皮紙の写本聖典よりもずっと安価に作れるんです。安ければ売れるというのは市場原理ですから、常に需要のある聖典は嫌でも売れると考えています」

聖書の所有は向こうでは一種のステータスになっているはずだから、俺は飛ぶように売れると見ていた。

これは調査済みだが、向こうでは植物紙はあっても、印刷の技術は未《いま》だにない。

当然ながら、シャルタ王国で製本したなどという情報は買う人の気分を害するだけなので、これは伏せて売る。

買う人は、もちろんイーサ訳ではなく現行の欽《きん》定《てい》訳聖典を欲しがるだろうが、安いのはイーサ訳しかないのだから選択の余地はない。

「ですが……こう言ってはなんですが、私が素直に書いた翻訳を流通させれば、すぐに異端となるでしょう。禁書に指定され焚書《ふんしょ》されてしまえば、どうすることもできません」


そりゃそうだ。

イーサ先生が翻訳した本なら、教会の逆鱗《げきりん》に触れるに決まっている。

教会が定めた聖典の解釈は、専門用語で〝信条〟と呼ばれており、これはイイスス教の高位聖職者が招集された公会議で採択される。

例を挙げると、聖典には、イイススは神の子なのか、神の意思そのものが人間に憑依《ひょうい》し、奇跡を起こせる超人のような存在になったのか、または神自身が地上に降りてきた存在なのか、実のところはっきりと説明した文言がない。

当然、そこが曖昧なままだと教会ごとに教えの内容が変わってしまい、聖職者の説教も統一性がなくなってくる。

Aという信者が、普段行っているBという教会ではなく、Cという教会に行き説法を聞いていたら、話している内容がBとCでは違う。どういうことだろう？　と質問をし、C教会の聖職者は青ざめてAを異端者呼ばわりしてしまう。

実際、イイスス教が拡大し大所帯になるにつれ、そういうケースは多発するようになってしまった。

そこで、大昔の教皇は公会議を開き、有力な聖職者を集めると、イイススは神とは別個の意思を持った〝神の子〟ではなく〝神そのもの〟という解釈を採択し、統一見解ということにした。

そして、その解釈を拒絶した連中は、異端者となり排斥された。

それ以降、何かにつけ問題が起こるたびに公会議は招集されたが、これは定例会議のようなものではなく、問題が起こらなければ数百年も開催されないこともある。

現在のカソリカ派の教義というのは、そうやって公会議の決定をパイ生地のように積み重ね、過去の決定が不都合となれば引き剝がすことによって形成されたものだ。

イーサ先生からの授業で、俺は表層的ながらもカソリカ派の解釈とワタシ派の見解の違いを知っている。

ワタシ派では幾つかの重要な信条を誤りとしているし、聖典解釈もだいぶ違うので、聖典が教皇領の逆鱗に触れるのは間違いない。

だが、そうなるまでには時間がかかる。

社会システムが高レベルに構築されていない国家では、辺境で起こった問題が中央に届くまでには、長いタイムラグが生じる。

この問題において、異端の判断をするのは教皇領だから、教皇領をドーナツ形に外す形で短期間のうちに一斉に販売すれば、問題になるまでの時間はかなり延びるだろう。

アルビオ共和国に金を払えば教皇領の内偵もできるのだから、禁書指定の発議が行われるということになったら、その時初めて教皇領に流し込めば良い。

「まあ、その時はその時です。売れなくなったら刷るのをやめますから。そうですね……布教ではなく、啓蒙と思えばいいんですよ。千冊も刷れば、幾ら焚書されようが一冊くらいは残るでしょう。

百年後にそれを見つけた人がいれば、現代では否定されたイーサ先生の考えに共感する人が後世に現れるかもしれない……。そういうのって、なんだか面白いじゃないですか」

俺がそう言うと、イーサ先生はまんざらでもなさそうな顔をしていた。胸がときめいてる感じだ。

それはそうだろう。

イーサ先生は科学者ではないが、思索を趣味とする者であれば、成果として生った果実を世に問いたいと考えるのは自然なことだ。

人間は、誰でも自分の足跡を世に残したがる。誰にも知られずに消えるのは、あまりに寂しい。

イーサ先生は嬉しがってすぐに賛成してくれるのかと思ったが、笑みをすぐに消した。

そして、十分ほども長い間、うつむいて黙ったままでいた。

何を考えているのか察しもつかないが、何かを考えているのは分かったので、俺は音も立てず黙っていた。

そして、長い沈黙のあと、ぽつりと、

「それは、私にとって大きな選択ですね」

と言った。

「そうでしょうか？」

俺には、さほど大きな選択とは思えない。

「確かに、翻訳作業に時間はかかるかもしれませんが」

「そういうことではありませんよ」

そういうことじゃないのか。

というか、なんだか先ほどとは変わって厳しい顔をしていらっしゃる。

「禁書に指定されれば、所有者は異端者ということになります。ただちに教会に提出すれば難を逃れますが、それでも疑いをかけられるでしょう。獄に繋がれ、あるいは処刑される者も出るかもしれません」

ああ、そういうことか。

俺にとっては、そんなことは心底どうでもいいし、むしろあちらの混乱は歓迎したいところですらあるのだが、イーサ先生にとっては違うのだ。

そりゃそうだよな……。

「それは、そうかもしれませんね……。イーサ先生の御立場を失念していました。お嫌でしたら潔く諦めます」

「いいえ、今のカソリカ派に一石を投じることは、ユーリさんの言うとおり、様々な意味でよい働きがあります。そういった負の側面と比較しても、行う価値はあると思っています」

だが、イーサ先生はやる気のようだ。

どういう心境なのだろう。

天秤《てんびん》が揺れ動いているような心境なのだとは思うが、どういう分銅を載せるのが正解なのかは、見当がつかない。

「その意味で、私は決断を迫られているのです。私は既に一度失敗し、大勢の人間の人生を台無しにしました。しかし、そのことを理由に行動しないのは、私の甘えかもしれません」

「…………」

重く考えすぎなのではないでしょうか、というようなことを言おうとも思ったが、やめておいた。それは先生が考えて結論を出すことだし、イーサ先生ほどの人物であれば、軽易な結論には達しまい。

というか、イーサ先生が嫌なら別に強く迫ろうとも思っていないし。

金稼ぎ自体を嫌がるかもと思っていたので、嫌なら諦めようと考えていた。

「結論は後日でも良いですよ。僕が帰ってきた時にでも」

「いえ……結論は今出ました」

へ？

そ、そうなのか。

「しかし、ワタシ派の訳聖典をお預けするにあたって、ユーリさんに答えていただきたい問いがあります」

え、なんか変な流れになってきたぞ。

問いってなんだ、試験問題みたいなもんか。

図らずも、さっきまで散々面接してきた俺が、面接される側に回ったのか。

「はい……なんでしょうか？」

「戦争というのは、なぜ起こるのでしょうか？」


？？？


俺は思わず眉をひそめた。

なんとも茫漠《ぼうばく》とした質問だな。

しかし、他ならぬイーサ先生の質問だ。

子供のような人間の疑問ではない。

先生には持論の一つや二つあるのだろうから、ここは議論に挑むつもりでしっかりと答えるべきだろう。

「なぜ……といっても、理由は様々あると思います」

「例えばどんなものですか？」

例えば、と言われても。

「集団心理的要因、経済的要因、地政的要因、歴史的要因、軍事的要因……どのような学問分野からも理由付けができますし、どれが正解というわけでもないでしょう」

「続けてください」

続けてください、って。

さっきので終わりじゃダメなんか……。

「例えば、隣国同士に経済的格差があった場合、これは戦争の火種になりえます。隣国が富み栄えているのを近くから見ていて、気持ちがいい国民や国主はいないでしょう。その国が脆弱《ぜいじゃく》な軍備しかしていなければ、当然に攻めたいという欲求が産まれます。これは明白な戦争開始要因の一つです。しかし、それは数ある要素の一つであって、全てではありません。経済的格差がなく、隣国同士で嫉妬や羨望といった感情が発生しなければ絶対に戦争が起こらないのかといえば、そうではない。例えばクルクス戦役などは、まったく別の要因から戦争が起こりました」

うん。

クルクス戦役というのは中世に起こった大戦争で、これは複雑な経緯はなんもなく、唐突に対立の引き金となる事件が降って湧いて、両国がお互い譲歩できなかったので戦争になってしまったというケースだ。イーサ先生が前職で世話をしていた野郎を傍迷惑《はためいわく》な学者が地中海のほとりで発見してしまったのである。

まあそれはどうでもいいが、イーサ先生の質問の答えとして引用する例えとしては正解だろう。

「そうですね……ユーリさんの洞察は、とても優れていると言えるでしょう。ですが、それは私が望んだ答えではないのです。いえ、私の質問が悪かったのですね」

えっ……。

なんなんだ一体。

「では、別の質問をします。戦争をなくすにはどうしたら良いと思いますか？」

「……それはまた」

絶句するような質問に変わった。

どういう意図があって、このような質問をしてくるのだろう？

それにしても、この手の質問は久しぶりに聞いた気がする。

この世界では戦乱がありふれているので誰もそんなことは考えないし、日本ではよく聞いたこの手の質問も今までの人生で耳にしたことはなかった。

ここは深読みせず、素直に答えておこう。

その結果、ワタシ派訳聖典を得られなくなったところで、それはそれで仕方がない。

「どこぞの一国が世界中を支配すれば、あるいは一時的に戦争はなくなるかもしれません。ですが、イーサ先生が仰《おっしゃ》りたいのは、そのような意味ではなく、世界中から恒久的に戦争をなくす方法ということですよね？」

「はい、その通りです」

なんとも難題であることよ。

難題でなく簡単な問題であるなら、戦争など最初から起きないわけだが。

人類が一人を除いて絶滅すれば戦争はなくなる、というナゾナゾ的な解答もあるが、それもだめだよな。

ふう……良く考えて答えんとな。

「昔、世界から武器と軍隊をなくせば戦争はなくなると言った人がいました。戦争を軍隊同士の戦闘と定義すれば、軍隊をなくせば戦争はなくなるでしょうが、そういう意味でもないんですよね」

「はい。その通りです」

まあ、そうだよな。

「それでは、争いごとそのものをなくそうという意味になりますね。その方法は、単純に考えて二つあります」

「二つも……ですか。私に教えてもらえますか」

「一つは、〝世界から武器と軍隊をなくす〟の延長線上の方法です。イーサ先生には言うまでもないと思いますが、世界中から武器と軍隊をなくしたところで、戦争はなくなりません。徒手空拳で組織化されないまま侵掠《しんりゃく》と戦闘をするだけです。人間は素手でも人を殴れますし、殺すこともできる。当然、奪うこともできます。武器と軍隊というのは、殺人を効率化して戦争に勝つために人間が発明した道具ですから、それがなくなったところで戦争を消滅させる本質的な効果はありません。戦争のありさまは様変わりするでしょうが、それ以上の効果はないでしょう」

「でも、先ほどユーリさんは、戦争をなくせると言いました」

「はい。厳密には、これは不十分なのです。それだけではなく、人間から腕や足や歯……そういったものを奪えば良いのです」

そう言うと、イーサ先生は少し訝《いぶか》しげな表情をした。俺はその非現実的な例え話を続ける。

「つまり、人間という生物から、あらゆる暴力的な機能を取りはらう、ということですね。もちろん、他人を害することはできない。戦争はなくなります」

「はあ……全人類がそれをやれば、確かにそうですね」

「もちろん、そうしたら人類は生きていけません。自然界の競争に呑《の》まれて絶滅するでしょう。ですが、武力をなくすという手法で戦争をなくすには、そこまでやらなければ意味がないのです」

実際は実行不可能な馬鹿らしい仮定である。

「それは、確かに納得できる結論ですね。現実的ではありませんが、想像上の実験としては」

想像通り、イーサ先生はあまり関心を抱いていないようだった。

「もう一つは、〝世界から武器と軍隊をなくす〟ではなく、〝人間から武器と軍隊の必要をなくす〟ことです。つまり、人間から暴力的解決をする必要をなくす、ということですね」

「はい。それは素晴らしいことですね」

イーサ先生はこっちの主旨の答えを望んでいたんだろうな。

「しかし、実際には、この世界ではありとあらゆる問題の解決手段に、暴力が使われています。男性は女性にいうことをきかせるために暴力を振るいますし、女性は子供に同じことをします。乱暴者は物欲を満たすために強盗を行い、それを逮捕するときには、やはり暴力によって強引に自由を奪います」

「はい。その通りですね」

「ですから、この解決が想定しているのは、殺人罪や窃盗罪、強姦《ごうかん》罪や暴行罪、それらが社会から存在しなくなり、刑罰の執行の機会が消滅することで警吏の必要もなくなった世界。ということになります。そのような世界では、当然に軍も武器も必要なくなり、戦争もなくなるでしょう」

「はい。では、ユーリさんはそれが実現可能だと思いますか？」

どうやらこれが訊きたかったことらしい。

ＳＦの小説や映画では、遺伝子操作や人造ウイルス、マイクロマシンなんかを使い、人間を根源的に変化させ、そういった事を行おうとする脳みそを変える、などという事をやっていた。

俺には人類の科学がそこまで達することが可能かどうかは判断できないが、科学が無限に進歩すると仮定すれば、いつか人類種から戦争の可能性を永久に奪うことも可能になるのだろう。

が、現状では不可能だし、そもそも人類種を変質させてまで戦争をなくすべきかというと、それにも違和感がある。

違和感、というか反感、というか。

「その答えは、はい、いいえ、ではしたくありません。はい、と言えば嘘をついたことになるし、いいえ、と言えば可能性をなくしてしまうことになる。ただ、実現しようと努力し、諦めずに前進することで減っていくことだけは確かで、それしか道のりはないものだと思います」

薬にも毒にもならない結論だが、こう締めくくるしかない。

「……ユーリさんのお考えは、良く分かりました」

「……そうですか」

うーん、ダメかな。

どういう意図の質問だったのか最後まで分からなかったが。

「聖典については、精一杯翻訳させていただきます」

なんだか知らんが、あれで良かったらしい。

「さっきのでよかったんですか？」

「はい。ただ、私は確かめておきたかっただけなのです。聖典は、そうしようと思えば、社会を混乱させる道具として使うこともできますから。そうならなければ良いのです」

いや……社会を混乱させるというか。

「いえ、僕は……俗なことを言いますが、お金を儲けたいだけです。陰謀めいたことは考えていませんが、正しい信仰を願って慈善の行いをする、などという高尚な考えを持っているわけではありませんよ」

お金はちゃんと取ります。

「分かっていますよ。お金を稼ぐことは悪いことではありません。ただ、聖なる本も悪意……いえ、この場合は害意と呼ぶべきですね。害意によって扱われれば、悪い結果しかもたらさない道具になってしまいます。私はそれを作るのは望みません」

つまりイーサ先生は、ワタシ派訳聖典の販売によって発生した信者を、俺がいいように、私利やシャン人のために利用することを恐れていたわけか。

「ユーリさんは、私が戦争を嫌っているとお思いでしょう」

「そりゃ……そうでしょう」

当たり前だ。

イイスス教は聖典で戦争を否定しているわけではないが、認めているわけでもない。

認めるとしても、それは権威に圧されての消極的な肯定であるべきで、自ら私利を追い求めて積極的に肯定するなどということは聖職者のすることではない。

イーサ先生は立派な聖職者なのでそのようなことはある筈《はず》もない。

「口が上手なユーリさんですから、私を利用しようと思っていたら、聞こえの良い理屈を組み立てて答えにしていたでしょう。でも、ユーリさんは正直な思想を話してくれました。それで十分、害意がないことが分かりました」

変に理屈をこねて絵空事を言っていたらアウトだったってことか。

「……でも、あちら側の混乱は僕に益するところです。今はこれからできる架空の存在について話している段階ですが、売れ行きが上々になれば利用したくなるかもしれません」

「そうかもしれませんね。だから、お願いします。お預けする聖典はイイスス教徒の幸福のために使ってください」

お願いされちゃったよ。

「分かりました。そのようにします」

元より、イーサ先生の意に反して利用するつもりなどない。

制限がつくなら、余計な欲を張らずに、利用の範囲内で使うだけだ。

「はい。ですが、それもユーリさんが無事に戻ってきてこその事ですからね。繰り返しになりますが、くれぐれもお気をつけ下さい」

「わかりました。気をつけます」

せっかくイーサ先生が書いたもんが無駄になったら悪いからな。

「では……少しお手を貸していただけますか」

？

俺はイーサ先生に右手を差し出した。

イーサ先生は、少しかさついた手でそれを取り、両手で包み込むようにして俺の手を握った。

肌が乾燥しているようなのに、手のひらは温かい。

今度、手に塗る油でも差し上げようか……。

ふとそう思った時、イーサ先生は、少しかがんで俺の手の甲に軽く唇をつけた。

唇と同時に、手を解き放つ。

急なことに俺がびっくりしていると、

「おまじないです。ご無事に帰ってきてくださいね」

と、イーサ先生は微笑みながら言った。

「……分かりました」

なんだか照れくさくなりながら、俺はイーサ先生の部屋を後にした。

Ⅲ

「おい！　待て！」

大慌てで到着した俺が叫ぶのを聞き、リャオは騎上から振り向き、怪訝《けげん》そうな顔をした。

「全体、止まれ！」

そう言って補給隊の移動を止めると、リャオは上官に対する礼として、カケドリから降りた。

俺も同じようにカケドリを降りて、地上で対面

した。

そして、リャオは隊員に聞こえないように小声で言う。

「待っててもお前が来ないんで、痺《しび》れを切らして出発するところだったんだ。今から偉そうに長話をしても、顰蹙《ひんしゅく》を買うだけだぞ」

リャオの後ろには、隊員たちがめいめいの革《かわ》鎧《よろい》を着てカケドリに跨《また》がっている。

俺は送り出しに訓辞をする役だったのだが、遅れてしまっていたのだ。

随分と待った挙句、何だあいつ、もう行こうぜ。ということになったのだろう。

リャオの言うとおり、大遅刻して駆けつけてきた俺が偉そうに演説でもしようものなら、これは大顰蹙ものだろう。

「悪かった。今から馬車が一台来る。その用意で遅れたんだ」

「馬車？　聞いてないぞ」

「俺も間に合わないと思っていたからな」

段列の後ろを見ると、馬車数台の後ろからもう一台の馬車がやってくるのが見える。

「あれだ。ついでに運べるか？」

「まあ、一台くらい増えたところで、どうということはないが……」

「ユーリくん、どうしたんですか？」

ミャロもやってきた。

ミャロは若い雌のカケドリに乗って、華奢《きやしや》な体に薄手の革鎧を纏《まと》っていた。

左の肩口から斜めに、大きな三角巾のような鎖《くさり》帷子《かたびら》が縫い付けてある。心臓を特に防御しようという試みだろう。

軽くて動きやすそうだし、なんとなく女性的な意匠で悪くはない鎧だ。実家からパク……借りてきたのだろうか。

「持って行って欲しい荷物が一つ増えた。今朝届いたんだ」

といっても、時刻的に今は朝なので、今朝といえば今も今朝なのだが。

「中身は食いもんじゃないからな。このまま持っていってくれ」

「分かりました」

ミャロは頷いた。

「水気と火の気は厳禁だ。だから、野営の間にも幌《ほろ》はとらないでくれ。まかり間違って火の粉でも入ると困るからな」

「はい、気をつけます」

物品の管理はミャロの領分のはずだから、ミャロが管理するだろう。

ミャロに任せておけば安心だ。


補給隊にちょっとした激励をしたあと、寮に戻ると、俺はベッドに寝転がった。

荷物の件で昨日から気を揉んでいたのでやけに疲れていた。

あとは、十三日後に王鷲で発《た》つだけだ。その間もいくらかやることはあるが、今日は早朝から港へ行き、その後も動き回っていたので、かなり眠かった。

ただ、心配事は頭から離れない。王鷲隊は道程をショートカットするために海峡を渡る。これは半島を腕に置き換えれば、肘を曲げた腕の親指から肩へとショートカットするようなもので、一旦肘を回ってから戻ってくるルートと比べれば比較にならないほど短く済む。

だが、実際にはちょっとした危険がある。何しろ下が海なので、途中で王鷲にトラブルがあった場合は落ちたら溺死してしまうのだ。王鷲の体力的にも余裕をもって飛べる距離なので事故率は高くなく、ほぼ安全とされており、そもそも下が陸地だろうが激突死の危険があることに変わりはないんだから問題視するほどのことか？　という認識が一般的ではあるのだが、やっぱり鷲の体調に異変を感じた時にすぐ降りられないのはリスクには違いない。

そんなことを考えながらベッドで目を閉じてい

ると、すぐに意識に霞《かすみ》がかかってきた。

そのとき、ガチャリとドアが開いた。

誰だ。

意識にかかった霞はすぐに吹き飛んだ。薄目を開けて確認すると、入ってきたのはキャロルのようだ。

まあ、そりゃそうだわな。

ドッラとミャロは今日出発したんだから、この部屋に来るのはキャロルと俺くらいだ。

あと来るとしたら、殺し屋くらいのもんだろう。わりと冗談でなく殺し屋かもしれないので、まずは薄目で窺《うかが》っていたわけだが。

とはいえ、キャロルは今日、俺と一緒に出陣前に激励をする予定だった。俺は大遅刻してしまったわけだが、キャロルは定刻前に到着し、きちんと役目を果たしたはずだ。

起きたら小言を言われるかもしれない。

このまま寝たフリをしておくとするか。

「寝ているのか?」

寝ているので、俺は答えなかった。

怒《おこ》りにきたのでないのなら、そのうち用事を済ませて帰るだろう。

キャロルは若干大きい足音で近づいてきて、俺のベッドの横で立ち止まったようだった。

なんだ?

もしかしてかなりブチ切れてて、そのまま踵落《かかとお》としでもして俺を無理やり起こすつもりだろうか。ありえないとは思うが心配である。

「……朝だぞ~」

と小声が聞こえてきた。

朝といっても、もう昼のほうが近いような時間なのだが。リリー先輩からもらった時計を見れば、今は十時ごろを指しているだろう。

目をつむっているので、どういうツラをして言ってきたのか分からない。表情が分からないと、声だけではどういう状況なのか察しにくい。

まあ、このまま寝とけば、そのうちどっかいくだろう。

用事という用事もないようだし、たぶん服とか本みたいなものを取ったらすぐに出ていくだろう。

そのまま、十分ほどが経過した。

といっても、時計を見たわけではないし、俺は目をつむっているだけだから、時間感覚は麻痺しているかもしれない。

面白い本を読んでいるときの十分と、トイレを我慢しているときの十分はぜんぜん違うしな。

実際は五分くらいかも……。

しかし、こいつは何をしているのだ。俺は目を開けられないので音で判断するしかないが、紙が擦れる音はしないので、本を読んでいるわけでもないようだ。

何か急ぎでない報告があって、俺が起きるのを待っているのか？

暇なの？

だが、じっと俺を見ているのだとも限らない。

椅子に座ったまま寝ているのかもしれないし、音の出ない遊び……例えばアヤトリとかしてるのかも。

……ああもう、かったるいな。

狸寝《たぬき》入りなんかするんじゃなかった。どうして我慢比べみたいな形になってるんだ。

今起きたフリをして目を開けよう。

と思った瞬間、ふいに俺の額に何かが触れる感触があった。

キャロルが俺の額に、指先で軽く触れたのだ。

そして、左右にスッスッと動かして、顔にかかった髪の毛を払った。

うっ……。

指先が額の肌に触れた瞬間、思わず眉根がビクっとしてしまった。

そのタイミングでキャロルの指がパッと離れた。

やっちまった。

このまま寝てるとおかしなことになる。そう思った俺は、ぱっと目を開けてむっくりと起き上がった。

「ん……？　キャロルか？」

目をぱちくりさせながら、キャロルを見る。

今まで寝ていました演技である。

キャロルは、固まっていた。まるで親に見られたくないアレをしているところを見つかった中学生のように硬直している。

「なんか用か」

「あ、あああああ、そそそうだ！　用事だ！」

面白いほどどうろたえている。

「いま来たのか？」

「そ、そうだ！　ちょ、ちょうど今さっき来たところだ！」

嘘をつけ。

「用事はなんだ」

「ああ、えーっと、ああああ、そうだな。わ、忘れてしまった」

忘れたて。

どうやら用事はなかったらしいな。

「じゃ、じゃあ、思い出したらまた来るから！」

キャロルはパッと手をあげると、そのまま慌てててドタバタと部屋を出て行った。

なんなんだあいつ。

第二章　出征

五月八日。

出発を控えた俺の前には二十八羽の王鷲《おうわし》と、めいめいバラバラの革鎧《かわよろい》を纏《まと》った若者が揃《そろ》っていた。

俺の横には、華美にならない程度に上品に仕立てあげられた白い革の鎧を纏ったキャロルがいる。誰がデザインしたものなのか、心臓部などを鋼のプレートで補強しながらも、デザイン的にも優れた仕上がりになっていた。

鎧に使っているのは白馬の革か何かだろうか？

その傍らには、キャロルの愛鷲《あいしゅう》である晴嵐《せいらん》がいた。

ここは、シビャクから七十キロほど離れたところにある、コレプタという漁村である。

コレプタは湾を王鷲で渡る場合の出発地とされているところで、さしたる産業もない寒村だが、王鷲乗りが宿泊する需要から宿はしっかりとしたものがある。

昨日、俺と俺が率いる観戦団はシビャクを発《た》ち、少し飛んでコレプタに到着した。それから大事を取って休養をとっていた。人間が休むためではなく、鷲を万全の体調にしておくためだ。

そして今日、俺たちはコレプタの海に面した平地に集まっている。

「さて、今日は事前に通達しておいたとおり湾を渡る。しかし、注意しておくべき点がいくつかある。諸君の生死に関わる問題なので、良く聞いてほしい」

と、前置きをして、俺は話しはじめた。

「まず、俺は一度これを経験しているので安心して付いてきてほしい。それと、もし離陸してから鷲に不調を感じた場合、四分の一くらいまでの間ならこちらに戻ってくることができる。その場合は誰にも確認を取る必要はない。戻る決断をすることは諸君の名誉をいささかも損なうものではないことを明言しておく。……それでも運悪く落ちてしまった場合だが」

鷲が体力的に飛んでいられなくなって墜落する場合、必ずといっていいほど前兆があるが、例外もわずかながらある。人間で言う心筋梗塞のような状態になるのか、上空で突然生命が停止してしまって墜落するような避けようがないパターンだ。ただ、それは本当にまれな話で、少なくとも俺が騎士院に在学しているうちは一度も発生していない種類の事故である。

「可及的速やかに安全帯をほどいて鷲と分離し、服や鎧を脱いで肺に息を吸い込み、海上に浮いていてくれ。救助できるかもしれない。以上だ」

俺はそう言って、訓辞を終えて一歩下がった。

交代にキャロルが一歩前へ出る。

「副長を務めるキャロル・フル・シャルトルである。私は最後尾からの監督を務めさせてもらうこととなった。行動中、王鷲の故障が明らかに見て取れる者には、私が手信号で伝える。その者は、どうかすみやかに引き返して欲しい。隊長が既に述べたように、外から見ても明らかに崩れているような鷲は、まず残りの行程に耐えられないだろうし、つまり墜落する可能性が高い。私は、諸君全員に生きて帰って欲しい。重ねて言うが、この命令には逆らわないよう、お願いする」

よく通る声でそう言い終えると、キャロルは一歩下がった。

「といっても」

と、俺は付け加えるように言う。

「知っている者もいるだろうが、昨日の移動日に、俺は一度王鷲を見て回って、故障を確認した。そこで、明らかに鷲が悪い何人かには、参加をとりやめてもらった。俺の見立てでは、君らの王鷲は健康だし、おそらくは脱落者は一人も出ないだろう。そこまで心配する必要はないと思うが……いや、脅かすのもこれくらいにしておくか。それじゃ、出発するとしよう」

結局、心配していたようなことは何もなく、湾を越えた先の陸地にバサリバサリと大きく羽をうちながら、星屑《ほしくず》が降り立った。

ここはもうキルヒナの地だ。

安全具をてっとり早く外すと、俺は地面に降りた。後ろには、続々と鷲が降りてきている。

案外あっけなく終わった。大きなトラブルもなく、たぶん全員が辿《たど》り着いた。

全員の鷲が降り、安全具を外し地面に立つと、誰からともなく整列を始めた。

選《よ》りすぐりだけあって、素早い動作だ。騎士院で教えられたことを着実にこなしている。

「整列後、点呼！」

と言うと、イチ、ニ、と素早く点呼を始めた。

二十六まで数え終わる。間違いなく全員たどり着いたようだ。

考えてみれば、こいつらも成績優秀者を更に選抜した者達《たち》なのだから、只者《ただもの》の集まりではないということか。

まあ、腕というより鷲の体調が万全なら普通に越えられるものではあるんだけど。

「それでは、小休止の後、予定通りメシャルの村へ入る。休んでよし」

俺がそう言うと、おそらくは肉体的な疲れというより精神的な疲れなのだろうが、皆その場に座り込んで休みはじめた。

俺は二回目だからそんなに疲れていないが、一応は死の危険があったわけだから緊張していたんだろうな。

「さすがだな」

晴嵐の手綱を持ちながら、俺の横に立っていたキャロルが言った。

「鷲の調子が良かっただけだ。お前の仕事がなくて良かった」

キャロルは脱落を通告する役目だったが、幸いにして仕事をせずに済んだわけだ。

「そうじゃない。メシャルにぴったりだったじゃないか」

「ああ、そっちか」

コレプタとメシャルを行き来する間、コンパスの針の向きは何度、というのは、長年の経験の蓄積でかなり正確な方法論が確立されている。

　実際、一月ほど前に俺がここから出発し、それに従って飛行し、コレプタに到着したときは、こりゃすげえ、と思ったものだ。

「驚くほどのもんでもないだろ。誰にだってできる」

「なかなかの玄人でも、到着してから町を探すのと聞いたぞ」

　そうなのか。

　まあ、こんだけ離れてると、角度が数度違っただけで到着地が十キロくらいズレたりするから、そういうこともあるかもな。

　地上を歩いている場合と違って、上空から文字通り鳥瞰《ちょうかん》できる王鷲だと十キロくらいズレたってすぐに町くらい見つけられるし、あんまり問題視していないのかもしれない。

「たまたまだろ。それより、さすがに体が冷えたな。大丈夫か？」

　この季節の空中飛行は、厳寒期に比べればずっとマシだが、それでも体に応《こた》えるものがある。身に沁《し》みるような寒さであることに変わりはなく、その中に三時間ほどもいたので、俺の体は冷えきっていた。

「大丈夫だよ」

「大丈夫には見えないがな。唇が青いぞ」

「倒れるほどじゃない」

　具合は悪そうだが、部下の前で過剰に気遣えばキャロルの立場がなくなる。手助けはしないほうがいいだろう。

「そうか。幸い、すぐそこがメシャルだからな。宿に着いたら休もう」


　メシャルの町は、よくある半農半漁の寒村のように見えるが、コレプタと同じように宿場町的な仕事で金が落ちていくので、なんとなく豊かで余裕があるような感じがする。

　そういうのは、農家の軒下にある鉄製の農具の質だったり、作りがしっかりしている家が多かったり、村民の服が若干でも見栄えがするものだったりと、そういった部分に表れてくるものだ。

山奥にある本当の田舎町などと比べれば華やかさすら感じる。

「……あれ？」

宿の前に着くと、町に一軒しかない大きめの宿は閉じられていた。窓はカーテンがひかれたまま閉じているし、湯気や煙突の煙も立っていない。

人の住んでいない建物というのは、どこか呼吸をやめているような雰囲気がするものだが、ここはまさにそうだった。

どういうこっちゃ？

三週間ほど前に泊まった時は、普通に営業していたのに。

その時に、今日あたりの日付で大体何人で来るということは、予《あらかじ》め伝えてあった。

選考の関係で一日ズレたのも許容範囲内のはずだ。宿泊料の半金も払っている。

ドアに手をかけて開けようとしてみるが、やはりガチャガチャと建具が音を鳴らすだけだった。

やはり鍵がかかっている。

「どういうことだ？」

キャロルが言った。

「わからん。宿の主人が倒れでもして閉めてる……のかも」

しかし、そう大きくない宿とはいえ十室ちょっとはあるし、もちろん一人で切り盛りしていた様子ではなかった。

だったら、主人が倒れたからといって、従業員に任せてでも宿は開くだろう。

なんで閉まっているんだ？

「すいません、すいません」

と、声がしたのが聞こえてくる。

何やら、王鷲の群れをかき分けて、誰かがこちらに向かって来ているようだ。

人垣をかき分けて出てきた人間は、俺の知っている顔だった。

「おっ、あんたは馬の世話役だったな」

「へい」

この男は、宿に常勤して馬の世話（この村においては実質鶩の世話）をする仕事の男で、俺も前に一泊したときに星屑を預けた。

「悪いが、説明してくれるか？　主人が急死でもしたのか」

「へい……恐れながら、似たようなもんでございまして」

「というと？」

「旦那が支払った半金を持って家族ともどもシャルタに……」

……えーっと。

「もともと気が弱え男でして。最近、戦《いくさ》の報が聞こえて、村を出る者どもが増えますと、どうも気分が落ち着かねえようで……一週間前に、おれに宿の鍵を預けると、引き止めはしたんですが、消えてしまいやした」

うーわー。

なんてこったい。前金持ち逃げかよ。

とはいえ、払ったものは払ったのだから、俺らに泊まる権利はあるだろう。鍵はこの人が預かっているようだから、勝手に素泊まりすることはできる。

前金は、宿代が半額になった代わりに一切のサービスがなくなったと考えればいい。

「じゃあ、勝手に泊まっていいってことだな。中の寝具などが残っていないのでは困るんだが」

「それは大丈夫でございます」

寝具などは売られもせず残っているらしい。

まさか、戦争でこの土地が無事だったら戻ってきて営業を再開するつもりなのだろうか。

そん時は苦情じゃ済まされんぞ。

「従業員は離散してしまったのか？」

「はい？　もちろん、暇《いとま》を申し付けられましたが」

「ああ、そういうことじゃない。もうこの町にいないのか、ということだ」

「そういうことなら、殆《ほとん》どがおります」

それならなんとかなりそうだ。みんな付近の村落に離散してしまっている、というのでは、どうしようもない。

「なら、これで今日明日働いてくれる者を集められるか？」

俺は男の手に銀貨の入った袋を渡した。

「二千ルガ、シャルタ銀貨で入っている。これが半金で、残りの半金は宿を出る時に払う」

「ああ、十分でございます」

「鷲の餌代と、俺たちの食事代も入っている。王鷲の世話もしてもらわないと困るからな。だが、これだけ鷲がいてはお前一人では十分な世話は無理だろう。この金でそこらの暇そうな子供を雇って手伝わせてもいい」

「へい。集めさせていただきます」

「今日明日は鷲を休ませるから、そのつもりで。それと……」

俺は金貨を一枚、別に取り出して男に渡した。

千ルガ金貨だ。

「これはお前の給料だ」

「え、こんなに」

男は、眩《まばゆ》いものでも見るかのように金貨を見た。

「その代わり、他の金はお前の懐には一切入れるな。余ったとしても、雇った者に平等に分けろ」

「はい、当然そうさせてもらいます」

「じゃあ、頼んだぞ。鍵を渡してくれ」

「へえ」

男は俺に鍵を渡した。


適当に部屋割りを決め、全員をひとまず部屋に入れると、俺とキャロルは自分たちの部屋に入った。

「あれでよかったのか？」

荷も解《ほど》かぬうちにキャロルが言った。

「何がだ？」

「ケチなことを言うわけではないけど、あの男に特別に金貨をくれてやるというのは」

ああ、あれのことか。

なんだ、妙なところが引っかかるんだな。

「金をやりすぎってことか」

「非難しているわけではないのだが……なんというか、他の者はそれほどもらわないわけだろう。どれだけ集まってきてくれるのかは知れないが」

「他のやつと同じような金額にしろってことか？ 例えば銅貨五枚とか」

銅貨五枚は五十ルガだから、さっき馬番の男に渡した金額は、その二十倍になる。

とりあえず二日間は世話してもらうつもりだから実質はその半分になるが、田舎の農民からしてみればけっこうな大金だ。一ヶ月分の現金収入が一日で入ってくるようなものである。

「銅貨五枚かどうかはともかく、少し差が激しすぎるように思える」

「あいつには人並み以上に働いてもらわなきゃならない。ちょっと盛ったくらいの給料じゃ、皆以上には働かないだろ」

「う……む」

どうも納得いかないのだろう。

「まあ、それは理由の半分だけどな」

「？……どういうことだ？」

「俺は今さっき、あいつにどれだけ金を預けた？ 二千ルガだぞ。そういう金額を預かった人間が、自分の報酬は五十ルガぽっちだったらどうする。俺はあの男の人柄は知らないから偉そうなことは言えんが、普通は使う金をケチって差分を懐に収めようとするぞ。それで、疲れを癒やすべき鷲の世話まで手を抜かれたらどうする。それこそこっちの損だろ」

「そういうものなのか」

「もちろん、そういうことにならない可能性もあるけどな」

幾ら低賃金でコキ使われようと、一生懸命に働くって奴《やつ》もいるし。

「だが、そうじゃない者も多いと」

「まあな。責任に対して十分と思える報酬が得られなければ、人は預けられた金をチョロまかしてでも私利を得ようとするもんだ」

腐れ切った魔女なんかは、十分に金をもらっても職を汚してさらに金を得ようとするしな。

「は～……なるほど～」

なんだか感心しているようだ。

なるほど～て。

「なんだ。今日はやけに素直じゃないか」

もっと面倒くさい議論になるのかと思った。

「いや、母上の言うことにも一理あると思ったのだ」

「なんだ？　なんか言われてきたのか」

なんぞ余計なことを吹き込まれてきたんじゃなかろうな。

「いや、お前のやることなすことを良く観察して学べと言われた」

「なんだそりゃ。俺のやることなんて学んでどうすんだ」

俺みたいな奴から学んだら、むしろ王族としては良くない影響が出てきそうだ。

◇　◇　◇

キャロルが忙しそうに出て行ったあとも、俺は部屋で休んでいた。

頭目というのは意外とそういう役どころが多く、ホウ社のときもそうだったが、やることをやっとけば後は寝ていても部下が進めてくれる。

社の場合はカフで、今度の場合はキャロルなのだろうが、つまりは部下に恵まれているということだろう。

ベッドで寝ていると、ドアが開いた。

「おい」

キャロルの声がしたので、俺は起き上がる。

「なんだ？」

「調達してもらった物の中に、酒があるんだが、飲ませてもいいのか？」

ああ、酒か。

考えてなかった。

まあ、連中も一応は命がけの飛行を経験したあとなのだから、少しくらい羽目を外させても構わないだろう。

緊張を解《ほぐ》してやりたくもある。

「構わないぞ。だが……そうだな、醜態を晒《さら》すなとは言っておいたほうがいいかもしれない」

「わかった。それと……」

と、俺はそこで、キャロルの後ろに例の馬番の男がいるのに気がついた。

「話があるそうだ」

そうだろうな。

話がなかったら部屋までは来ないだろう。

キャロルが一歩身を引くと、男が前に出てきた。

「実は、折り入ってご相談がありまして……」

「なんだ？」

鷲の餌を買ったら、金が足りなかったとかか？

「厩舎《きゅうしゃ》には、ユーリ様とキャロル様の鷲が入っておりますが、残りは入りきらぬので外に繋《つな》いでおるのです」

「もちろん、知っている」

少し前に軽く見回り、ああこの季節の冷たい雨で鷲が濡《ぬ》れたら困るな。今日は星がよく見えるほど晴れているから、降りそうになくてよかったな。と思っていたところだ。

「それで、実は、ここのところ町に熊が来るのです」

熊？

熊というのは、この地域ではおおよそヒグマのことで、連中はベルクマンの法則の忠実な信奉者なのか、やたらと体が大きい。

だが、もちろん冬眠はするので、春先の熊は体重が落ちているはずだ。

そのぶん飢えてもいる。

人間を襲いに来ているのか、それともたまたま人間が出した生ごみとか、ボロ屋に吊《つ》っておいた肉でも食ったのに味をしめて、人里に降りてくるようになったのか。

どちらにしても、厄介だな。

「それで？」

「はい。常であれば、もちろん鷲の入っている馬房はお守りできるのですが、この度はたくさんの鷲を外に繋いでおりますので、つまり……」

男は言いにくそうに言葉を濁した。

「つまり、鷲の無事は確約できかねると」

「そういうことでございます。もちろん、鷲も黙って喰《く》われるわけはございませんから、爪を立てて熊を驚かすでしょうし、町には狩人《かりゅうど》もおります。彼には寝ずの番を頼んだので、矢で撃退できるとは思うのですが」

「なるほどな」

まあ、確かに体力の落ちた熊相手なら、矢で撃退できそうではあるが。

寝ずの番をするとはいっても、二十六羽の鷲が外繋ぎになっているわけで、それらを全て完璧に警護するというのは難しそうだ。

放し飼いにすれば勝手に空に飛んで逃げるだろうが、そういうわけにもいかない。二度と戻ってこなければ、殺されたのと同じだ。

「それで、実は折り入って提案がございます」

「なんだ？」

「皆様の槍《やり》を数本、お貸しいただければ、それを持たせた町の衆で鷲を守ります。お恥ずかしながら、武器といえば斧《おの》や鉈《なた》などしかないのです」

ああ、なるほど、それが本題か。

確かに、大柄の熊を相手にするとなれば、薪割《まきわ》り斧だの藪《やぶ》こぎ鉈では心もとなかろう。

なんといっても、リーチのある槍がいちばん頼りになる。

訓練などした事のない農民でも、遠間から槍を突き立てるのは簡単だ。だが、斧や鉈を持って熊の懐まで入り込むというのは、よほどの勇気が要る。

しかし、槍というのは騎士にとってはかなり大事なもので、武士の魂ならぬ騎士の魂といってよいような存在である。

差別するわけではないが、農民に貸し与えるようなものではない。

「それは無理だ。それだったら、こちらで交代で番をする」

というか、無知から来た発言だったのかもしれんが、さっきのはお堅い奴だったら無礼討ちにされていてもおかしくないくらいの発言だったぞ。

鷲のためとはいえ、槍貸してくれとか。

「お願いしてもよろしゅうございましょうか」

「ああ、構わない。俺も出るしな」

「え？」

「俺も、熊狩りを試してみたくなった」

男もキャロルもぽかんとしていた。


夜。

俺は、篝火《かがりび》で煌々《こうこう》と照らされた陣地の真ん中で、椅子に座っていた。

目の前の焚《た》き火《び》は、薪が水を含んでいるせいでパチパチと音を鳴らしている。


そして、まわりじゅうにいる鷲には目に覆いがかぶせてあった。

これは鷲頭巾といって、主に鷲舎《トリカゴ》がない状態で昼間鷲を留め置くときに使う。目隠しをされると、どのような習性なのか、鷲は鎮静剤を打たれたように大人しくなる。

星屑ほど上手《うま》く調教された鷲には必要ないものだが、今は星屑と晴嵐もつけていた。篝火の明かりが多い夜だからだ。火が近くにある環境では、鷲はそれが気になって深く眠ることができない。

歩哨《ほしょう》をしている隊員たちの真ん中で、俺は座っていた。寒くない服を着て、半分寝て半分起きているような状態でずっと過ごしている。

隣にはキャロルがいる。

俺が寝ずの番をするというと、何故《なぜ》か張り合ってついてきたのだ。部屋で眠っていればよかろうに。

こいつは上手いこと眠ることができないのか、目を瞑《つぶ》りながらも軽く眉根を寄せていた。

事情を知らないやつが見たら、目を瞑りながら不機嫌さに耐えているように見えるだろう。

「辛《つら》いなら部屋に戻れよ」

もう何度言ったか知れない助言をする。

「いや……それでは示しがつかない」

目を閉じたまま、すぐに言い返してくる。

やはり起きていたようだ。声にいよいよ元気がない。

なぜこんなに強情を張るのか。

不眠症のように覚醒状態にあって眠れないのと、体は眠ろうと思っても環境に慣れないために緊張を強いられて眠れないのとでは、雲泥の差がある。

キャロルの場合は後者のはずで、おそらく体は疲れきっているのに、育ちが良いせいでこういった環境では眠れないのだ。ベッドに入れば一分もせずに寝息を立てはじめることだろう。

といっても、ベッドに入った時のように、ぐでーっと体を弛緩《しかん》させて熟睡されても、見栄えが悪いので困る。

それならベッドで寝ろよという話になってしまうので、授業で居眠りする生徒のように上手いこと眠る必要がある。キャロルが講義で居眠りをしているのは、これもやっぱり見たことがない。

「まあ、いいけどな」

体調を崩さなければ、いくら強情を張ろうが構わない。

キャロルの存在のおかげで、歩哨の連中も気が引き締まっているようだ。

俺は、持ってきていた丸いパンを取り出すと、ナイフで深く切れ込みを入れて、バターとチーズを隙間に入れた。

そのまま鉄串に刺して、くるくると全体を回しながら焦げないように火にあてていく。

大して腹が減っているわけでもなかったが、こういった余計な業務で体力を消耗するときは、少し余分に食っておいたほうがいい。

栄養さえ足りていれば、体調というのはなかなか崩れないものだ。太るかもしんないけど。

軽く焦げたのを見ると、パンを引き上げた。

そのままナイフを入れて、今度は真っ二つにする。ナイフをパンで拭うようにして引き抜くと、そのまま鞘《さや》に入れた。

「ほら、食え」

と半分を差し出す。

「えっ」

自分の分だとは思ってなかったのか、キャロルは驚いた顔をした。

「腹が減ってなくても食え。何も食わないと体調を崩すぞ」

「ああ……そうだな、いただこう」

キャロルは素手でパンを摑《つか》み、口にくわえた。

俺も同じように食べると、バターに塩が入っていたようで、バターの染みたパンがちょうどいい塩加減になっていた。

溶けたチーズがその上にかかって、なかなか美《う》味《ま》い。

「美味《おい》しい……」

とキャロルが言った。口に合ったらしい。

「そうか」

なんだかんだで腹が減っていたのか、キャロルはすぐに平らげてしまった。

最後の一欠片《ひとかけら》を口に放り込むと、時間をしばらく確認していなかったことを思い出す。

リリー先輩謹製の銀製懐中時計をポケットから出して確認すると、もうそろそろ交代の時間だった。

「そろそろ交代だな。次は六号室と七号室の担当だ。お前が起こしに行って来い。俺は今でてる奴らに声をかけて回って、部屋に戻るように言う」

「わかった」

俺は椅子から立ち上がった。

まるで授業中居眠りでもした後のように、意識が一時的な明瞭さを取り戻しているのを感じる。

キャロルのほうは、自律神経でも狂ってしまっているのか、若干フラついていた。

「そのまま部屋に戻って寝てもいいぞ」

と言うと、

「バカ」

とだけ言って、俺を軽く睨《にら》んできた。

「……夜が明けたか」

何をするでもなく夜通し起きていたというのは、実は初めての経験だった。

もちろん徹夜などは何度も経験したことがあるが、その都度何かと向き合ってのことであったり、談笑しながらのものであったり、ゲームで遊んだりしながらのことだ。

哨兵《しょうへい》の真似事《まねごと》も楽ではない。

真っ暗闇だった空が徐々に徐々にと白んでいく様子は、中々に感動的でもあり、同時に退屈と眠気、そして僅かながら不毛な思いを感じさせた。

「リーダー格が二人同時にいなくなるのはまずい。先に寝ていいぞ」

「……」

キャロルは聞こえているのか聞こえていないのか、言葉の意味が分かっていないような顔をしていた。

憔悴《しょうすい》しきっているというか。

キャロルは少しのあいだ考えたあと、

「分かった。そうさせてもらおう……」

と言った。

一瞬、俺に張り合って何か言おうと考えたが、自分の体調に意識を向けると、即「あ、これ無理だ」と諦め、素直に従うことにしたらしい。

手に取るように分かった。

「うん、そうしろ」

と、目も向けずに言ったとき、視界の片隅にいる隊員の一人が、不自然な動きをしたのが見えた。

立ったまま一瞬意識が途切れたのが、ビクっと体を震わせて目を覚ます、というような、この夜に何度も見てきた動きではなく、まるでビックリ仰天して腰を抜かしたのを、どうにか尻餅をつくことだけは堪《こら》えた。というような動きだった。

「きっ、きたぞーーー！！」

という大声が響き渡った。

「やっとこさお出ましか」

俺はよっこらせと立ち上がった。

「キャロル、連中の指揮をとれ。まあ、概《おおむ》ね予定通りやっているみたいだがな」

キャロルは、眠気の吹き飛んだ緊張した面持ちで、こくりと頷《うなず》いて走って行った。

予定通りというのは、つまりは槍を構えて熊を囲いながら鷲を守るということだ。

俺も荷物を持って走り寄ってみると、ヒグマは体長三メートルもあろうかという巨大な個体だった。

それを、概ね小型の槍を持った隊員が遠巻きに囲んでおり、槍衾《やりぶすま》を作っている。その巨大さに、本能的に圧倒的戦闘力を感じ取り、俺は思わず総毛立つ思いがした。

だが、ヒグマのほうはさほど攻撃的な気分ではないように見える。邪魔をしている小さな人間には目もくれず、その奥にいる鷲の様子を窺《うかが》っているようだ。

馬番の男の話によると、このヒグマは最初、とある家を襲ったという。その家は近くの川で魚を獲《と》る川漁師で、軒下に紐《ひも》で魚を吊るして、つまりは干し魚を作っていた。ヒグマはそれを美味しく頂き、その後味をしめて人里に降りてくるようになった。

そのころ、まだ営業していた宿は、客が残した食べ物の余りなどを建物の裏手に掘った穴に捨てていたらしい。ヒグマはその匂いを感じ取り、穴を掘り返して生ごみを漁《あさ》ったりするようになった。

その他にも何軒か味をしめられた民家があり、ヒグマはそれらの家を日に一度巡回しては森に帰るらしい。もちろんこの宿は今はもう営業はやめているが、諦め悪く巡回ルートの一部として回っていくようだ。

そういうわけで、このヒグマは好んでヒトを襲いに来ているわけではない。ヒグマは、しきりに立ち上がったりしゃがんだりしてヒトの群れの奥にいる鷲を見ようとしている。大きな鳥肉にありつくことと、その前に立ちはだかって邪魔をしている存在と戦うこととを天秤《てんびん》にかけ、迷っているように見えた。

その結論が出るまで待ってやる義理はない。俺は、大事にかかえていた荷物の包みを取った。

その包みには、鉄の筒に様々な加工が施され、木や金属の部品が装着された道具が入っている。その道具は、鉄の筒から金属の玉を発射するための機械だ。

つまり、鉄砲である。

触ると、ベタつかない程度に粘度の低い油が全体に塗られ、濡れたような感触があった。

これはキルヒナ王国への資料、そして心ばかりの贈り物としてアルビオ共和国から輸入した、向こう側で最新式の鉄砲である。

滑腔《かっこう》銃で、ライフリングは切っておらず、点火方式は火打式《フリントロック》だ。

研ぎに出したばかりの刀剣などとは違い、鉄砲は一発や二発発砲しても悪くなるわけではない。というか、贈ってみて暴発でもしたら問題になるので五発ほど試射してきた。

俺は火蓋を開いて火皿の中の火薬を確認した。

この銃は、引き金を引くことで取り付けられた火打ち石が当たり金を兼ねた火蓋に勢いよく激突し、大量に散った火花を火薬の入った火皿に流し込むことによって点火するようになっている。

実際に燃焼によって弾丸を押し出す火薬は、筒状になっている銃腔《じゅうこう》の行き止まりの末端に詰められているわけだが、筒の末端に小さな穴が開いており、そこで火皿の中の点火薬とつながっている。

火皿は閉まった状態ではある程度ピッタリと閉じている。もちろん水に浸《つ》けたりしたらダメだが、少し持ち運んだくらいでは中にある火薬がこぼれてしまうことはない。つまり、最初の一発は構えて撃つだけで発射することができる。

「ちょっとどいてくれ。前に行く」

俺は隊員たちをかきわけ、最前列へ行く。

「えっ？」

「隊長？」

などという声が聞こえた。

最前列へ行くと、熊がよく見えた。距離は六メートルくらいだろうか。

俺も別の銃で二十発くらいは射《う》った経験があるので、コツはなんとなく分かっている。十メートル以上となると難しいが、このくらいの距離であのドでかい的となれば、一応当たりはするだろう。

俺はその場で膝立ちになり、銃床を肩に押し付け、狙いを定めた。

ヒグマは、珍妙な行動をしている俺に興味をそそられたのか、俺をじっと見ている。

引き金を引くと、パチンとバネが弾《はじ》ける音がして、耳の近くでバジュウウという黒色火薬が大気中で燃える、花火のような音がした。

ドンッ!! と、途轍《とてつ》もない轟音《ごうおん》とともに、肩に強い反動を感じる。

銃腔から噴出される硝煙の向こうで、鉛球がヒグマの腹部に吸い込まれたのが見えた。当たった瞬間、ヒグマは明らかに強烈な攻撃を受けたことを感じたようで、ビクッと体を震わせた。

そして、数秒間俺を憎らしげに見つめたあと、一目散に森めがけて逃げ去っていった。

周りの隊員たちは、見たことのない異国の武器と、聞いたことのない大音声の砲声を聞いて、鳩《はと》が豆鉄砲を食ったような顔をしていた。

「狩人！　狩人はいるか！」

大声で、狩人を呼ぶ。

「はい！　はい！」

なぜか二回返事をしながら、獣の毛皮をまとった男が現れる。

夜の番を始める前に顔合わせした狩人だった。

「致命傷かどうかは判《わか》らんが、重い傷を負わせた。犬で追えるか？」

俺は目線で熊の去った先を見た。点々と落ちた赤い雫《しずく》が森に続いている。

「なんとかできると思います」

狩猟犬というのは、獲物となる鳥獣を見つけ、狩人がそれを傷つけた場合は、追跡する役目を持っている。

熊のような大きな相手は、鉄砲をもってしても殺しきれない場合が多いが、犬はそれを追跡して、付かず離れず吠《ほ》え立てることで休息をさせず、流血を増やすことができる。

結果、安静にしていれば致命傷とはならない傷でも、命を奪うことができる。

猟師の近くにいる長毛のわんわんがそれだ。元気いっぱいに尻尾を振っている。撫《な》でたいところだったが、そんな暇はないだろう。

「じゃあ、追ってくれ。毛皮はお前にやるからな」

二時間ほどかかって狩人が帰ってきたときには、森の中に無理やり入れた大八車のような荷車に、肉と毛皮が満載されていた。

現場で解体してきたらしい。

キャロルや隊の連中が、群がるようにそれを見ている。

貴族の狩猟では普通、シカあたりは狩るが熊は狩らないので、狩られたヒグマを見るのは初めてなのだろう。

「ふむ……立派な毛皮だな」

と俺が言うと、

「は、はい……」

と、狩人は心なし何かを恐れているような顔で返事をした。俺が「やっぱ欲しい」などと言い出さないか、恐れているのだろう。

「心配するな。約束通り、これはやる。だが、他の部位はこちらで貰《もら》うぞ」

「へえ、もちろんです」

「それで、胆はどこだ」

俺が言うと、狩人はビクッとした顔をした。

やっべ。みたいな表情が出てるぞ。

「へ、へえ、ここに」

狩人は、自分の持ち物らしき袋から、細い紐でぶら下げた、ぼってりとした何かを取り出した。

お前、俺が言わなかったら絶対自分の懐に入れるつもりだったろ。

生の熊の胆囊《たんのう》というものは初めて見るが、非常にグロテスクだった。白くて薄い半透明の膜に、たぷたぷとした液体が包まれており、出入り口を縛ってある。

胆囊は出入り口が一ヶ所に固まった袋状の臓器なので、口を縛れば中の液は出てこない。分泌された胆汁を貯《た》めておくための袋なのだ。これを乾燥させるとガチガチの固体状になり、熊胆《ゆうたん》という生薬となる。

俺も幼いころ口に入れられたことがあるが、妙にクセのある強い苦みが走る、良薬口に苦しを体現したような薬だ。

これは、少なくともシャン人の間では古今珍重されているもので、非常に高く売れる。

狩人は、結索に用いた糸をそのまま持ち手にしてプラプラさせていた。家に帰ったら、このまま家の中にぶらさげて乾燥させるつもりだったのだろう。

「もらうぞ」

と、胆を受け取った。

「どのように乾燥させればよいのか、聞いてもいいか」

「……オオカタ乾いたら穴の空いた板で挟んで、平らにするだけですけんども……破けて台無しになるかもしれませんで、そのまま乾かしても十分かもしれんですな。売り物にはせんのでしょうから……」

なるほど。

今は水筒のようになっているが、これが半乾きになって中身が液体状を失ったら、徐々にプレスしつつ乾かすわけか。

「分かった。礼を言うぞ。いい土産ができた」

「へい……」

まだ未練があるのか「何が土産だ、こっちは生活がかかってんだ」とでも言いたげな目をしながら、狩人は毛皮のほうへ行ってしまった。

まあいいだろう。

かわいそうな気もするが、致命傷となった傷を負わせたのは俺だし、毛皮も相当な高値で売れるはずだから、それで満足してほしい。

「おい」

振り向くと、キャロルがこっちを睨んでいた。

「そんなものもらってどうする気だ」

キャロルは俺がぶら下げた熊の胆を指さした。見るからに毒々しい。

「戦利品だ。これくらいいいだろ？」

「……？　それが戦利品になるのか？　どうせなら、爪とか手とかをもらったほうがよいのではないか？」

「ああ、そりゃ見たことないよな。これが熊の胆だよ」

「内臓なのは分かるが……なんの役に立つんだ？」

なんだ、こいつ、もしかして飲んだことないのか？

俺はルークから「これは凄《すご》い高いんだぞ、有難がって飲め」みたいに言われた覚えがあるんだが、実は民間療法で王族はこんなもん飲まないのか。

いや、前にシビャクの薬屋でぺしゃんこの熊胆一枚が金貨何枚かで売っていたのを見たことがあるから、そんなことはないはずだが。

「熊胆だろ？　食ったことないのか？」

「聞いたこともない。そのまま茹《ゆ》でるのか」

茹でるとか。

そんなもったいない話こそ聞いたことがない。

「乾かしたら凄く甘いお菓子みたいな味になるんだ。熊の胆は特別でな。癖もなくあっさりとした甘みがある。有名な高級甘味なんだが、まさかお前が知らないとはな。あとで食べさせてやるよ」

面白いから騙《だま》してやろう。

「甘い……？　そんな肉があるのか？」

「体の中にはそういう内臓があるんだ。面白いだろ」

「ふーん……」

純粋に興味深げな顔をしている。

「じゃあ、俺はこれを干してくるから、お前は熊の肉や内臓を鷲に与えさせろ。胃の腑《ふ》や腸は別にしてな」

消化器系は酸アルカリ、それと細菌と糞便《ふんべん》が詰まっているから取り除いたほうがいい。

「えっ、私がか？」

キャロルは恐る恐る、かなりスプラッタな光景となっている荷車の上の肉塊を見た。

命令すればやるだろうが、あの血の滴る肉塊を両手ですくって鷲にやってまわれというのは、お嬢様育ちのキャロルには厳しい注文だろう。

徹夜明けのキャロルには、さすがにやらせたくはない。

「いや、馬番に言えばやってくれるだろう。胃腸なんかは言わずとも与えないだろうが、一応言っておいてくれ」

「ああ……わかった」

「それが終わったら、休んでいいぞ」

キャロルと交代で俺も寝よう。


俺の行く手を通せんぼするように、隊員の連中がいた。何やら集団でくっちゃべってるようだ。

さっき槍衾の一員として実際に熊と対峙《たいじ》した奴らと、その時に寝てた奴らとが混ざっているらしく、何があったのかを興奮気味に語り合っている。

まあ、面白い見世物だったろうから、空振りに終わった連中は残念だったな。

「お前ら、何してるんだ」

「隊長の勇姿を語って聞かせていたんです」

などと、意味不明なことを言ってきたのは、俺より年下の一人だった。

隊員は各年齢層から均等に取ったので、隊の中で俺より年下というのはけっこう居て、多数派ではないものの極少数というわけではない。

「ただ鉄砲撃っただけだぞ」

それを当てたのは鼻高々ではあるものの、鉄砲というのはそれほど勇ましい武器ではない気がする。

使ったところで卑怯《ひきょう》とか臆病とかではないが、俺の中ではなんというか〝勇敢〟というより〝効率的〟な武器だ。

「それです。その武器は話に聞くクラ人の武器ですか？　よろしければご教授を……」

なんだ、勉強熱心なやつだな。

「ご教授は、向こうで合流してからするつもりだ。今はしない」

「ああ」

勤勉な少年は、見るからにがっかりしたような、残念そうな顔になって言った。

「分かりました」

「そうだな……まあ、でも、ここにいる皆も暇なら頭の中で状況を思い描いておくといいかもしれない。これは」

と、俺は手に持っていた鉄砲を少し持ち上げて、皆々に見せた。

「誰にでも簡単に扱える武器だ。言っておくが、俺は一週間くらい前に、たった一日練習しただけだからな。俺が特別に天才だったとかではなく、誰でも一日であのくらいは扱えるようになるんだ。そういう武器を装備した輩《やから》が、例えば千人並んで、さっき熊を一撃で仕留めた弾丸を、お前らが指揮する部隊に一斉に発射する。それをされたらどうなるか良く想像しておくといい。ちなみに、こいつの弱点は連射が効かないことだ。改めて発砲の準備を整えるには、けっこう時間がかかる。暇な奴は、どうやったら対抗できるか頭のなかで練ってみろ」

そう言っておいて、俺は逃れるようにその場を離れ、台所に直行すると熊の胆をじゃぶじゃぶと水洗いした。

ぶよぶよとした熊の胆は、洗うと血液とはまた違う青色の液体を中にたたえているのが判る。熊の丈夫な内臓膜は、ちょっとやそっとでは破けそうにない。

旅の最初でかさばる土産物を買ってしまったような気分だが、完成が密《ひそ》かに楽しみだな。

◇◇◇

「誰もいないのだな」

隊の宿営地となるニッカ村に降り立つと、キャロルはそう言った。

確かに、村には人気《ひとけ》がなかった。外から見る限りはそこらの農村と変わらないのに、どの家にも生活の気配がなく、ゴーストタウンのようだ。

というか、実際にゴーストタウンだ。

「避難推奨地域だしな」

避難推奨地域というのは、少し前から制度だけは設定されていた仕組みで、要するに戦争被害を受けると予想された（つまりは敗けた時に真っ先に侵略を受け失陥すると考えられる）地域から、予め住民を避難させておく。という制度だ。

必要ではあるが、制定するだけで不安を呼ぶような制度であるので、シヤルタには存在すらしない。キルヒナ王国では今年になって初めて宣言が行われ、避難推奨がされた。

推奨、というのは、当地を支配している将家に遠慮したもので、現実には住民に向けての勧告ということになる。

ここは、その避難推奨地域の中であり、住民の避難が済んでいた。

それでも、ここはまだマシなはずだ。主戦場の一つになると見込まれているヴェルダン大要塞からはほど近いが、そこから主要都市への進撃路からは外れている。

だからここを選んだわけだが、それは戦争が始まってもしばらくは襲われないかもしれないというだけの話で、戦争が始まってから家財を担いで逃げられるような場所ではない。避難しておくのは正解だろう。

「リャオとミャロの隊も着いていないようだ」

予定では、向こうの隊は一日前に到着しているはずであった。

だが、それはあくまで予定の話だ。一週間も遅れているのなら問題だが、一日や二日程度なら誤差の範囲内だろう。

「向こうはこっちと違ってとんでもない長旅だからな。そうだな、二日くらい待っても到着しなかったら、今どこにいるか探ってみるか」

「分かった」

「それより、今晩の宿と飯だ。今度は世話をしてくれる村民はいないんだからな」

もちろん金で雇って飯を作ってもらうことはできない。炊事洗濯は、全て自分たちでしなければならない。

「うん。じゃあ……まずは食料か。購入した食料が置いてあるという家はどれだ？」

「あっちだ」

食料については、たった今から避難する、という住民の家を借りて、買い占めたものを運び込んで鍵をかけておいた。

といっても鍵などは斧を使えば壊すのは簡単だし、今見たらもう奪われているという可能性もある。

問題の家まで行き、木製の玄関ドアにかかっていた南京錠《なんきんじょう》に鍵をさして回すと、当たり前だがすんなりと開いた。中を見ると、俺が出かけたときのままになっている。干し肉や穀物など、冬の備えの余りもののような食料がどっさりと積まれていた。

「よし、十分な量があるな」

キャロルが言った。

「ああ。とりあえずは安心だな。宿もたっぷりあるわけだし」

「住民の家を勝手に使うのか？」

「許可は取ってある。住民にはそれぞれちょっとした金を渡しておいたから安心しろ」

俺がそう言うと、

「……ユーリ、お前は本当、そういうところは丁寧な気遣いができるんだな」

と、キャロルはなぜかちょっと呆《あき》れたような声を出した。

「なんだ？　べつにいいだろ。家を使わせてもらうんだから」

「いや、責めてるわけじゃなくて、感心してるんだ。魔女とは喧嘩《けんか》しっぱなしだったりするからさ」

「あんな屑《くず》みたいな連中と一緒にすんな。ここにいた奴らは毎日毎日汗水たらして働いても貧乏だったのに、その上戦火に追われて村を離れなきゃならなかったんだ。慈善で施しなんかはしないが、理由さえあれば金くらい奮発するさ」

　この村の村民全員が善良だったとは思わないが、少なくとも一方的な被害者であることは間違いない。気の毒な話である。

「あ、ああ。それはそうだよな」

　俺の口から思わぬ正論が飛び出し、キャロルは何か後ろめたい気分になっているようだ。

「それより、次は部屋決めをしないとな。全員屋根の下には寝られると思うが、寝具の数は確認しといたほうがいい」

「うん」

「俺ら幹部は村長の屋敷に泊まるからな」

「そうなのか？」

　キャロルは首を傾《かし》げた。

「村人の集会ができるちょっとした広間がある。会議するにも報告を聞くにも便利だ」

「ああ、なるほど」

「風呂もあるから、一応交代で入れるぞ」

　俺がそう言うと、キャロルは歓喜を口にこそださなかったが、なんとも嬉《うれ》しそうな顔をした。


　その晩になって、ミャロとリャオの隊が到着した。

「よう」

　先頭でカケドリにまたがっていたリャオに挨拶をすると、リャオはひらりとトリから降りた。

　そして、

「いま着いた」

と、若干疲れた様子で言った。

「ご苦労だったな」

「そっちの鷲が頭の上を飛び越えていったのが、たまたま見えたんでな。急いで来た」

「ああ」

なるほど。

本当にたまたまだな。経路からすると重なる所があるので見えても不思議ではないが。

「疲れているだろうが、簡単に報告を聞かせてくれないか」

「ああ。ミャロがやる。すぐ来るだろう」

言うが早いか、ミャロは後部のほうから列の脇を通って出てきた。

ミャロはあまり疲れた顔をしていなかったので、少し安心した。

ホウ家のカケドリを貸したからだろう。ルークの弟子にあたる調教師が丁寧に育てたトリなので、一般のカケドリと比べれば数段乗り心地がよい。

「ミャロ、ご苦労だったな」

「はい」

ミャロは俺の顔を見ると、顔を朗らかに緩ませた。

「報告を聞かせてやってくれ」

「えっと、特に問題という問題はありませんでした。荷の損失も、行軍中の自己消費分を除けば、ありません。旅程が遅れたのは、途中で三ヶ所ほど通れない道があり、予定の経路より遠回りすることになったからです」

若干のトラブルはあって当たり前だから、ほぼ順調な行軍だったと言ってよいだろう。

「そうか。良かった。こちらも、海峡渡りを含めて損失はなかった。ただ、鷲の故障で四人置いてきたが」

「そうですか」

「よし……じゃあ、とりあえず、解散の命令を発して、総員休ませてやってくれ」

「ああ、分かった」

リャオはそう言うと、振り返って大声で命令を発した。

「全員、長旅ご苦労だった！　これにて輸送任務を完了とする！　荷を広場の中央まで進め、馬当番を除き、一時解散せよ！　各々、村内にて休んでよし！」

馬当番なんてものがあるのか、と思ったが、必要に応じて作ったのだろう。

考えてみれば馬は馬車の数だけいるし、その馬をほっとくわけにはいかないもんな。

リャオの号令を聞くと、段列の連中はめいめいに敬礼をして、それぞれ広間の真ん中へ行進していった。

◇◇◇

その後、俺たち幹部は村長の家に入り、部屋の一つで話し合いを始めた。

「じゃあ、宿割りはこれでいいな。何か不安はあるか？」

紙には村内の簡単な地図が描いてある。家々には、今は隊員の名前が書かれていた。

「やっぱり、炊事が不安といえば不安だな。多少はやってきたとはいえ、パンなんぞは途中で買いためたもんを食ってたからな。ここじゃ、自分で練って焼かなきゃならん」

とリャオが言う。

「小麦粉を練ればいいんだっけか？」

小麦粉はどっさりとある。

小麦粉はあるが粉のまま食うわけにもいかないので、これはパンか何かにする必要がある。

幼少のころはスズヤが自宅で焼いたパンを食っていたので、作っていたのを見た覚えもあるのだが、スズヤは長男に料理を覚えさせる気は毛頭なかったらしく、俺は料理の手伝いをさせられたことがない。

調べてくれればよかったな。

「以前寮母さんに聞いたところによると、ただ練って焼くと、あのお皿のパンになるらしいです」

ミャロが言った。

「ああ……あれか」

お皿のパンというのは、ナンみたいなやつだ。

焼いたものを皿代わりに使う場合もあり、チーズや魚肉を乗っけてオーブンで焼く料理もある。

分類的にはピザといっていいものなのか、皿にパン生地を使ったグラタンといったほうがいいものなのか、少し計りかねるような料理だ。

ミャロは事態を想定していたのか、予め聞いておいてくれたらしい。

「柔らかい、膨らむパンを作るには、お酒を作るときの残りかすに手を加えたものを混ぜ合わせるそうです。でも、簡単にやるには、そうやって作った生地を、焼く前に少しちぎっておいて、それを次のものに足してもいいらしいです」

ああ、そういう仕組みなのか。

発酵が済んだパンを一部取り置いておいて、次に混ぜることで菌を移植するわけだ。そっちのほうが簡単そうだな。

といっても、一次発酵とか二次発酵とか聞いたことがあるし、料理についてずぶの素人である俺たちにできることなのだろうか。という疑念もある。

まあ、その場合は、無発酵パンでもいいだろう。あれも、バターや塩をふんだんに使えば、不味《まず》いということはない。

「じゃあ、焼く前のパンをどこかから調達してくる必要があるな」

「それは、どうとでもなるだろう。鷲で調達してくればいい」

とリャオが言う。

ここは避難地域のまっただ中なので、子供のお使い感覚で買いに行くことはできないが、鷲を使えば難しいことではない。

もちろん、枝肉を山程買ってくるというのは重量的に無理があるが、焼く前のパンをいくらか持ってくるくらいは朝飯前のことだ。

「じゃあ、リフォルムに行くついでに調達しよう。明後日《あさって》くらいでいいか」

「え、リフォルムに行くのか？」

と、キャロルがちょっと驚いた顔をしていた。

「王族への挨拶は俺が前に一人で来た時にやったから済んでるんだが、それよりいつ戦端が開かれるのか大体のところを調べておかないとな」

そういう情報は水物なので、いつ始まるか一ヶ月前から決まっている。というような種類のものではない。

「ここでパン焼いてる間に肝心の戦争は終わっていて、見逃しちゃいました。なんてのは洒落《しゃれ》にもならない」

「私とユーリで行くのか？」

とキャロルが言う。

「いや、お前は留守番だ」

「えっ」

キャロルはよほど意外だったのか、びっくりした顔をした。こういったイベントで留守番をさせられた経験がないのだろう。

「お前が行くと向こうも気を遣わなきゃならないからな。ちょっとした歓迎式典を催される恐れがある。戦時にはちょっと迷惑だろ」

そう言うと、キャロルはむっと拗《す》ねたような表情をした。

だが、他の二人は、まあそうだよな、さもありなん。という顔をしている。

「リャオ、問題がなければお前がついて来い」

と、リャオに目を向けた。

残念ながら、ミャロも出自からトラブルになる恐れがある。

俺の秘書みたいに隣にくっついてるのは誰だ。ホウ領の名家の御曹司か。みたいな話になりかねず「実は魔女家の出です」などと本当のことを言えば、要らぬ誤解を招きかねない。

嘘《うそ》をついてもよいが、それも面倒だ。

「分かった。そうしよう」

と、リャオは短く返事をした。

「リフォルムへ往《ゆ》くのか」

幹部会議が解散し、村長の家を出ると、どこからともなく声がした。

聞き覚えのある声だ。

「ああ。キャロルは連れて行かないから安心しろ」

そちらに振り向くと、家の物陰に王剣の女が、壁に背を預けて立っていた。

暗い服を着て闇と同化している。

「聞いていた」

さすが王剣、盗み聞きはお手の物といったところか。

「お前は留守番だな」

「当然、そうなる」

こいつはキャロルの護衛に来ているわけだから、可能な限りずっとくっついているだろう。

「そういえば、お前鷲には乗れるのか?」

俺はこいつがどうやってついてきたのか知らない。

特に連絡もしなかったが、いつのまにかいた。

こいつの存在が公になれば観戦隊が混乱するから、隊の連中にはこいつの同行を伝えていない。

寝るところや食料については自分でなんとかするのだろう。

「乗れるが、鷲では来ていない」

「なぜだ?」

鷲で来たほうが便利だろうに。

「……我々は特別な鷲以外は使わない。その鷲は、女王陛下のためにある」

王剣は心底ウザそうな声で言った。あまり話したくない情報なのだろう。

というか、俺と必要最低限度以上の会話をしたくないのかもしれん。

しかし、どういうことだ。

キャロルの護衛というのはかなりの優先順位のはずだが。

特別な鷲というのは、想像がつかないでもないが、それの羽数が足らない……または、一羽か二羽しかいない。ということだろうか。

それ以前に、鷲は奇襲や偵察、移動には向いているが、隠密《おんみつ》には向かないので、あまり使いたくはないのかも。

もしくは、下手なので使いたくないのかも。

「そうか。まあ、お前は俺の指揮下にあるわけではないから、勝手に自分の仕事をしていてくれ」

「私の仕事には、お前の監視も含まれている」

「……は？」

何言ってんだこいつは。

俺の監視も含まれていたら、幾らコイツでも体が足らんだろう。

俺とキャロルは別個の生命体なのだから、一人をボディガードしつつ一人を監視するなんてことは、単純に手が回らない。

そもそも女王陛下が俺を監視しろなどという命令を下すわけがない。監視させるくらい俺を信じてないなら、そもそもキャロルを預けたりしないだろう。矛盾している。

「殿下は聡明《そうめい》な方だから、ある程度は信頼できる。だが、お前が殿下を蔑《ないがし》ろにする命令を放つ可能性もある」

ああ、そういうことね。

こいつが個人的に俺を不穏分子と思っているわけだ。

俺はキャロルが滅茶苦茶《めちゃくちゃ》をしでかすことばかり警戒しているが、こいつにとっちゃ逆なわけだ。キャロルのほうを信頼していて、俺が滅茶苦茶やらかすことを警戒している。

これは過去の経緯から冷静に人物評価をしているということではなく、おそらく王剣特有の偏った見方なのだろう。王家の信奉者だから、王族に否定的な感情は抱かない。言ってみれば極端な王族贔屓《びいき》なわけだ。まあ、それくらいじゃなかったら王家のほうも安心して仕事を任せられないんだろうな。

「陛下は俺を信じてキャロルを預けたのに、お前は俺を信じないわけだ。つまり、お前は陛下の判断能力を疑っていることになるな」

「……誰でも間違いは犯す。陛下とて例外ではない」

まあ本当に俺のことを疑っているのであれば「お前を疑っているぞ」なんて言ってきたりはしないだろう。

キャロルを蔑ろにしないよう釘《くぎ》をさしておきたかったんだろうな。

「そうだろうな。だが、陛下を間違いだらけの阿《あ》呆《ほう》と思っているのでないなら、その判断は信頼しておけ。少なくとも、自分の判断よりはな」

「……ふん」

王剣は話に飽きたのか、俺に背を向けた。

話は終わりか。

そのまま見ていると、王剣は森のほうに消えていった。

◇　◇　◇

俺が隊の全員に集合をかけたのは、翌日の昼下がりのことだった。

「さて、ゆっくりと休みたいところだろうが、講義を始めよう」

広間の真ん中で、早めに焚きはじめた篝火の前で、俺はそう言った。

「講義というか、勉強会のようなものと考えてもらっていい。俺たちは戦いに来ているわけではないが、遊びに来ているわけでもない。あえていうなら学びに来ているわけだからな。修学旅行というわけだ」

改めて隊の連中を見回すと、やはりやる気に満ちている。

聞く気もあるようだ。

彼らは嫌々ながら来ているわけではなく、元から成績優秀な者が自ら参加の意思を表明し、その上厳しい選抜もされて来ている。意気込みが違うのだろう。

「これは敵方が使っている最新式の鉄砲だ」

と、俺は銃床をトンと地面に落とし、鉄砲を立てて見せた。

「こういった武器を始めとする新しい兵器類の発明により、連中の戦法は騎士院の講義で習っているものとは異なるものとなっている。残念ながら、我々の学んだ兵法は時代遅れと言わざるをえないだろう。しかし、今まで受けてきた座学が全て無駄だった、というわけでもない」

そこで、俺は言葉を待つ隊員たちを見回し、

「戦場を支配する戦理というものは、武器が少々変わったところで、その基本原理が変化するものではないからだ」

と言った。

「どのように戦場が変わったとしても、古《いにしえ》の兵法書が教える理論がまるで通用しなくなるということはない。敵の隙を突け、戦意を挫《くじ》け、包囲せよ、後方を分断せよ、高地を占めよ。そういった基本的な理屈は、兵器が変わったとしても通用しなくなるものではない。だが、武器の変化が戦場に変革を迫るというのも、これもまた事実だ。野戦で刀槍《とうそう》を圧倒する兵器が現れたとしたら、その兵器にあくまで刀槍で戦いを挑むことは戦理に反している。当然、戦理に背を向けた軍は手痛い敗北を喫することになるだろう。そこで必要なのは、創意工夫だ。野戦でかなわないのであれば、例えば敵を森林に引き込んで相手の長所を潰せる場所で戦う。まあ、そういった工夫はすぐに考えつくだろう。もちろんそれが必ずしも有効とは限らないが、失敗したところで進歩は必ずある。その進歩が積み重なれば、より優れた武器を持つ敵を圧する方法も見つけられるかもしれない」

一気に言い終えると、俺は「さて」と言って、一旦区切った。

「この鉄砲という武器は、現在からおおよそ三十年ほど前にクラ人の世界で流行《はや》りだした。諸君らのなかでも勉強熱心な者は知っているかもしれな

いが、現在我々と敵対し、キルヒナに攻めてきているのは、イイスス教国……厳密にいえば、カソリカ派イイスス教国、と分類される連中だ。この鉄砲という武器は、ココルル教という宗教を崇《あが》めるクルルアーン龍帝国というクラ人の国で発明された。イイスス教国はそれを知り、彼《か》の国に遅れて自軍に導入したが、2278年の十三回目の侵攻では配備が間に合わず、ほとんど使われなかった。十四回目の侵攻ではその有用性から数が激増していて、あの大敗の原因になった。今回の戦争では更に数を増しているはずだ」

俺は鉄砲を持ち上げて、皆々に見せると、一旦地面に置いた。

「これから、諸君らには鉄砲を一発ずつ試射してもらう。そのことで鉄砲の長所も短所も見えてくるだろう。だが、その前に仕組みを説明しておこう」

と、俺は火皿の中に火薬を入れるための口が窄《すぼ》まった容器を手にした。

「これに入っている物質は、火薬という。まあ、遠くて見えないだろうが、あとで試射をするときに間近で扱うことになるから今は見えなくてもいい。これの性質を一言で言い表せば、燃える砂といったところだ。乾いた木や炭より凄い勢いで燃焼する」

俺は火薬を木の板の上に線のように流すと、机の上に起き、火ばさみを使って焚き火から燃えた木をすくいあげ、それを木の板に押し付けた。

ジュウウ――と音を立て、十分に乾いた火薬は発光しながら盛大に煙をあげながら火を伝えていった。

「まあ、こんな感じで燃焼するんだが、今、諸君の多くは大したことないな、と思ったことだろう。実際、よく燃えるだけで、これだけなら大したことはない。だが、この物体は密閉した状態で火をつけると、また性質が変わる」

そこで、俺は予め作っておいた木の棒を手にした。

TVアニメ2021年10月9日(土)より
放送スタート!
最果てのパラディン
TOKYO MX 毎週土曜 22:00~
AT-X 毎週土曜 23:30~
BS日テレ 毎週土曜 24:00~
dアニメストア他にて配信予定
放送1週間前の10月2日(土)は
9月26日(日)開催イベントのダイジェスト特番!!
この他、詳細は公式HPをチェック!
©柳野かなた・オーバーラップ／最果てのパラディン製作委員会

「これは穴の空いた木の棒に火薬を入れて栓をしただけのものだ。簡易にではあるが密封されている。これから、これを焚き火の中に投げ入れてみよう」

俺は、地面においた鉄砲を拾い上げると、焚き火から十分に距離を取った。

「そこ、もっと下がれ。火傷《やけど》するぞ」

と、焚き火に近すぎる奴を下がらせる。

「全員しゃがめ!」

俺が大声をあげると、皆々は珍妙な命令に訝《いぶか》しがりながらも、少し遅れて命令通りにした。

俺は、グラスを、ポイッと焚き火の中に投げ入れた。

俺の手製の手榴弾《しゅりゅうだん》モドキは、導火に何も工夫をしていないので、最初は何も起こらなかった。

しばらく、全員が焚き火を遠巻きにかこんでしゃがんでいるという奇妙な状態が続いた。

爆発は、唐突だった。

バァンッ!

という凄《すさ》まじい音が鳴り、焚き木が四散して吹き飛んだのだ。

近くの森からは驚いた鳥がけたたましい鳴き声をあげながら、はばたいて逃げてゆく。

「立ってよし!」

中に入れた火薬の量が少量なので、焚き木が家にまで飛んでいくということはない。

俺は長くて二メートルほど飛んだ焚き木を火ばさみで集めると、あらためて隊員たちを見た。

「さて、この鉄砲は、先ほどの爆発を利用する道具だ。簡単にいえば、銃口から鉛球を入れ、筒の中で先ほどの爆発を起こし、鉛球を勢い良く銃口から発射する。そうすると、鉛球は速度を得て人を殺す凶器となるわけだ。さて、次は実際に俺が撃って見せる。二回撃つから、手順をよく見ておいてくれ」

そう言うと、俺は装填済みの銃を構えて、十メートルほど先の土塀に炭で描かれた人形の絵に狙いを定めた。

引き金を引くと発砲するが、土塀が削れたのは人形の頭の横だった。ハズレだ。

「よし、装塡するぞ」

俺はすぐに銃床を地面につけると、弾丸と火薬をホウ紙で包んだものの尻を歯で嚙《か》み切り、火薬、弾丸の順番で銃腔に装塡した。銃に付属している槊杖《さくじょう》をその上から差し込んで突き固める。

銃を戻してから下がった火打ち石《フリント》を上げると、改めて火皿に点火薬を盛り、火蓋を閉じた。三十秒くらいはかかっただろうか。

「これで引き金を引けばいつでも発射できる状態になった。結構モタモタしてたろう。さて」

俺は改めて、隊員たちを見回した。

「このなかにも弓の上手が何人かいるはずだ。そいつらにとっては、さっき俺がモタモタしている間に矢を五、六本放って命中させるのは、さほど難しい芸当ではなかったはずだ。その意味では、こいつの攻撃力は、言いようによっては熟練の射手の半分以下と言うこともできる。そう考えるとこの鉄砲という武器はさほど強力とはいえない。だが、実際この武器に我々はしてやられている。前の会戦では、この鉄砲の集中砲火で総崩れになる部隊が続出した。なぜ、そうなったのか。まあ順番を待っている間に考えてみるといい。夜が更けたら、気づいたことを話してもらおう」

俺は火蓋を閉め、鉄砲をリャオに渡した。

「発砲と装塡の指導は、幹部の三人がする」

◇◇◇

試射が終わると、もう日はすっかり落ちてしまっていた。隊員たちが集まっている広場の真ん中では、大きく組まれた焚き火が煌々と光を放っている。

「さて、夜の部だ。諸君、さっきの試射で考えたことはあるか？　手を挙げてくれ」

俺がそう言うと、ぱらぱらと手が挙がった。

「まずは君だ。オート・テムだったな。話してみろ」

　俺がそう言うと、王鷲隊でも年少の彼は、おずおずと喋《しゃべ》り始めた。

「考えついたこと、というより疑問なのですが、あの火薬というものは金額的に幾らくらいするものなのでしょうか？」

「ああ、それは当然の疑問だよな。あれは、一発三十ルガといったところだ。ただ、この火薬は俺がクラ人との取引で輸入したものだから、向こうの商人の利ざやも入っているし、船代も入って割高になっている。だから、クラ人は二十ルガくらいの費用で発射できると思っていていいだろう」

「なるほど……では、意見ですが、雨の日を決戦の日にするというのはどうでしょう」

　おっと。いい意見が出たな。

「うん。確かに雨が降っていれば不発率が上がるから、全体として確実によい状況が生まれるだろうな。向こうとしては、機械部分に布を被《かぶ》せるなんかの対策を取ることになっているようだ」

「なるほど。ありがとうございます」

「他にはいるか？」

　と、再び言うと、また改めて手が挙がった。

　さすが勉強熱心だな。俺なんか、こういう時は絶対に手を挙げないタイプの人間だったけど。

「よし、じゃあそこの、えーっと、ジュド・ノームだったか。話してみろ」

「はい。光栄に存じます。私は、先ほどの鉄砲はなくとも、その前に作った筒のようなものを上空から王鷲で投下する方法もあるのではないかと考えました。あれなら鉄砲を作るほどの工作力は必要ないでしょうし、地上で爆発すれば敵軍に被害を与えることができるのではないでしょうか？」

　おお。すげぇ意見がでてきた。

「うん。これも、とてもいい意見だ。だが、惜しむらくは、それには致命的な問題がある。爆発は、その物体が地面に接触した瞬間、または敵の頭もしくは肩などに接触した瞬間に起きるのが理想だが、その激発を操作する方法が今のところないんだな。さきほど爆発したのは焚き火に放り込んだからで、ただ地面に叩《たた》きつけても砕け散るだけということになる。対策としては、例えば周りに油の滲《にじ》んだ布を撒《ま》いて着火してから落とす……みたいな手も考えられるが、やはり地上でちょうど爆発させるのは難しそうだな。上空で爆発してしまうと何の効果もないのが難しいところだ」

　俺がそう言うと、そのことは既に考えていたのか、彼は顔色を濁らせた。

「だが、とてもいい意見だ。そのことは、将来的に技術発展によってどうとでもなる。現状では不可能だが、例えば容器の重さを考えて、装置がある部分を下にし、中に火打ち石のようなものを仕込んでおいて、地面にあたった瞬間に着火する。といった装置は簡単に考えられる。うん、いい意見だ」

　と褒めておいた。

　さて、次は。

　……んー、ドッラか。

「じゃあ次、ドッラ・ゴドウィン」

　と、ドッラに目を向けながら言った。

「重装した騎兵で突っ込めばいいんじゃ……ナイカト思うのデスガ」

　さすがドッラ。

　拍手したくなるくらいの脳筋発言である。あまりにらしすぎて、思わず吹き出してしまいそうになった。

「うん、現状では打撃力として最も現実的といえる案だな。否定材料を述べるとするなら……実際に突っ込む騎兵は、よほどの覚悟をして突っ込まなければならない。最前列を担当する騎兵は、さっきの鉄砲が何十と並んで一斉に発砲してきている敵兵の列に、頭から突っ込むことになるわけだからな。そして、その最前列が少しでも怯《ひる》んで手綱を緩めれば、騎兵突撃の命である衝突力が減衰してしまう。本物の勇気が必要な仕事だ」

　そこで問題なのが、銃剣《バヨネット》の問題だ。

　銃の先端に短い剣、あるいは丈夫な槍《ニードル》を装着することによって、銃は近接武器として十分に信頼できる機能を持つことができる。

だが、聞いたところによると、銃剣という発明はクラ人の間ではまだ成されていないようで、そういった戦争文化はまだ存在していない。

現在では、銃兵と槍兵が混在することによって遠近を相互補佐する形で成り立っている。といっても、おそらくはそのあたりはいい加減なものなので、実際の戦場では弓も使われるし、槍の長さもまちまちだろうし、適当な寄せ集め部隊のはずだが。

「それじゃ、次……」

そのまま、会議は夜遅くまで続き、眠気によって会場がけだるくなってきたのを機に、お開きとなった。

第三章　戦時渦中

Ｉ

約一ヶ月ぶりに辿《たど》り着いたリフォルムは、以前にも増して騒然としていた。

さすがに鷲《わし》の降り場は開けているが、他の所は補給物資の類でごちゃごちゃになっている。

王城というのは、やはりこの時代いかめしい場所と決まっていて、俺が前来たときも民間人がおいそれと入れる地区ではなかった。

しかし、今は城内が開放されているらしく、城内を商人たちが我が物顔で歩いている。

「こりゃ……どうすりゃいいんだ？」

この有り様では鷲舎《トリカゴ》は一杯だろうし、かといってそこいらに繋《つな》いでおいたら誰かに持って行かれそうな雰囲気もある。前のようなこともあるし、王城とはいえ預ける気分にはならない。

だが、リャオのほうはさすが御曹司が板についているのか、堂々としたもんだった。

「城の外に俺の家の天幕があった。親父《おやじ》が王城に来ているのかもしれん」

と言った。

「そうなのか。じゃあ探してみよう」

確かに、城壁の外にはたくさんの天幕が張ってあった。

王鷲を運用する民族らしく、そういった天幕には天井を覆う布にデカデカと将家の家紋が描いてある。空から観《み》て、簡単に陣営が分かるようになっているわけだ。

といっても全部の天幕に複雑な家紋が描いてあるわけではなく、そうしてあるのは王鷲の預かり所だけである。本陣には描いていない。今となってはほぼ考えられないことだが、シャン人同士の争いを想定すると特攻の目印になってしまうからだ。

「面倒だが、一度飛んでそっちに行ってから帰ってくるか？」

「いや、まずは俺の親父に会って情報を分けてもらおう。陣を離れて王城に来てるんなら供回りが大勢いるだろうから、しばらくの間手綱を預かってもらえばいい」
「ああ、それもそうか」

ルベ家のご当主どのは何処《どこ》か。と聞いて回ると、わりとすぐに知っている人を見つけることができた。

そこで教えられた場所へ行くと、城の内庭の片隅にリャオの顔見知りらしい大人たちが大勢おり、そこに二羽の鷲を預けると、俺たちは城の中に入った。

リャオの親父は城の中にいるらしい。

案内された部屋に入ると、どうやら大きな客間を丸々貸されているらしく、中はかなり広かった。
「オッ？」

リャオを見つけると、一番いい椅子に座ってくつろいでいたおっさんが「なんでこいつここにいんの？」みたいな顔で驚いていた。

彼がリャオの親父だろう。名をキエン・ルベという。髪は総白髪になっているが、体格のいい肉体はまだまだ衰えていないようだ。表情にも力が満ち満ちている感じだ。
「よう、親父殿」
「そういえば、姫君と何やら遊びに来ると言っておったな」

まだ痴呆《ちほう》は始まっていないのか、おっさんはすぐに思い出したようだった。

普通自分の子供がこんな遠足に来ているとなれば、親は覚えてるもんだろう。生粋の武門の当主はルークとは感性が違うのか、単に我が家以上の放任主義なのか。
「どうも、初めまして」
と、俺が慇懃《いんぎん》に頭を下げると、
「俺たちのカシラをやっている、ユーリ殿だ」

リャオが紹介してくれた。
「噂《うわさ》は聞いている。まあ、座りなさい」

キエンがそう言うと、キエンの周りの椅子に座っていた大人たちが口々に「それでは」などと言いながら、席を立った。

かなりの立場があるであろう大人たちに席を譲られ、若干の居心地の悪さを感じながら、俺は「それでは失礼いたします」と言って椅子に座った。

「なんだか邪魔をしてしまったようで」

と、俺は一言詫《わ》びのような言葉を放っておいた。

「構わん。大したことは話していなかった」

そう言うと、キエンは改めて俺の方を見て、

「それで、なんの用事で来た?」

と言った。

このような問いは、本来であれば息子であるリャオに尋ねたほうが、気心が通じているぶん話が通りやすいところだ。

だが、俺は一時的にリャオの上官ということになっている。それを配慮して俺に尋ねたのだろう。

ここで、もしキエンが俺を無視してリャオと話を始めれば、俺は上官としての立場がなくなってしまう。騎士団などという名を名乗っていても、一種の軍隊である以上は当然といえば当然の配慮だが、自分の子供のような年齢のガキを相手にそういった配慮のできる人間は少ないだろう。

「お察しのことと思いますが、開戦は何時頃になるのかと探りに参りました。見逃してしまっては間抜けですので」

と、俺は素直に言った。

「そうであろうな。だが、儂《わし》のほうも分からん」

「そうですか」

分からんというのは、どういうことだろう。

もちろん、いつ攻めてくるというのは向こうが決めることだ。

明らかに攻勢の準備を進めていて、軍団に隊列を組ませ、激突まであと一キロメートル。というところまで迫ったとしても、実際に戦闘になるかというのは断言できない。相手が引いてしまえば戦闘は始まらないかもしれない。

だが、普通は戦況の要素から分析して、向こうは時速これくらいで進軍するから何分後に戦闘が始まるだろう。という風に言うものだ。

「妙な動きをしておる」

ああ、そういうことか。

向こうの挙動がおかしいので読めない。ということか。

「何か、おかしなことをしているのでしょうか」

「敵が何故《なぜ》か遅い。何かに手間取っているようだ。だが、それが何かは分からん」

「なるほど、そういうことですか」

ふーん。

「きみはなんだと思う」

と話を振ってきた。

「おおかた、ヴェルダン用に何か新しい試みをするつもりなのでしょう。大きな用意の要る攻城兵器とか」

相手方が馬鹿でない限りは、前回攻略に失敗した要塞に対してそういった工夫を凝らしてくるのは当然だろう。

力攻めでどうにかならなかったものは、工夫で解決する。実に理性的な判断であり、人間は経験を蓄積する動物なので、そういった工夫をしないのはむしろ不自然と言える。

「儂らもそう考えていたところだ」

「はい」

彼らもそういう推察をしていたらしい。

ルベ家も、伊達《だて》に将家やってるわけじゃないな。

まあ、そういうことなら仕方がない。

なんだったら、距離も近いんだし、リャオに数日おきにここに来てもらえば、だいたい最新の状況は知れるだろう。長居するのもなんだし、席を辞す挨拶でもするか。と思った時に、キエンは再び口を開いた。

「ところで、そこに持っているものは鉄砲か？」

目ざとく見つけた土産物の鉄砲を指さして言った。

「ええ、まあ」

鉄砲というのは、ありふれたものではないがシャン人の世界にもある。

中にはシャン人が複製した出来の悪い鉄砲もあるが、殆《ほとん》どは戦争の際の拾得品だ。

つまりは戦利品なわけだが、シャン人には木炭と硫黄はともかく硝石を安定供給する技術がなく、要は火薬を作れない。もちろん戦利品の火薬を使って見よう見まねで発砲することはできるが、二発か三発撃ったらそれで終わりで、あとは置き物になってしまう。

俺も、実はシビャクの古道具屋で、一丁見たことがあった。

「いつのものだ?」

「これは、去年製造された鉄砲ですよ。フリューシャ王国という国のものです」

「ああ、きみは何やらクラ人どもと取引をしていると聞いたことがある」

なんだ、俺の商売も有名になったもんだな。まあ、売れるのをいいことにあんだけ輸入しまくってればそうなるか。

「見せてくれ」

「はい。こちらの王室に献上するために持ってきたものですが」

これいいな、くれ。と言われた時のために釘《くぎ》をさしながら、俺は布を解《ほど》いて鉄砲を渡した。

この鉄砲は、元より向こうの貴族が使うものなのか、木製の銃床のところに彫り細工などがしてあって、その上に弦楽器に使うような上等のニスが塗ってあるので、見た目も綺麗《きれい》なものになっている。

ここ数日で使いまくったせいで若干ニスの光沢が煤《すす》けていたが、全体を油布で拭き、銃腔《じゅうこう》内部もキッチリと煤を拭って綺麗にしたので、姑息《こそく》的にではあるが輝きを取り戻していた。

「ふむ……」

キエンは、興味深そうにじっくりと鉄砲を睨《ね》めまわしていた。

「よし」

と言うと、俺に鉄砲を返した。

さっそく、包んでいた布に包みなおそうとすると、

「包まんでいい」

と言ってきた。

「……？」

なんで包まんでいいんだよ。と内心で思いつつ、懐疑の眼差《まなざ》しを送る。

「これから軍議だ」

「軍議？」

「女王陛下は出席せんが、王配閣下は出席する。その場で渡せばよかろう」

「え」

軍議っつーからルベ家の身内軍議かと思ったら、ちげーのかよ。

なんか首脳会談っぽい匂いがする。

だが、なんで包まんでいいのだ。裸のままで渡すのはなんだから、さすがに多少包みたいのだが……。


「リャオ、お前も出席せよ。勉強になる」

いやいやいやいや、勉強になるったって、気心の知れた身内のユルい職場に子供連れてくんじゃないんだから。

まずいでしょいろいろと。

「はい。お伴《とも》させてもらいましょう」

リャオもやる気まんまんで言った。

えぇー……。

◇　◇　◇

「すまんな」

道すがら、リャオが独り言をつぶやくように言った。先ほど自分で勝手に返事をしたのがバツが悪かったのだろう。

「お前は団の一員である以前に、ルベ家の跡取りだ。多少私事を交えたとしても、気にするようなことじゃないよ」

「助かる」

「本当に嫌だったら、お前に土産を預けて帰ればよかっただけの話だ」

確かに予定外の仕事が入ってかったるくはあったが、会議そのものは気になるところであった。自分の知りたい状況をまさに話す場であるのだから、聞いているだけで総合的に状況が把握できる。

問題があるとすれば、若造が約二名入ることによって白い目で見られ、肩身が狭くなることくらいか。それくらいは構わないことだった。

開かれたドアに入ると、何やら立派で大きい重そうな楕円形《だえんけい》の卓に、地図が置かれ、既にやってきていた数人は席についていた。

初対面なので名前は判《わか》らんが、こいつらも将家の天爵とか、そういったクラスの連中なんだろうな。

「椅子を二つ用意せよ。儂の付き人として見聞させる」

キエンが偉そうにそんなことを言うと、世話役の係の者は疑問を呈することもなく、すぐさま壁際に椅子を用意した。

よかった、大卓に座るわけではないらしい。これなら気が楽だ。俺は壁際で黙っているとしよう。

俺は、キエンの背中側の壁に置かれた椅子に腰掛けた。

「聞いていいか」

隣に座ったリャオが、独り言のようにつぶやいた。

「なんだ？」

付き人扱いの人間が私語をしていて怒られてはつまらんので、俺も小声で返す。

「今、どんな気分だ」

なんだその質問は。

そりゃまあ、ムサいおっさんばかり集まっているのだから、気分は普通に良くはない。

美味《おい》しいお菓子を食べてごきげんそうなシャムを見ている時のような幸せな気分とは程遠い。

「どういう意味だ？　体調なら悪くないが」

「この軍議で一国の運命が決まるかもしれん。大勢の民草の運命が左右される」

ああ、そういう意味か。

これから為政者たちの重大な決定が始まるということで、こいつも気分が高揚しているんだろう。

だが、この会議では、期待に反して劇的なことは起こらないと思う。

会議が荒れるということは、それはあるかもしれない。

だが、将家というシステム上、誰かが天才的な思いつきを示し、感動的な説得のあと皆が一致団結して同意する。というような、映画みたいな展開にはなりようもない。

なので、ここで天才的な策が提案され、それが実行に移され、後日敵の大軍団を撃破し、この会議と今日の日付けが歴史に永遠に刻印される。そういったことはないだろう。

どう考えても、凡庸な結論に至ることは決定づけられている。

なぜ俺がそう思うのかと言うと、日本の例でいえば一ノ谷の逆落としが何人もの合議でできるのか。という話なのだ。

義経がいくら弁舌を振るったとしても、凡夫にはその発想の天才性を理解できない。必ず「あの絶壁は降りられない。兵をいたずらに損なうつもりか」などの説が現れ、全員の合意なんてものは取り付けることはできない。

リーダーがいない会議では、大勢を覆すリスキーな方法は、たとえそれが必要とされる状況であろうとも採択されることはない。

民主政治議会でも、与党が過半数をとらなければ冒険的な立法は行えない。採択されるのは誰もが考えつくような全員を納得させられる法律であり、この場合は作戦なのだ。

「お前は、ロマンチストだな」

と、俺は正確に意味を選びながら言った。

「何？」

「そう考えると、面白い演劇の幕が開けるのを待っているような気はする」

悲劇か喜劇かはわからないが、スケールの大きい話には違いない。

「演劇か？　俺たちは当事者じゃないのか」

当事者か。確かに、間違いなく当事者ではあるわな。

「キャロルが言いそうな話だな。民が辛《つら》がるのを親身に感じて感傷的になってるのか」

「ン……まあ、そうかもな」

そうらしい。

リャオは、二十歳を超えているとはいえ、まだ青年だ。感傷的にもなるのだろう。

前にはキルヒナの民に対しては冷めた感想を述べていた覚えがあるが、実際に補給隊を率いて旅をする間、人々に接してみて感覚が変化したのかもしれない。

「人一人ができることなど高が知れているさ。俺が全知全能なら、シャン人だけでなくクラ人だって全部を幸福にしてやる。世から戦争をなくし、不具に生まれた者でさえ一生食うに困らない生活をさせてやる。だが、そんなのは不可能なんだ。残念ながらな」

「……なんとも規模のでかい話だな」

リャオは呆《あき》れたように言った。

「そうさ。考える気になれば、空ほどもでかい理想を描くこともできる。だが、実際になんとかできるのは手の届く範囲だけだ。お前はなまじどうにかなりそうな悲劇だから感傷的になっているだけだろう」

「……それはそうかもしれんが」

「実際にはどうにもならん」

「本当に何とかならないのか？　何かできることがあるんじゃないのか」

と、リャオは言い返してきた。

「どうにもできないな」

「例えば、お前がやるとしたらどうするんだ」

「やらない」

「やるとしたらだよ」

なんだこいつ。今日はよく喋《しゃべ》るな。

「尋常の手段を使おうが、尋常じゃない手段を使おうが、俺が戦いまでに将家を飼いならして軍権を得るなんてことはできない。そうである以上、俺の影響力は極微に留《とど》まる。俺がどう行動しようと、戦局を左右するなんてことは、不可能だ」

例えば、俺がこの場でここに集まったキルヒナの将家の当主を全員殺すとする。

ありえないことだが、参加するであろう王配のおっさんに取り入って、女王から勅諭を貰《もら》い、全将家の後継者ということにしてもらい、総大将に収まったとしよう。

そんなことができたとしても、実際に全軍を掌握するまでには時間がかかる。

血と歴史で繋がった総大将の急死は必ず大混乱を呼ぶし、それを収束し、軍が実際に機能するまでに回復させるには、最善でも一年はかかるだろう。

もちろん、一週間かそこらで戦えるようにはならない。

どれだけ物事を都合よく考えても、俺が戦局を決定できるほどの影響力を持つというのは、できることではない。

「もし俺が全軍を率いていたら、なんていう仮定を考えることもできる。だが、実際にそうなる未来は存在しない。前提が無意味である以上、建設的でも前進的でもない妄想だよ」

俺が断言すると、リャオは黙ってしまった。

俺は、わざわざ顔色を窺《うかが》うようなことはしなかった。

しばらくして、

「そうだな、確かに」

とリャオは言った。

それから少しして参加者が全員集まると、最後に王配が現れた。なんだか以前会った時と比べると、疲れた顔をしている。

まあ、彼が疲れた顔をしている心当たりについては、枚挙にいとまがないので、全然不思議ではなかった。

「さて、では、始めようか」

力なくそう言って、彼は参加者を見回した。そして、視線が流れるうち、俺と目が合った。

俺が軽く会釈をすると、彼は目をそらした。

知り合いの子供と気軽に挨拶する場ではないので、知らぬ振りをするのは当然だろう。

「では、コークス殿、議事進行を頼む」

王配がそう言うと、コークスと呼ばれたおっさんが「ハッ」と応じた。

コークス・レキ。

このおっさんは、今回の総大将という立ち位置に、一応は決まっている。

名だけ知っていて顔は知らなかったが、二番目の上座に座っていたので、まあこいつがレキ家の頭領だろうなと見当をつけていた。

最初からこいつが議事進行をしても別にいいのだろうが、貴族制度上は王族の一員である王配のほうが格上なので、立てなければならないのだろう。

「さて、軍議を始めるとしましょう……」

会議は荒れた。

◇　◇　◇

「だから、騎兵を預けるなどという話が、なぜてくるのだ！　騎兵は我が軍の要である！　なぜ手放さねばならん！」

オター・ガジという男がそう言うと、会場に憤《ふん》懣《まん》と諦めの籠った空気が流れた。

ガジ家はレキ家と同じ将家仲間だと思うのだが、単にオターがそういう性格なのか、両家に確執でもあるのか、言葉に遠慮がない。

「であるから、それでは前回の二の舞になってしまうのだ……連中の鉄砲に対しては、大量の駆鳥《カケドリ》兵をまとめて突っ込ませるのが良い。各々の将家の騎兵を各々の考えたときに突っ込ませても、向こうは簡単に対処できてしまうのだ」

総大将役のコークスは比較的まともな知性を持っているらしく、何度目か知らないが、そう言ってオターを説得にかかった。

カケドリを集中運用して、大騎兵団をここぞというところで突っ込ませ、趨勢《すうせい》を得る。

発想そのものはドッラでも考えついたもので、単純極まりない。だからといって悪いわけではなく、単純だからこそ強力であろう作戦だった。

だが、やはりというか騎兵を手放したくないという家が現れた。オターだけがそうではなく、外野から冷静に観察していると、他の連中も言葉にこそしないが内心で同調しているようだ。

特に、シャルタから出ている将家などはそうだった。最も危機感を感じているキエン・ルベこそ賛同しているが、他の二家の代表であるオローン・ボフとボラフラ・ノザは、むっつりと押し黙っており、兵を出したくないのが見え見えだ。

キルヒナの将家連中と比べれば比較的危機を差し迫ったものと考えてはいない彼らにとっては、勝つにしても負けるにしても自軍の損耗は最小限に抑えたい。

実際のところ、キルヒナ側は逆の考えを持っているだろう。我々は最前線にいるのだから、負担の多い部分はシャルタに担当させ、勝つにせよ負けるにせよ、自分たちの軍は温存しておきたい。

仮に追い返せたとしても、連中はまた来ないとも限らず、その時はシャルタが気前よく援軍を出してくれるとは限らない。

それはどちらが間違っているとかではなく、個々人が背負った立場の違いが根本にあるので、そういった乖離《かいり》が発生するのは至極当然のことなのだ。

「軍を貸せと仰《おっしゃ》るが、私の軍は私が練兵したものだ。もちろん私が一番上手《うま》く使える。貴殿に貸したところで十分の一の力も発揮できぬだろう」

オターが愚にもつかぬ意見を再び言った。

言い分に理がないわけではないが、十分の一の力というのは言い過ぎだし、ぶっちゃけコイツが扱ったところで神の如《ごと》き用兵ができるのかといえば若干どころでなく疑問だ。

俺は、小一時間もこの無意味な会話を聞かされていたので、もうホントに帰りたい気分になっていた。

「そもそも前回大敗を喫したのは、軍の士気に問題があったからである。意気軒昂《いきけんこう》の軍をもってすれば、クラ人の軍ごとき蹴散らせるに決まっておるのだ。小手先の兵法など巡らせずとも、軍の強さとはまず士気によって成り立つもの。兵を励ますことこそが重要なのだ！」

はたから聞いてて絶望したくなるような演説であった。

あまりに不快なので耳を塞ぎたくなったほどだ。士気が上がっていれば勝てる、勝てた。それは、戦艦大和が二十隻あれば戦争に勝てた。というのと同じくらい中身のない話だ。

同じ内容にしても、例えば士気を高めるために略奪を無制限に許そうだとか、クラ人の右耳一つにつき幾ら出すことにしようだとか、そういった具体的に士気を上げるための制度についての提案ならまだいい。だが、こいつは兵を励まして鼓舞すれば士気は上がるものだと思っている。

これが別の局面であれば、大砲がないなら大砲を百門持ってくればいい、それが調達できないのはやる気がないせいだ。と言うのだろう。

「それに、我々にはヴェルダン大要塞があるのだ。あれは、今まで墜《お》ちたことがない。今回は兵糧も矢も十分に備えておる。無用の心配をする必要はないのだ！」

と、いよいよ息巻いてきたところで、キエンがぱっと手を挙げた。

コークスの目がキエンの右手にとまると、コークスはなんだか表情が和らいだように見えた。オターとのやり取りは会議の体《てい》を取ってはいるが、会話をしているとすらいえない。少なくとも会話ができる相手が現れたことで、心が安らぐ心持ちがしたのだろう。

「オタ一殿、キエン殿が話があるようだ。まずは着席してくだされ。キエン殿、どうぞ」

そう言われると、キエンは席から立ち上がった。

そして、更に振り返り、俺の方に寄ってきた。

な、なんだよ。

「ユーリ殿、少しそれを貸してくださらぬか」

へ？

俺？

「や、まあ構いませんよ」

と、俺は素直に銃を手渡す。

キエンは、俺の鉄砲を持って、テーブルに戻っていった。

「この鉄砲は、ここにおるユーリ・ホウ殿がクラ人の国から仕入れてきてくださった、敵方が使っている最新のものである。そして、ここにもう一丁の銃がある。これは、前の戦の際に敵側が置いて行ったものだ」

キエンは、もう一丁の鉄砲を連れの従者から受け取ると、机の上に二丁を置いて並べた。


「二つを持って比べてみると、口径はほとんど同じでも、新しいものはずいぶんと軽いことがわかる……材料の違いか、製法の違いか、軽くして持ち運びをしやすくすることに成功しておるわけだ」

キエンは、感じ入った様子で言った。

俺は比べてみた事がなかったので知らんが、ずいぶんと軽くなっているらしい。

銃身の肉厚が薄くなっているのかも。

冶金学《やきんがく》の進歩によって材料の性能が上昇したのなら、銃身の耐久度をそのままに肉を薄くすることは可能だ。

鉄砲は持ち運ぶものだから、軽くなることは純粋に性能の向上に繋がる。

まあ、鉄砲自体が歴史からいえば最近作られたものだから、冶金学の進歩とか難しい話ではなく、単純に手探りで適切な厚さを調べていた段階が進んで、無駄な厚みを省けただけのことかもしれないが。

「そういう連中に対し、なぜヴェルダンが未来永劫《みらいえいごう》無敵だと考えられるのか。日々強力になっていく敵に対し、なんの工夫も対処も講じようとしない我々を見て、兵はどう感じるか。怒りや不満を垂れこそすれ、意気軒昂などでいられるわけがないではないか。オター殿、どう考えられる」

だが、オターのほうは渋い顔ながらもほくそ笑んでいた。

「だがキエン殿、どうやってヴェルダンを落とすのだ。私には、あの難攻不落の要塞を落とす方法があるとは思えんのだよ」

「ふむ……では、ここにいるユーリ殿にお伺いしよう」

は？

「彼は、この歳《とし》で誰よりもクラ人について研究しておる。クラ語も達者で、自ら彼《か》の地と交渉を行い取引をしているほどだ」

は？？？

いやいや、意味わからんこと言うなよ。

なんだその無茶振りは。観客席で試合を見てたら突然ボールがパスされてきて、「チャンスだ！ゴールに入れろ！」と言われたようなもんだ。キラーパスもいいとこである。

「ではユーリ殿、一つ意見を聞かせてくれ」

王配がここぞとばかりに言ってくる。

くっそ。

「……ご紹介にあずかりましたユーリです。といっても、今日はたまたま通りかかっただけのようなものなので、急に意見を求められましても、実はヴェルダンを実際にこの目で見たことがございません。話には聞いておりますし、絵などでは見たことがありますが」

「構わぬ。ただ意見を聞きたいだけだ」

キエンが言ってくる。

ざけんな。俺は見てもいない要塞のことについて知ったかぶったようなことは言いたくない。

「まあ……あくまで想像ですが、私がヴェルダンを破るとしたら……登山口、つまり正面の大門を破りますかね」

　ヴェルダン大要塞というのは特殊な形状をしていて、採石をしていた岩山が痩せていった上部に軍事要塞が建っている。つまり採石をしていた腹の部分はえぐれたような断崖になっていて、天然の強固な城壁……というと人間が採石ついでに削ったわけだからおかしな表現になるが、破壊しようがない高い岩壁となっているので攻城塔などで攻め立てるのは非現実的とされている。分類としては山城というのがしっくり来るかもしれない。

　一ヶ所だけ出入り口があり、そこはスロープになっていて門が備え付けられている。それが俺の言っている大門だ。

「どのようにして破るのだ？」

と、今度は王配が聞いてくる。

　オタ一のような馬鹿に高圧的に問い詰められると、こちらもストレスが激しいので、先回りして聞いてくれているのだろう。

「そうですね……大門は、登り口の勾配が強く、攻城塔や破城槌《はじょうつい》では接近できない構造になっていると聞いています。やはり火薬を使うのが楽でしょう。金はかかりますが、門を破壊できるくらい大きな砲を作ってもいいかもしれません。大量の火薬を詰めた爆破具を城門に取り付けて爆破するのもいいかもしれません。上手く行くかはわかりませんが」

　まあ後者のほうがまず楽だろう。指向性爆弾のような感じで、大量の火薬を鉄板で包み門に取り付けて起爆させればよい。

「火薬というのは門を破れるほどのものなのか？」

「門にもよります。全て鉄で作られた、厚みが腕の長さほどもある門であれば、もちろん破壊は不可能です。が、木を鉄で補強して作った程度の門であれば、破壊するのはさほど難しくはないでしょう」

「ふむ……敵は門を壊せる装置を持ってきている。と考えるのが良いようだ」

そんなこと一言も言ってないんだが。

俺の意見を曲げて解釈することで自分の意見の補強材料にしたいと思ってるんだろうけど。

「何を勝手に話を進めておるのだ。そんな武器があるとも限らない」

オターが気炎をまいて言う。

「あるとは限らないが、ないとも限らないのだ。存在しない前提で考えて、もし向こうが用意していたらどうする？　当てが外れたとヴェルダンを明け渡し、このリフォルムまで撤退するのか」

コークスが言った。その話もこの会議で一度繰り返した内容だ。

「コークス殿、ついでにユーリ殿に聞いてみようではないか。ユーリ殿はこのいくさ、どのように戦うのが良いと考える？」

キエンが話を遮ると、今度は椅子ごと横を向き、俺の方を見ながら更に妙な方向に舵《かじ》を切った。

なんでだよ。

こんな空気で意見しろとか、荷が重すぎるだろ。

「さあ……若輩の身なれば、歴戦のお歴々の前で、これ以上の意見を申すことは恐れ多く存じますので」

そもそも俺の言葉を都合よく利用するつもりなのであれば、ここで喋った言葉がどのように曲解されるかわからない。話したくなかった。

「構わぬ。申せ」

話したくないってのに。絶対わかって言ってんだろ。

まあ……だが、キエン・ルベに関してはこれから情報を貰う立場だ。少しくらい協力してもいいだろう。

「私は平らな土地での決戦など、そもそもやらぬほうがよいと思いますが」

「ほう？」

「敵の強みは鉄砲と兵の数です。鉄砲が見晴らしのよい平原で扱うのがもっとも強い武器であることは言うまでもないでしょう。逆にいえば、木が林立した森の中では上手く運用できないのです。

森に引き込めば鉄砲に苦しめられることはまずありません。これで装備の面での不利はなくなります。加えて述べますと、敵の軍は基本的に寄せ集めの軍隊であって、森の中で指揮が効くほど統制された軍ではありません。対してこちらは統制の面では敵に勝っています。私だったらヴェルダンをそのまま放棄してでも森の中で戦い、そのまま冬を待ちますね。何もわざわざ敵が有利な状況で戦ってやることもないと思いますので」

つまりはゲリラ戦をすればいい。相手はこちらのゲリラ戦に付き合えるような軍をしていない。

「ハッ！　逃げの一手というわけか！」

オターが座ったまま妙なことを言ってくる。言葉が通じない相手の失礼な発言に、俺はイラッときた。

「オター殿！」

司会役のコークスが、たしなめるように強く言った。これはホウ家への恩義があるからだろう。

考えてみれば、このコークスというおっさんは俺が感じたイライラを何百回も感じながらこの会議を進行させているわけで、それを考えると大したものである。俺だったら気が狂ってしまうかもしれない。

「まあ、若輩者の妄言と思って聞き流してください」

これ以上進展はないようだし、空気も悪くなってきた。

これ以上意見を求められて利用されたくもないし、下手をするとホウ家の恥にもなりかねない。

帰ろう。

「それでは、僕はそろそろ失礼させてもらいます。王配陛下、この鉄砲は献上品に持ってきたもの。どうかお受け取りください」

俺はさっと敬礼をすると、勝手に椅子を立って席を辞した。

Ⅱ

一週間後。

俺は、村長の家の二階にある自分の部屋で窓際に吊《つ》るした熊の胆を見ていた。

乾いた空気のせいか良い具合に乾燥してきており、もはや水筒のようにタプンとしていた昔日の面影はない。色は黒ずみ、シワが寄ってきている。

リフォルムでもらってきたパン種を混ぜ、自分で焼いてみたパンを噛《か》みながら、俺は物思いにふけっていた。

結局、決戦主義的な方針は変わらず、ルベ家の騎士団が移動を始めたのは二日前のことだ。

なぜルベ家が今頃出発したのかというと、そこには流通の未発達を背景とした兵站《へいたん》の問題がある。

軍というものは一地点に集中させるとコストがかかる。兵には食を与えなければならず、数万人もの男たちが消費する食料は莫大《ばくだい》な量になるからだ。

一ヶ所に一万人を集めるのはいいが、その周辺数キロ程度の地域には一万人もの非生産者を養う能力はない。一日二日程度なら備蓄や地域の食料庫によって支えられるが、数週間となるとコストをかけて遠方から調達してこなければならない。

それは徴発や略奪で地元住民から奪おうが基本的には変わらない。人口五百人程度の村をどんなに絞ろうが、一万人の軍を養う食料が湧いて出てくるわけではない。

そういった問題は舗装道路や鉄道、機関車や自動車などがあれば簡単に解消する話だ。遠隔地から大量に物資を輸送する方法があれば、十万人を一ヶ月同じ場所に留め置こうが、金さえあれば幾らでも食料を運ぶことができるのだからなんの問題も起こらない。

だが、この世界では、石畳程度の舗装の上を、馬車で資材を運搬しなければならない。もちろん、軍団はそのための馬や馬車、購入費用を持っているので、現地でその都度調達することは不可能なことではないが、時間の経過につれて更に遠方、更に遠方、と食いつぶしていくわけで、切りがないし、遠くなればなるほどコストが上がっていくことを考えれば、やはり限界はある。

そういう事情があり、兵というものは、決戦までは分散させておくのが良いとされている。

ルベ家の軍がすぐに決戦場に向かわず、リフォルム周辺で陣を張っていたのは、そのような事情によるものだった。逆に言えば、決戦場へ移動を始めたということは決戦が近いということになる。

ぼーっと物思いにふけっていると、カチャ、とドアの開く音が聞こえた。

ドアを見ると、ミャロがいた。

「……？　ユーリくん、何を見ているんですか？」

「ああ、熊の胆だよ」

俺は、窓際にブラさげてある奇妙な物体を見ながら言った。

「へえ、それが熊胆《ゆうたん》ですか」

当然といえば当然だが、ミャロは知っていたらしい。

「熊を獲《と》った時にもらってきたんですね」

「俺も干したのは初めてなんだがな。完成が楽しみだ」

昔から、こういうせせこましい事をやるのは好きだったんだよな。大人になってからはやってなかったが、結晶を育てたりとか。

こういうのは下手に弄《いじ》ると失敗するから、変に手をかけないほうがよかったりするんだ。

「実は食べたことないんです」

なんとまあ、ミャロもか。

俺が子供の頃食わせられたのは田舎だったからなのかな。

ミャロあたりは体が弱いから、子供の頃から強壮剤がわりに与えられていてもおかしくなさそうなものだが。

「ああ、そうなのか。こんなナリはしているが、凄《すご》く甘くて美味《うま》いんだぞ」

俺がしらじらしい嘘《うそ》をつくと、ミャロは口元に手を添えて、くすりと笑った。

「うふふ、残念ですけど、とっても苦いことは知ってるんです」

「ああ、そうなのか……」

なんだ。

がっかりだ。

まあ、そらそうだよな。世間知らずのキャロルじゃあるまいし。

「でも、知らなかったほうが面白かったかも知れませんね。知らなかったらよかった」

と、ミャロはなんだか不思議なことを言い出した。

「そういうことはあるかもな。知らずに食った時のミャロの顔は見ものだろうし」

どんな顔をするのか見てみたかった。

「そう考えると、ユーリくんにあられもない顔を晒《さら》してしまっていたかもしれませんね。やっぱり知っててよかったです」

「なんだそりゃ」

思わず笑ってしまった。

「うふふ……あれ?」

ミャロの笑みが少し強《こわ》ばる。

「なんだ?」

「えーっと……あれ……なんだったかな」

段々と真面目な表情になってゆく。

「どうした?」

「え、えーっと……すいません、何かを報告しに来たのですが、忘れてしまいました」

なんだか本気で申し訳無さそうに、慌てた様子で言った。

なんとまあ、ミャロが用事を忘れるとは、珍しい事もあるもんだ。

「いいよ。どうせ大した報告ではなかったんだろう」

ミャロが忘れるということは、どうでもいい報告だったのだ。

ミャロは外出するときにハンカチを置いてくることはあっても、油鍋を火にかけっぱなしで出かけてくることはない。

有能であることに誇りを持っているミャロにとって、それは自分を裏切る行為だからだ。

それに、本当に重要な、例えば俺が急行して指揮をとらねばならないような喫緊の用件であったのなら、つまらない雑談になどは応じなかったはずだ。

「すいません、確かめてきます」

「いいって。それより茶でも飲んでいけよ」

と、俺は机の上にあった茶のポットに手をやった。

我が家のように茶器棚からティーカップをとると、ポットから茶を注いでゆく。

「ほら、座れ」

椅子まで用意してやる。

「う……えーっと、よろしいのでしょうか」

「いいに決まってる」

団の他の人間は、馬やカケドリや王鷲の世話をしたりで仕事を作っているようだが、一週間も動かずにいれば馬も鳥もほとんど綺麗なので、今は暇している。

棒きれを振り回したり、若者らしい真剣しゃべり場を繰り広げてみたり、いろいろやっているが要するに遊んでいるわけで、仕事をしているわけではない。

例外的に、鷲の上手い連中の一部にはやらせてみたいことがあるので、日に一時間ほど鷲が疲れない程度に訓練させているが、これも仕事というほどの仕事ではなかった。

その間を駆けまわって仕事をしているのがミャロなわけで、言うなれば一番まともに働いているわけだ。少しくらい休んだところで、責められるいわれはない。

「じゃあ……失礼します」

と、ミャロは椅子に座った。小さいテーブルを挟んで反対の席だ。

「食うか？」

俺はずいっとパンの入った籠を送った。

「えっと、食べていいんですか？」

食べていいかも何も。

「なんだよ、ミャロ、ちょっと緊張しすぎだろ」

「緊張ですか？」

ミャロは小さく首を傾《かし》げた。どうも自覚してないらしい。

「寮の食堂じゃ、食べていいんですか？　なんて俺に許可を求めたりなんかしてなかっただろ」

いつものように、じゃーいただきます。と言ってパクパク食べればいい。

「……それはそうですけれど、軍務中なので」

まあ、そりゃ確かにそうだが。

「いいんだよ、俺と二人の時くらいは。軍務中とはいえ、息抜きは必要だ」

だから夜間に当直を作って当直外は飲酒可、とかしてるんだし。

そうだよ、他のやつは飲酒までしてるんだから、気兼ねなんかする必要はない。

「それはそうかも知れないですが」

「それとも、俺と一緒じゃ息抜きにならないか？」

「まさか！　そんなことはありません。とても楽しいですけど……」

「じゃあ、ほら、食ってみろよ。まだ温かい」

パンというのはなんといっても焼きたてに限る。

「はい……じゃあ頂きます」

ミャロは、大きなパンを手にとって、半分に割いて、片方を口に入れた。

もぐもぐと食べると、

「とても……美味しいですね。パン職人のパンより美味しいかも」

などと言い出した。

まあ、普通のパン屋は、こんな贅沢《ぜいたく》にバターを使ったりしないからな。

バターをねりこんだ生地にサイコロ状にしたチーズをゴロゴロと入れて、焼きあがった後さらに塩を強めに効かせたバターを塗ったのだ。おそらくカロリー的には凄いことになっているが、贅沢なチーズ入り塩バターパンである。

「口に合ったようだな」

「はい。ユーリくんはなんでもお上手に出来るんですね」

なんか褒められた。

「ミャロはなんでも褒めてくれるな」

褒められるのはいつになっても慣れない。どうやって喜んでいいものかわからないのだ。

褒められるというのは怖い。それで驕《おご》ってしまえば己の毒になるし、人によっては猿を木に登らせる要領で、自分のいいように他人を使うために褒める人間もいる。

そんな俺の気分を察したのか、

「なんでもではありませんよ」

とミャロは言った。

「そうか？」

そうでもないと思うが。

「じゃあけなしてみましょうか」

けなすとか。

「え……なんだ、面白そうだな。やってみてくれ」

考えてみれば、ミャロにバカとか間抜けとか言われた経験はないな。

「えっと……ユーリくんはものぐさですねー。髪に寝ぐせがついてますよー、人はそういう所から駄目になるのにー」

「ああ、寝ぐせがついてたか」

思えば、今日は鏡を覗《のぞ》いていなかった。

手で髪をいじってみると、なるほど寝ぐせっぽいのが手にひっかかる。

どうでもいいっちゃどうでもいいが、隊員の前で間抜けヅラを晒す事を考えると、取っておいたほうがいいわな。

あとで水でも被《かぶ》っておこう。

「うふふ、ほら、なんでもではないでしょう？」

いや……。

けなしたつもりだったのか、さっきのは。

「うーん……まあそうか」

「寝ぐせがついてますよ、かっこいいですねー、とは言いませんよ。ふふ」

寝ぐせが格好いいとか、そんな褒め方は聞いたことないんだが……逆に馬鹿にされたように感じるだろ……。

「じゃあ、こっちは逆に褒めてやろうかな」

そして困らせてやろう。

「はい？」

「いやーミャロはよく気がつくし頭もいいし、何より博識だし、世知にも長《た》けてるし、有能を絵に描いて額に嵌《は》めたような奴《やつ》だなー」

「え……」

「それに努力家だし、裏切る心配もないし、顔もいいから見てて気分が和むし。本当に褒めるところがありすぎて筆舌に尽くしがたい」

「えっ……あ、あの……えっ……」

それだけ言うと、ミャロは、両手でぴったりと目元をおさえ、顔をそむけた。

なんだそれ。

いないいないばぁでもはじめる気か。

「どうした？　褒められたりないか？」

「や、やめて……だめ……だめです」

震えた声を返してくる。

「うれしすぎて顔が……うぅ、にやけてしまいます」

「にやけてんのかそれ」

顔を隠すほどか。

見たい。

でも、無理やりそれをすると、ミャロの両手を押さえつけて、俺が襲っているような格好になってしまいそうだ。

絵面が悪いのでやめておこう。

そのまま、たっぷり二、三分はたっただろうか、

「ふーー。落ち着きました」

と、ようやくミャロはこっちに向き直った。

なんだったんだ一体。

「ユーリくん駄目ですよ、あんな風に人をおだて

たら」

「別に普通に思ってることを言っただけだけどな。無理におだてたわけじゃないぞ」

「もうっ……あっ」

ミャロが何かを思い出したように固まった。

「元々の用事を思い出しました。馬が桶《おけ》を噛《かじ》ったり岩や樹《き》を舐《な》めたりするので、塩が足りないのではないかという話になって、リフォルムまで買ってくるそうです。お金を渡しておきました」

やはり大したことのない報告だった。

「ふーん、まあそれはいいが……悪いな、面倒をかけっぱなしで」

「いえ、今のボクはユーリくんが雑事に煩わされないために居るようなものですから」

そりゃまた便利な話だ。

俺がいなかったらヒモでも養うことになってたんじゃないかこいつは。

いや、元からヒモになるような男は一顧だにしないか……。

「働きたがりは感心だが、ちゃんと休んでおけよ。今は休みすぎなくらいで丁度いいんだから」

「そうでしょうか？」

ミャロは懐疑的なのか、腑《ふ》に落ちない顔をした。

「もう少ししたら休むどころじゃなくなる。元より行きより帰りのほうが危険な仕事なんだ。肝心要のときに余力が目一杯なかったら話にならないだろ」

「ああ、それはそうですね」

「仕事は助かっているが、ほどほどにな」

我ながら思うが、昼間っからボーっと椅子に座って熊の胆が乾くのを見ていた男の台詞《せりふ》じゃないな。

「はい。分かりました」

ミャロは嫌そうな顔もせず、頷《うなず》いた。

「では、休憩もしたことですし、そろそろ行きますね」

「ああ」

また仕事だろう。頭が下がる思いだ。

「それでは」

ミャロは、扉を閉めながら軽くそう言うと、部屋を出て行った。

俺は外を見ながら考え事に没頭する作業に戻り、気がついたらパンは冷めてしまっていた。

Ⅲ

俺は空からクラ人の陣営を見ていた。星屑《ほしくず》が羽ばたき、絶好の観測日よりとなった晴天を舞う。星屑を斜めにし、滑空する羽越しに傾いた地表を眺める。

空から見ていると、クラ人の陣営はなんとなく雑然としていた。

数万人に及ぶ大軍団の陣営は、シャン人のそれと比べるとやはり規模が大きい。だが、上空からでもなんとなく見て取れるのは、連合軍だけあって陣営がバラバラになっているということだ。

大きな陣営の中に各国軍のテリトリーがあり、各々の軍が採用している天幕の色の違いがモザイク模様のようになっていた。

実際には各国軍だけではなく臨時雇用された傭《よう》兵《へい》団なども入っているはずだから、中に入ってみればもっとゴチャゴチャしているはずだ。

だが、そのへんは上空からは確かめようがない。

地上からは、パンパンと甲高い音が聞こえてくる。ここまで上空だと、風の音にかきけされてわずかにしか聞こえないが、確かに鉄砲の音であった。

地上を見ると、数ヶ所から真っ白い煙がスジのように立ち上がって、風にまかせて流れている。

上空に射《う》った場合の鉄砲の射程距離については検証済みであり、この高度は安全圏内なので問題はない。

向こうの方も、そのくらいは分かっていて威嚇射撃しているのだろう。

おそらくは、偵察を邪魔したいというよりは、特攻を若干ながら危惧していて、お前らの存在には気づいているんだぞ。というアピールをしているのだ。

その証拠に、音の出ない矢などは一切飛んできていない。まあ、矢は落ちる時矢尻が下になるので味方が危険というのもあるだろうが。

そろそろ帰るか。

俺は笛を吹きながら旗のついた棒を握り、後続に指示を出した。少し遅れて、編隊の真ん中あたりにいるキャロルが、笛を吹いたのが聞こえた。

星屑を繰ってバサリと羽の向きを変えると、向かう方角が変わる。

一応、念のため本拠地にしているニッカ村とはズレた方向に一度向かったあと、俺は村に帰投した。

俺が安全帯を取ると、

「総員、安全帯を解け！」

と、副官格であるところのキャロルが追って号令を出した。面倒で堅苦しいことだが、騎士院で教えられた方法がこうなっているから仕方ない。

俺がキャロルにこういう役回りをやらせることについて、憤りを感じている連中がいなければいいが。

鷲から降りた連中が、各々の鷲の手綱を取って俺の近くに整列をした。

全員が等間隔に並ぶ。

「点呼！」

キャロルが言うと、一番右端の者から順に番号を言っていった。二十八で止まる。

なんだかんだ、カケドリで来た連中も鷲の貸し借りで半分以上は本陣を見てくることが出来た。

もちろん本番の戦争を見るのは最初から王鷲を持ってきた二十八名の特権だが、まあ陣を見るだけでも成果といえば成果といえるだろう。

「諸君、お疲れだったな。鷲を繋いで休みたいのは山々だろうが、まずは鷲を点検してみてほしい。弾が当たっていないとも限らない。勢いはなくとも、当たったら骨折くらいはしているかもしれないからな。軽く調べて鷲を繋いだら、ひとまず解散してよろしい」

編隊が居た高度は殺傷距離どころか到達距離にも至らないエリアなので、まずありえないとは思うが、その辺はあてにならない。

暴発の危険を犯して、火薬を倍も込めれば、届く可能性もないとはいえない。

それでも弾丸が球状である以上は羽と皮を突き破って鷲を撃墜するなんてことはありえないが、王鷲の骨というのは軽量なぶん強度に難があるので骨折くらいはするかもしれなかった。

俺はポケットから時計を取り出すと、現在の時刻を見た。

「そうだな、約三時間後、食事が終わってしばらくしたら、会議《カンファレンス》をしよう。気づいたことを頭のなかで纏《まと》めておいてくれ。以上、解散」

命令した手前、その場で自分も簡単に星屑を点検する。

各部をてきぱきと調べると、やはり傷や故障はなかった。

手綱を取ってその場を離れると、俺は家のそばの馬小屋に星屑を繋いだ。そして食料の保存庫に行くと、餌を持って戻った。枝肉から切り取ってきたようなシカの腿肉《ももにく》だ。

星屑のくちばしの下に置いた。

「食べていいよ、星屑」

俺がそう言って許可をすると、星屑は早速、肉を食べ始め……なかった。

あれ？

星屑はじっと俺を見ている。

まるで、肉に興味がないようだ。

「どうした？　腹が減ってないのか？」

腹が減っていないわけはないのだが。

もしかして体調でも悪いのか。

「クルルッ……クルル……」

星屑はなんだかしらんが、クチバシを俺の頬に擦りつけてきた。

スリスリ、スリスリ。

痛くはないが肌触りがいいものではないので、なんだか微妙だった。

「どうしたんだ？」

発情期の反応でもない。

馴《な》れない場所を飛んできたから緊張しているのだろうか？

そんなことがあるのかと思うが、星屑なりに戦場の緊迫した雰囲気を感じたのかも。軽く毛づくろいでもしてリラックスさせてやったほうがいいかもしれない。

俺は星屑の頭周りの毛をニジニジしてやった。しばらくそうしていると、星屑も気が和らいだのか、幾分機嫌が良くなったようだ。

「ほら、そろそろ食いな」

そう言って、肉を指さすと、今度は食べ始めた。なんだったんだろう。

「よう、大将」

背中から声が聞こえた。リャオの声だ。


「戻ったか。どうだった」

近くにあった桶で、生肉を触って汚れた手を洗いながら聞く。

リャオには、定期的に実家に顔出しして状況を探ってもらっていた。

「決戦は、明日になりそうだ」

「そうか。そうだろうな」

ここ数日の進軍速度を考えれば、順当にいけばそうなりそうだった。

というか、向こうは二日前から進軍速度を抑えていて、かつ各地に分散した軍勢も結集している。そのことは、俺のほうも毎日見物に出ているのでよく分かっていた。

一日に一度の偵察しかしていない俺にさえわかることなのだから、数倍以上の密度で偵察を行っている軍団本隊のほうは、先刻承知のことだろう。

ブチ当たるのは明日だ。

「帰るときのために、馬と鳥をよく手入れしておいてくれ。余りそうな穀類や豆は、全部飼葉に入れて食わせちまってくれ」

「ああ、そうしておくよ」

馬は反芻《はんすう》動物ではないから、牛のような動物ほど効率的に牧草を消化できるわけではない。穀類や豆を牧草に混ぜてやると体力がつく。

「かといって今日明日食わせるもんがなくなっても困るからな。ミャロと相談してくれ」

「そうするつもりだ」

丸投げになってしまうが、下手に手出ししないほうが上手くいくだろう。馬や馬車は補給隊が管理しているので、最後だから顔を突っ込んでみるか、なんてことをすると逆に混乱させてしまう。

「ルベ家の本陣のほうも荒れていただろう」

今日は決戦前夜となるわけだから、ルベ家の陣営のほうも滅茶苦茶《めちゃくちゃ》に殺気立っていたはずだ。

「そうだな……まあ、荒れてはいたが。基本的には歓迎してもらってるからな。それほどでもない」

まあ、御曹司を無下に扱う馬鹿もいないか。


「そうか。それならよかったが……あとはそうだな。明日は言っておいたとおり、俺は何羽か連れて少しのあいだ別行動を取る。ほんの少しのこととはいえキャロルが指揮を任せられることになるが、お前の方も気を配ってやってくれ」

「気を配るか。具体的に、どんな事にだ」

「まあ、まず心配なのは高度かな。下に下がり過ぎたら地面はよく見えるが、そしたら鉄砲に撃たれちまう」

「お前……姫様をバカだと思ってないか？」

なんか呆れたような目で見られた。

あれ……。

「もしもの話だ。ただでさえ忙しい空中で馴れない指揮なんか任せられたら、冷静な思考なんぞできないだろ」

もっともらしい言い訳をしておくか。

「だが、ほんの少しの間のことなんだろう。その間、特別なことはせずに空中待機する約束だったと思うが」

「気をつけるに越したことはないしな。敵の本陣にでも墜ちたら目も当てられない」

文字通り血祭りにあげられるだろう。

「そりゃそうか」

とはいえ、考えてみればただ留守番をするだけのことだ。

何が起こるわけもない。子供じゃないんだから、注意が惹《ひ》かれたものに一目散に駆けていくようなことは流石《さすが》にしないだろう。

「まあ、俺の杞憂《きゆう》だとは思うがな……問題なのは、戦が終わってからの帰り道のほうだ。くれぐれも頼むぞ」

帰省ラッシュではないが、帰り道は混むことが予想される。

できるなら、撤退は誰よりも早く迅速にして、混みあう前の道を使いたい。もちろん決戦に勝利してくれるのが一番いいのだが。

「分かった。そのへんは念を入れておくよ」

「頼りにしてるぞ」

俺はリャオの肩を叩《たた》いた。

明日からは予測不能のトラブルが十も二十も襲ってくるだろう。

それら全てが大きなものではないだろうが、準備を入念に整えておくに越したことはない。

◇　◇　◇

決戦の日。

後ろを向くと、二十八羽の王鷲が編隊を組んで空を飛んでいた。

編隊は「へ」の字を書いて、星屑を頂点にして両側に斜めになっている。これは渡り鳥などがやるのを模倣して作られた陣形で、前方騎が生み出す翼端渦を利用して後続の鷲の疲労を軽減することができる。

だが、その半面密集隊形に比べると陣形が広がりがちで、連絡が行き届かないという欠点もある。

なので、これは言ってみれば巡航隊形で、戦場にたどり着けばへの字を解除し、編隊を密集したものに変える予定だった。

下界を見ると、どうやら戦地にさしかかっている。

両軍の歩兵が衝突している前線からは、まるで野焼きでもしているかのように白い発砲煙がもうもうと立ち上っていた。

同時に、爆竹を鳴らすような音も小さく聞こえる。列になった歩兵が鉄砲を撃ち放っているのであろう。

少し出遅れたか。

とはいえ、空中で旋回するにしても長居できるわけではない。あまり早く来すぎても始まった時には帰る時間ということにもなりかねない。これで丁度良かったくらいだろう。

しかし、なんだな。

思った以上に心惹かれるな。

おー、戦ってる。って感じ。

もしこの世に神がいるとしたら、こういう風に人間の争いを見るのが密かな楽しみなのかもしれない。

ずっと見ていたい、と思ったが、俺には先にやることがあった。

ピーッ！　と笛を鳴らすと、旗を掲げて合図にする。

旗は槍《やり》をそのまんま使ったもので、穂鞘《ほさや》のついた槍に旗をくくりつけただけのものだ。本当は槍なんぞという無用の長物は持ってきたくなかったのだが、戦場に向かうのだから最低限の用意として槍は持っていくべき、という意見が多数を占めたので俺のほうが折れた。

羽向きを変えると、事前に打ち合わせていた通り五羽の鷲がついてきた。

後ろを見ると、抜けた穴を補うようにキャロルが集団の先頭に立ち、スムーズに編隊を再編したのが見えた。

そのまま敵の後背に向かう。戦列の更に後ろを通り過ぎ、数キロ後方に引き払った後の本陣があった。

狙うのはここだ。今は兵が出払っているから地上からの攻撃は殆どないはず。加えて、敵からしてみれば後背が突然攻撃されたということになる。上手く行けば全軍を混乱させられるかもしれない。

狙いは物資だ。

俺は、何日も前から目星をつけていた、物資が山と詰まれた地点に鷲の首先を向けた。

速度を失速寸前まで落とし、風の抵抗をできるだけ減らして、ポケットからライターを取り出す。鞍《くら》に押し付けるようにしながら革手袋をはめた両手でライターを包み、火をつける。指の間を少し開いて火を見つつ、三本の導火線に火を移す。

さすがに大きいライターだけあって、その火は風の中でも消えなかった。炎はジリジリと導火線を焼き焦がす。

導火線の先には、鷲の脇に縛り付けてある手製の火炎瓶があった。

瓶といっても容器は口がすぼまっただけの陶器なので違和感があるが、とにもかくにも中の液体は漏れていない。その中には、原油を分留する過程でまっさきに分離される、軽油質の液体がたっぷりと入っている。

そして瓶の口には油の染みた布と導火線が差しこんであった。

導火線は、糊《のり》を付けた紙に火薬をまぶして、油の染みこんだ綿の糸に巻いたものである。普通に布に火をつけただけでは投下中の風圧で火が掻《か》き消されてしまうので、試行錯誤の後にこういう形になった。布についた火は消えても、その内側にある導火線の火は消えないので、引火に支障はない。


俺は、三本纏めてある導火線が着火したのを見ると、すぐに羽を返し、まっさかさまの降下を始めた。

ほとんど自由落下に近い機動をとり、みるみるうちに速度が上がっていく。飛び降り自殺のような勢いで地表が迫り、本能的な恐ろしさが心を支配する。

そして、地上に十分に近づいたところで、火炎瓶を結んである紐《ひも》を引っ張った。

次の瞬間、手綱を勢い良く引く。

ぐぐいっと体全体にGがかかり、星屑は羽に空気をはらみながら、急降下から水平へと向きを変えてゆく。

紐による支えを失った火炎瓶は、そのベクトルの変化についていけず、スルリとほどけ落ちて地上に落ちていった。

後ろに続く特に鷲の扱いが上手な者たちも、次々に火炎瓶を投下してゆく。

だが、こちらは火はついていない。ライターは一つしか用意できなかったからだ。

水平からさらに上昇へと転じ、十分な高度を取ってから落ち着いて下界を眺めると、火はわんさかと燃えていた。

火種は俺が最初に投下した三瓶だけで十分だったようだ。

近い場所に命中した瓶がまき散らした燃料にも次々と炎が燃え移っている。

小山のように集積された補給物資の上に火の海が現れ、あたり一帯を焼き焦がしていた。


俺は再び高度を取り、もう一ヶ所目星をつけていた目標に進路を定めた。

火炎瓶は、もう三個ある。

再び導火線に火をつけ、羽を返す。先ほどより幾分かスムーズに、ストンと降下に入る。

ぶわわっ、と迫ってくる地面は、なまじ目がいいだけにやけに鮮明で、恐怖感をかきたてる。

残った三つの瓶を投下し、星屑を引き起こし、水平飛行に戻る。

更に手綱を引き、上昇に移った。

そのとき、熱と爆音と圧力が同時にやってきた。

ドガッ！　という音と同時に、首筋が暖炉の火のような熱さに晒され、ぶわっと膨らんだ空気が背中を押した。

俺の背中が押されたということは、上昇に移っている星屑の大きな羽も全面が押されているということで、手綱から星屑がわずかに戸惑ったような気配を感じた。

だが、失速するということもなく、俺が反射的に手綱を片方引いて反転の指示を出すと、素直にそれに従った。

ふわっ、と羽が固体状の何かを摑《つか》んだように力を得、熱源が作ったらしい強力な上昇気流を摑むと、あとはほとんど羽を動かすこともなく天に登ってゆく。

背中を見ると、流石は精鋭中の精鋭をよりすぐっただけあって、五羽の僚騎は全員ついてきていた。

だが、さすがに羽の動きは慌ただしく、驚が混乱しているのは見て取れる。

危なかった。

何があったんだ、と地表を見ると、酷《ひど》いことになっていた。

物資の中に入っていた爆燃性の荷にでも引火したのか、燃えた物資が四散して、そこら中のテントを焼いている。

冷や汗が出る。危なかった。こんなこともあるのか。

上昇に移ってしばらくしてからの爆発だったから被害はなかったが、投下後すぐの爆発であったら、爆圧をもろに食らって墜落していたかもしれない。

俺は無事でも後続は頭から爆発に突っ込むわけだから、死人が出ていたかも……。

とはいえ、これで本当に余分な仕事《エクストラミッション》は終わりだ。

編隊に戻ろう、と思い、俺は少し得意気に旗を振り、槍をキャロルのいる本隊の方向に向けた。

そこに、異様な光景が広がっていた。

◇◇◇

一瞬、目の前に映ったものが信じられず、理性的な思考が「夢か？」と疑問を投げかける。

それほどありえない光景であった。

やや離れた上空で、巨大な竜《ドラゴン》が本隊を襲っていた。

鷲の三倍ほどの体格のある、羽の生えたトカゲのような竜が本隊の真ん中で暴れまわっていて、整然としていた編隊は蜘蛛《くも》の子を散らしたようにそれぞれ散り散りに舞い踊っている。

俺は理性が命ずるより先に、星屑に全速力を指示していた。

スタミナを気にせぬ力強い羽ばたきが、ぐん、ぐん、と二つの生命体を加速させてゆく。

なぜ竜がここにいる？

有史以来なかったことが、なぜ今の今、この時に起きている？

鞍越しに火照りすら感じる全速力が功を奏し、俺はすぐに本隊に辿り着いた。そこでは目も当てられない光景が広がっていた。

鷲たちは今にもお互いがぶつかりそうな近さで、てんでばらばらに舞い、何もできないでいる。

そして、竜と、竜の首元に跨《また》った竜騎士《ドラゴンライダー》は、確実に一羽の鷲を狙っていた。狙われている彼女は、被った皮の兜《かぶと》から金色の髪をなびかせ、白い鎧《よろい》を着ている。

キャロルだった。

金髪に目をつけたのか。

そりゃあそうだ。

他の鷲たちは、キャロルをなんとか守ろうとしているらしい。めいめい独自の判断で進路の妨害をしようとしている。だが、体格が倍以上違うのであまり効果がない。

次の瞬間には、思考が移る。

ああ、晴嵐《せいらん》の羽の動きが鈍い。

動きが鈍いのは、竜に散々追い立てられて、スタミナを根こそぎ失ってしまっているせいだろう。

攻撃を回避するために無茶な機動をして、失速寸前になっては遮二無二羽ばたき、速度を稼ぐような操り方をしていれば、鷲はすぐにヘバってしまう。


晴嵐だけが集中的に狙われ、こうなってしまっては、これから一目散の逃げに転じても竜から逃げ切ることは不可能だろう。幾ら逃げても追いつかれてしまう。

つまり、詰んでいる。

その結論に至ると、俺の体は勝手に動いていた。

竜よりずっと高いところに高度をとり、位置エネルギー上優位な位置取りをする。

そうして、旗のついた槍から、脱落防止のために付けてあった帯を外した。穂鞘と旗をむしるように外すと、槍をくるりと半回転させて逆手に持った。


俺は、竜めがけて勢い良く突っ込んでいった。

集中のなかで少しずつ手綱を張り、向きを微調整してゆく。

竜の姿がみるみる大きくなり、衝突するコースになると、俺は手綱を二回引いて星屑に地面に着陸する指示を出した。

星屑は、その指示の意味を瞬間的に理解したのか、混乱することもなく素直に体の向きを変え、竜に向かって足を突き出した。

そのまま、星屑は竜に勢い良く空中衝突した。竜の翼の付け根に星屑の爪が立ち、肉を破り、すれ違うと同時に、俺は槍を地面に突き立てるようにして胴体に突き刺した。

槍は竜の鱗《うろこ》を貫通し、奥に入ってゆく。一瞬の間に、穂先が固い表皮をパキリと破り柔らかい肉を裂き貫いてゆく感触が腕を打った。

星屑が交叉《こうさ》し竜から離れると、腕ごと引っこ抜かれるような衝撃が伝わり、槍を手放した。

手応えを感じる。一撃を食らわしてやった。

飛竜種という動物がどれだけ強靭《きょうじん》な生きものなのか知らないが、胴体と翼にあれだけの傷を負わされて飛んでいられるわけがない。

一方、星屑は傷を受けてないし、今は失速して落下している最中だが、地上が遠いので失速から回復するのは難しくない。

勝った、という達成感の中。目に映ったのは、ささくれた鱗だらけの、竜の巨大な尻尾であった。

竜騎士が指示したものではないのだろう。竜が怒りに我を忘れてやったものなのか、元より空に生きる生物が繰り出した攻撃は、やけに正確だった。

空中での相対速度の偏差もピタリと修正されており、俺は〝当たる〟と直感的に思った。

空中での機動は慣性の法則に大きく支配され、とっさの努力でどうにかなることは少ない。

竜の尾は、あらかじめ決められていたように、星屑の羽を捉えた。

バシッと羽が打ち据えられ、枯れ枝が折れたように羽が不自然な方向に曲がったのが見えた。

苦くて黒い汁が脳髄の血管に流し込まれたような気がした。

ああ、駄目だ。

片羽ではどうにもならない。

俺と星屑は、空中でもんどりをうちながら失速した。

折れた方の羽はまるで機能を果たさず、力強く風を摑んでいたはずの羽は、風を受けるとふにゃりと曲がってしまっていた。

空気を受ける羽がこうでは、落下で速度ばかりが乗っても回復のしようがない。

せめて頭上を確認すると、竜もまた落ちてきていた。

やはり致命的な一撃だったのか、鷲と違って膜のようになっている竜の羽は、一番面積の大きな膜が滅茶苦茶に破けていた。

それでも目的を遂げようと、竜は落下しざまに速度の遅い晴嵐の羽に噛み付いた……ように見えた。

俺に見えたのはそこまでで、バギャギャ、と枝葉を折る音が聞こえ、次の瞬間には衝撃が体を打っていた。

第四章　土の味

I

目を開けると、目の前には枝があった。

雪が溶け、去年落ちた枝葉が顔を出している。

一冬の間に腐った樹皮が黒く濡《ぬ》れていた。

あぶくが水の中を登るように、意識が浮揚してゆく。

脳が回復し、意識がはっきりとしてくると、体中にズキズキとした痛みを感じた。

どうなっているのだ、と体を確かめると、俺は少し宙に浮いた状態で、逆さまになって肩口から地面に接触しているようだった。

かなり無理な体勢だ。

どうやら、意識を失っていたらしい。

しだいに、先ほどまでのことを思い出す。

竜《ドラゴン》と、竜の尾に叩《たた》かれて撃墜されたことを。

腰の安全帯はまだ解《ほど》かれておらず、星屑《ほしくず》につながっていた。

腰が浮いていたのはそのせいだ。

そうだ、星屑……。

安全帯を解こうと腹筋に力を込めると、腰に重い痛みが走った。

地面に激突したときに、股関節から腰にかけて負担がかかったのだろう。

骨盤でも骨折していたら、と思うと、恐怖がこみあげてきた。冷静に考えて、そうしたらこの場から身動きが取れない。

いや……ネガティブな考えはよそう。こういう時こそ、冷静にならなければ……。

痛みを感じながら安全帯を外し、体重を支えるものがなくなると、ぐしゃ、と下半身が地面に落ちた。

痛む腰に力を入れ、なんとか立ち上がると、痛いことは痛いが骨が割れているような動作不良はなかった。動かそうとしても動かないという部分は一つもない。

星屑を見たくなかった。見る前から、どす暗い悲観的な予感しかなかった。

少し離れて星屑を見た。星屑は、まだ息をしていて、目をぱちくりとさせていた。

だが、両方の羽は折れ、滅茶苦茶《めちゃくちゃ》になっていた。体は横向きに倒れていて、下敷きになっているほうの羽は根本から異常な向きに曲がっている。体の上にある羽も、骨が折れてしまっているせいで畳めないようで、だらしなく開いたままだった。

地面に衝突するときに木を引っ掻《か》いたのだろう。趾《あしゆび》は反り返るように折れ、爪は剥がれかけていて、使いものになりそうになかった。

星屑は、クチバシを開けて細い息をしていた。この様子だと、内臓も破裂しているのかも……。

俺は、星屑が下敷きになってくれたおかげで、助かった、らしい。

そのことは、すぐに分かった。


だが……俺には星屑をどうしてやることもできない。

鷲《わし》は、片方の羽が折れてしまっただけで衰弱してしまう生き物だ。それが、両方の羽が折れた上、趾も壊れているのでは、座ることもできないし眠ることもできない。

経験が、この怪我《けが》ではもうどうやっても助けてやることはできない。と言ってくる。

もしここがホウ家領の鷲牧場で、最良の治療の道具があり、経験に長《た》けたルークが付きっきりで介護する体制が整っていても、どうにもならないだろう。それほどの大怪我だった。

だから、通常、こういう怪我をしてしまった鷲は、安楽死をさせるのだ。

だが、目の前にいるのは、星屑だった。

騎士院に入ったときから、八年も一緒に空を共にしてきた。

そして、俺の代わりに重傷を負った……。

俺の命を助けてくれた星屑に、俺は何もしてやれないのか。

大きな借りを作ったまま、そのまま逝かせてしまうのか……。

「クルルッ………」

星屑が力のない声を出した。

星屑は、俺を見ていた。

鳥には表情がなく、どういう望みでいるのか、何が言いたいのか、分からない。

俺を責めているのか。

それとも、俺の無事を喜んでいるのか。

苦痛からの解放を望んでいるのか。

分からなかった。

分かったとしても、それは俺が自分の都合のいいように解釈した結果なのだろう。

一言でも言葉を喋《しゃべ》ってくれたら、最後に望むことをしてやれるのに。

恨んでいるのであれば、己の無能を泣きながら謝ることもできた。

だが、現実には、星屑は喋らない。

人間の言葉も分からない。

俺が、星屑のためにしてやれることは、一つだけしかない。

星屑がそれを望んでいるかは分からない。望んでいないのかもしれず、これは俺のエゴなのかもしれない。俺は、命を助けてくれた相棒に対して、酷《ひど》い仕打ちをしようとしている恩知らずなのかも。

だが、決断をする必要はある。

やるのなら、いたずらに苦痛を長引かせるのは、酷な仕打ちでしかない。

腰の後ろに差していた短刀を抜き、確かめる。

引き抜くと、鞘《さや》の中で曲がっていた。ということもなく、収めたときと同じ輝きを放っていた。

星屑は、短刀を見てもなんの反応も示さない。

俺が今からやることを察しているのだろうか……。

「星屑……」

俺は星屑の顔を抱いた。

星屑は、何か安心したように、首の筋肉を弛緩《しかん》させた。

「ありがとう。お前のおかげで、命が助かった」

すまない。

と心の中で言い、俺は短刀を星屑の首裏に深く突き立てた。

ぐいっと横に引くと、鋭利な短刀は、首の骨ごと延髄をブツリと切断した。

星屑は、身じろぎさえせずに、それを受け入れた。

息絶えると、首の力が抜け、抱えている星屑の頭部がズシッと重くなった。

ああ、死んだ。

共に空を駆けた友人が死んだ。俺のせいで。

俺は星屑の首を慎重に横たえると、短刀を納めた。

そうして、最も大きな風切羽を三枚取ると、鞍《くら》に載せてあった鞄《かばん》にしまった。できるなら埋めてやりたいところだったが、それはできそうにない。

やるべきことがたくさんある。

◇　◇　◇

これからどうしよう。

そう考えた時、まず頭に浮かんだのは、観戦隊のことだった。

意識を失っていたのであれからどれくらい経《た》ったのか判《わか》らないが、おそらくはキャロルかリャオが指揮を引き継いでいるはずだ。

キャロル騎があれからどうなったのかも判らないのだが、とにかく事故ったのは間違いないから、現在はリャオが指揮をとっている可能性が高い。

もしかしたら、観戦隊はまだ空中にいるかもしれない。

俺は、一縷《いちる》の望みをかけて空を見上げた。

当たり前だが、日差しさえ遮る枝葉に邪魔をされ、天空の様子など分からなかった。

目につく範囲で一番高い木を探すと、それに登ることにした。

筋肉が麻痺《まひ》しているような感じがして、どうにも登りづらく、途中何度も激痛が襲ってきたが、とにかく登った。

そうやって木の頂上に至ると、俺はできるだけ枝を切り払った。

そうして、上空を見た。

王鷲たちは、俺のいる真上をくるくると回っていた。

そして、遠く……ここから三百メートルほどのところにも、同じようにして同数程度の鷲が回っている。

俺は笛を吹いた。

とにかく大きく音を出すと、ずっとこちらを気にかけていたのだろう。

鷲が一羽降りてきた。

すぐに分かった。リャオの鷲だ。

鷲はハチドリのような滞空を長時間続けることはできない。

リャオは、少しそれに挑戦してみたもののすぐに諦め、バンク角を大きくとって地上を見られるようにしたまま、器用に小回りを始めた。

俺は、まずあらかじめ決めておいた符丁で笛を吹いた。

姫はどこだ、つまりはキャロルはどうした。という符丁だ。

リャオは、死んだとも編隊にいるとも言わずに、ついて来い。という意味の笛を鳴らした。

旋回を一時止め、旗のついた槍《やり》をビッと一方向に向ける。もう半分の鷲が周回している地点だ。

やはり、キャロルも墜《お》ちていたか。

半分は俺、半分はキャロルの落下地点に分かれ、地上を監視していたわけだ。

俺は素早くポーチを探ると、コンパスを取り出して方角を確認した。

ガラス面の外側に取り付けてある、矢印のついた金属蓋を回し、キャロルの方向をマークする。

地上に降りたら、鷲が回っている方向はわからなくなってしまう。

しかし、難しいところだ。

王鷲は森林には着陸できない。

おそらくそれが生息分布が限られている理由なのだろうが、王鷲は岩場で狩りをする生物なのだ。森林の林冠部に突っ込んでいって無事でいられるようにはできていない。

単純に森で生活するには図体《ずうたい》が大きすぎるし、羽の構造が更に問題だからだ。鷲の羽でもっとも重要なのは羽の先端部にある初列風切羽で、これが破けると飛行が難しくなってしまう。

一番引っかかりやすい羽の先端が重要なのだから、それを傷つけずに樹冠部を突破して鷲を森に降ろすというのは絶望的な作業になる。

安全に鷲を離着陸させるには、安全性を考えると直径七メートルほどの開けた空間が必要と言われている。

五メートルあれば可能性は見えてくるにしても、植林地でもない鬱蒼《うっそう》とした森の中には上にも下にも直径五メートルの空間が空いている場所など存在しない。

もう一つ、懸念があった。

上空を見ると、リャオの鷲も疲れているのが見て取れるのだ。バランスがあまりとれていない。

リャオの鷲は、ルークが育てたものではないが、それでも十分以上に良く鍛えられた鷲だ。それが疲れているということは、他の鷲も、もう限界なのだろう。

少なくとも、三百メートルほど離れたキャロルのところに俺が辿《たど》り着くまで上空で待っていられるとは思えない。万全の体調であるなら走ってそれほどかからない距離だが、さすがにこの痛みでは全速力で走れるか怪しい。

ピーッピピッピー、と、鷲の体調を尋ねる符丁を吹くと、ピッピピッピピ、と四回吹いてきた。

これは、鷲の体調を五段階評価で答えることになっていて、五は「もう限界、墜落します。お元気で」といったような意味だから、リャオの返答は、帰りの道程があることを考えると、限界に近いことを意味していると考えていい。

キャロルを鷲に乗せて帰らせる、という手は潰《つい》えた。

キャロルと合流、開けたところに移動、そこから鷲に乗せて離陸、俺は誰か知らんが隊員と二人で自力で帰還、そういう手を取っている時間的余裕はないということだ。

また、笛のみのコミュニケーションでは、後日このポイントで待ち合わせ、といった複雑な作戦立案を、その場で行うこともできない。

俺は決心して、ピーッ、ピーッ、ピーッと、三回長く笛を吹いた。

帰投せよ。という意味の笛だ。

そうすると、リャオは、笛を返してきた。

負けた。という意味の符丁だ。

負けた？

何に負けたんだ。と思っていると、リャオはまた別の方向を槍で指した。

コンパスを確認すると、意味がわかった。

自分が落下した辺りの森の位置から考えて、その方向は主戦場となる地帯であるはずだ。

ああ、シャン人のほうの連合軍は、やはり負けたのか。今の状況では、本当に勝っていてほしかった。

リャオは続けて、了解。という笛を返すと、その場で槍を掲げた。

そして、何やらゴソゴソとやっているかと思ったら、俺のいるところに荷がくくりつけてある槍を落とした。

これを使え、という意味だろう。ありがたい。

もう本当に限界に近かったのか、リャオはすぐに羽を翻し、編隊を一つにまとめると、飛び去っていった。


木から降りてリャオの荷物から槍と使えそうなものを取り上げると、俺は歩き出した。

このあたりの森は歩きにくい。キルヒナとイイスス教地域との境目で定住者がいないのだろう。

付近に定住者のいる森であれば、森は薪などの生活に必須な資源の供給地であるため手が入れられているのが普通だ。ここは原生林ではないが、昔は手入れされていた森が荒れ果てているといった感じがする。

「あー、くっそー……いってぇ……」

言っても仕方がないのだが、思わず口に出してしまう。

歩きやすい道を気をつけて歩いていても、何かの拍子に腰に激痛が走る。

ヒビ程度の骨折でも、無理をすれば内出血で腫れてくるはずだから、骨折はしていないと思うのだが。

これが休日に気軽にやっている山歩きなら遠慮せず休憩するところだが、そうもいかない。

キャロルがどうなっているか、一刻も早く確認しなければならない。

星屑のように、晴嵐《せいらん》が下敷きになって助かっていてくれればいいが……。

そこで、悪い考えがふいに頭をよぎった。

俺の場合と逆だったら……。

星屑と同じように、キャロルが人の形を留《とど》めないような怪我をしていたら、どうなるんだ。

それで、まだ生きていたら。

思わず足が止まり、頭から血の気が引いた。

そうしたら、俺は星屑と同じように、キャロルの命をも絶ってやらなければならないのか……。

その発想は、あまりに現実味を帯びていて、ゾッとした。

十分に有りえる……。

背スジが凍りつくような感覚がして、腹が気持ち悪くなって、唐突に吐き気を催した。

愕然《がくぜん》として、何も考えられなくなった。

数秒後、自分が立ち止まっていることに気づき、俺は再び歩き出す。

そんなことを考えていても仕方がない。

まだ何も確定的ではない……。

俺はコンパスにマークした方向に、ずっと歩き続けた。

もうそろそろか……。そう思った時だ。

グゥゥウッ……。

まるで猛獣が発する威嚇音のような音が聞こえてきた。

こんなときに……。

行くべきか、行かざるべきか。行ったとしても、下半身に力が入らない俺の状態では、猛獣どころか野犬にすら勝てるかどうか怪しい。

だが、キャロルが襲われている可能性がある。行く以外の選択肢はない。

リャオの槍が手元にあるのが唯一の慰めか……。

そう思いながら、俺は腰を低くして、こそりこそりと近づいていった。

ああ……。

近づくにつれ、俺は納得していった。木立の間から、竜の翼が動いているのが見えたのだ。

灰色がかった緑色の肌は、南洋のトカゲのように細かい鱗《うろこ》で覆われていた。かすかに濡れたような質感は、なめらかな織物のようにも、細かな板を連ねた鎧《よろい》のようにも見える。

猛獣の声に聞こえたものは、竜の呻《うめ》き声《ごえ》だったらしい。

だが、限られた情報から分析するに、竜のほうも横たわっていて健常な状態とは思えない。

とりあえず、今すぐ暴れ始める様子ではない。

ふう……と息を吐いて、ゆっくりと竜の横を回りこんでゆく。

幸いなことに体調はよくなってきていた。アドレナリンか何かが回ってきたのか、痛みがあまり気にならない。

竜がここにいるのなら、星屑の近くに俺が倒れていたように、生きているにしろ死んでいるにしろ竜騎士《ドラゴンライダー》が居るはずだ。

竜を遠巻きに回りこんでゆくと、果たしてそこには見知らぬ人物がいた。こちらに背を向けており、まるで見慣れぬ意匠の服を着ている。

そういう文化なのか、頭には灰色のターバンのようなものを巻いていた。

後ろ姿だけだが、頭のてっぺんに載せているだけではなくて、顎も額も巻布で覆っている。おそらく竜騎士の伝統的な意匠なのだろう。

こいつが竜騎士で間違いない。

そしてその先には、なんと一羽の王鷲がいた。ピクリとも動かないので、おそらくは亡骸《なきがら》となっているのだが、羽色から見るにあれは晴嵐だ。

竜に噛《か》まれたまま落下したのか、一緒の地点に墜ちたらしい。

そして、俺はその隣にキャロルがいることにも気づいた。

キャロルは、腰が痛いのかなんなのか、その場にへたり込み……そして、自分の短刀を、自分の首にかざしていた。

つまり、自決しようとしていた。

脊髄に氷水でも流し込まれたような、凍りつく感覚を覚える。

キャロルは竜騎士と対峙《たいじ》している。竜騎士はキャロルに自決して欲しくないらしく、何やら短いナイフのようなものを突きつけながら、しきりに怒鳴っている。テロル語を話せないのだろうか？

たぶん、ココルル教圏の公用語であるアーン語なのだろうが、俺も意味はわからない。イントネーションはテロル語よりシャン語に近い感じがするが、鼻にかかった発音がやけに多く、なんとも耳慣れなかった。

キャロルを虜《とりこ》にしようとしているが、キャロルのほうはそれを拒み自決しようとしているので、状況から考えて「やめろ、諦めて縄に付け」というような内容を怒鳴っているのだろう。

可及的速やかに、この状況をどうにかしなければならない。

早く処理しなければ、キャロルが死ぬ。

作戦など考えている暇はない。

気持ちを定めると、スッ……と頭のなかが冴《さ》え渡り、痛みも何もなくなり、自分が一個の機械になったような気がした。

俺は、木立から歩いて出て行った。

数歩近づき、キャロルが俺に気がついて、こちらを見る。竜騎士が、その視線の変化に気づいた。振り返ろうとする。

「よう、トカゲ乗り」

俺はテロル語で、話に聞く竜騎士の蔑称で話しかけながら、右手に持った槍を肩に担いだ。テロル語を耳にしたことで仲間と思い一瞬判断が遅れるのを期待してのことだ。

俺は竜騎士がこちらを見るのを待たず、左足で地面を勢い良く蹴った。右足を強く踏み込むと同時に、至近距離から槍を投擲《とうてき》する。

槍は初速の勢いのまま、振り返ろうと半身になった男の右腕にドガッと突き刺さった。

しまった。

投げるのが早すぎた。胴体に刺さるのが理想だったのに。という思考に包まれながら、やった、とも思う。

槍は腕を横に裂くように突き刺さっており、その下には大ぶりのナイフがぶら下がっている。

武器を持ったほうの、つまりは利き手に致命的なダメージを負わせたのだ。

俺は槍を投擲したままの勢いで突っ込むと、すぐさま男の腕にぶら下がった槍の柄を握り、体ごと槍をより深くさしこむようにぶつかった。

「グッ……」

うめき声を上げながらも、男は足を踏ん張り、倒れなかった。

ぶつかった反動で、俺の五体が持っていた勢いが消える。

「フッ！」

勢いが削《そ》がれたと同時に一歩踏み込み、男の膝を踏むように蹴った。

膝の骨がゴクリと砕ける感触がし、蹴った反動を利用して引っこ抜くように槍を抜いた。

男はたまらずバランスを崩し、武器を持った片手を地面につける。

俺は間髪容《い》れずに抜いた槍を突き出し、地についた手のひらを地面に縫い付けた。

その場で腰を回し、たたんだ膝を振る。

ほとんど密着した距離で、座り込んだ男の顎に吸い込まれるように膝が入った。アゴを撃ちぬいた感触が膝に響くと、男は脱力したようにその場に崩れ落ちた。

勝った。

数秒じっと男を見るが、ピクリとも動く様子はない。

「――はぁ……キャロル、大丈夫か」

男から目を離さず、言う。

ひとまずの勝利を手にすると、人の心が戻ってきたかのように、安らいだ気分になった。心が高揚し、体に運動後の温かさを感じる。

「は、はい」

なんだ「はい」って。

座学の先生かなんかに返事するんじゃないんだから。

本当に大丈夫なのか。男から視線を外してキャロルを見ると、命に別状がありそうには見えなかった。

流血もしていないし、内臓にダメージがいっているようにも見えない。

よかった。心の底から安堵《あんど》した。

「まずは、刀をしまえ」

「あ、ああ……うん、そうだな」

ブラフではなく、本当に自決まで覚悟していたのか、キャロルの短刀を持つ手は震えていた。

キャロルは震える手で、首から恐る恐る短刀を離すと、まごつきながら鞘に納めた。これでもう安心だ。

俺は、振り返って竜を見た。

竜は、真正面から見るとぐったりと倒れていて、乗り手の竜騎士が攻撃され昏倒《こんとう》しているというのに、興味を示すふうでもない。

元より、鷲と違って乗り手との信頼関係など存在しない動物なのかもしれん。

獰猛《どうもう》な動物が本能的に人を襲おうとするのを、どうにかこうにか制御して自分にとっての敵側に牙を向けさせる。といったやり方なのかも。

思えば、俺をたたき落とした時もそんな感じだった。

乗り手が攻撃を指示してから攻撃に移るのでは、どうしてもワンテンポ遅れるものだが、あのときはまったくそれがなかった。あれは、本能に従った竜が勝手に攻撃したのだろう。

竜についての興味は尽きないが、いまのところは放っておいてもいい。落下の衝撃で内臓破裂でもしているのか、羽を貫いて胴体に侵入している俺の槍がよっぽどの急所に刺さっているのか、動くのも億劫《おっくう》という感じだ。

そのうちに死ぬだろうし、刺激をしなければ襲ってはこないだろう。刺激をしてまで槍を回収したいとも思わない。


「キャロル」

「う……うん」

うんって。

まあいいか。

「ついさっきまでリャオとミャロが上空を飛んでいた。リャオによると、決戦はこちらの負けらしい」

と、俺はかいつまんで今の状況を説明した。

「つまり、ここで待っていても状況は悪くなるばかりだ。先にここに来るのは、心配してやってくる味方の軍じゃなく、敵のほうだ」

「わ、分かった。そうか……」

キャロルは、なんだか落ち込んでいる様子だ。

無理もない。

キャロルの件を処理してから再び冷静に考えてみると、これほど面倒くさい状況はなかなかない。

これからどれだけの面倒事を処理しなければならないのかと思うと、気が遠くなる。

「分かってるのか？」

「何がだ」

「ここにいたら、追手がかかるってことだよ。さっさと行くぞ」

上空で近距離から視認していた竜騎士はともかく、地上のクラ人がキャロルの金髪を認識できていたかは怪しいところだ。

だが、ここに金髪のシャン人がいる。ということが判れば、まず間違いなく追ってくる。

何しろ、向こう側では金髪のシャン人で、かつ美人とくれば、王国間の政治取引に使われるくらいの代物で、対価として国策レベルの譲歩が引き出せると聞く。

イーサ先生の話によると、実際に三十年くらい前にそういうことがあったらしい。

つまりは値段がつかないほどの価値を持っているわけだ。

あちらさんがキャロルの素性について情報を得ているかはともかく、世にも珍しい竜の空中戦を地上にいた誰かが観察していたのは間違いない。

それを考えれば、鷲が二羽と竜が一匹落ちた。というところまでは確実に把握されているだろう。目がいい奴《やつ》や望遠鏡で見ていた人間がいたら、二羽のうち一羽に乗っていたのは金髪だった。ということまで把握されていてもおかしくはない。

「すまない……」

何故《なぜ》かキャロルは、謝ってきた。

謝るどころか、なぜか悔しげに目に涙をためている。

「なんだ？」

「足が……どこか悪いようだ。痛くて立てないんだ……」

………。

…………。

あー…………。

なんてこった。

呆気《あっけ》にとられ、しばらく呆然《ぼうぜん》とするしかなく、俺はその場に突っ立っていることしかできなかった。

「私のことは、置いていってくれ……」

キャロルは、寂しさを噛み殺すような声で言った。

置いていけ、というのは本心から言っているのだろう。

そしたら、まあここで万に一つの救助を待って、クラ人のほうが先に来たら自決……みたいな感じか。

「今のは、今までのお前の発言のなかでも、とびきりアホな台詞《せりふ》だな」

「……え？」

キャロルは、囁《ささや》くように小さく声を発した。

「お前を置いていくわけがないだろ」

「だが、ここにいたらお前まで危険になる……」

「諦めるのが早すぎる。お前の命はそんなに軽くはない」

だが、事態は深刻だ。

ため息の一つもつきたくなる。

「はぁー……」

本当についてしまった。

これからどうしよう……。

考えてみれば、立って歩ける状態であれば竜騎士が現れた時に戦っていなければおかしい。

それさえできずに、へたり込んで首に短刀を突きつけて自らの命を盾にしていたのだから、骨折なのか肉離れなのかわからんが、本当に歩けないのだろう。

……俺が背負って歩くしかないか。

その結論は、意外と簡単に出た。

しかし、どこまで歩くのか……。

リフォルムまでは無理としても、キャロルを背負っての歩きでは、拠点にしていたニッカまでも……おそらく、一週間以上は軽くかかる。

整備された街道を使えればそんなにかからないのだが、決戦で負けた以上、主要な街道は敵方の騎兵が走り回っていると見ていい。俺の身一つなら、街道で見つかったら馬の入れない森の中に逃げ、追手が諦めるまで逃げに逃げ続けるという手も使えるが、キャロルを背負っていたら無理だ。

命が幾つあっても足りない。

森のなか、道無き道を歩くしかない。

「背負って歩くか……」

自分の決意を確かめるため、試しに口に出してみると、背筋を絶望感が這《は》い上がってきた。

キャロルは痩せているほうだが筋肉はついているし、子供の体重ということはない。

加えて、ギリギリまで切り詰めるにしても携行する荷物はゼロというわけにはいかない。すると俺が背負う重量は五十キログラムを切ることはないだろう。俺も足には相当自信があるが、五十キロを背負って競走するとなると入学した頃のミャロにすら抜かれてしまうかもしれない。

追手がかかるとしたら、キャロルを背負った俺はどうしても速度に劣り、いつかは追いつかれる計算になる。

神様に土下座したらケアルガだのベホイミだのの魔法を使ってキャロルの怪我を治癒してくれるのであれば、今すぐに土下座して懇願したい気分だった。

神頼みしたいほどに状況が悪い。

いっそ犠牲を覚悟して、王鷲隊を全員森に突っ込ませるべきだったか……。

そうすれば、二十六羽の鷲と何人かの事故死者を犠牲にして、二十人かそこらは手勢が手に入る。それだけ手勢がいれば、追手がかかっても突破できたかもしれない……。

いや、補給が駄目か……。

一人二人の食料なら、歩きながら確保できないこともないが、二十人以上の食料は絶対に無理だ。三日か四日で飢えてしまう……。

いや、今はそんな非建設的なことを考えている場合じゃない。

これからどうするかだ。

逃げずにここで穴でも掘って隠れる……という手も、ないことはないか。

俺には、一人だけ必ず救助にくる人材の心当たりがある。

王剣だ。

彼女は、自分が死のうがなんだろうが、いつかは必ずここに来るだろう。それが三日かかるか四日かかるか判らないが、仮にここに辿り着いたとして、やはり逃げる時はキャロルを背負うことになる。

あの女は、敏捷性《びんしょうせい》や技量は高く、体力の鍛え方も常人に及びもつかない域に達しているだろうが、あの体格でキャロルを背負って俺以上に歩けるとは思えない。

交代で背負えば一人ひとりの負担は軽減されるが、速度は背負った方に合わせなければならないのだから、単純に二倍になるわけではない。

やはり駄目だ。

彼女の到着は、ここで待機することで生じる状況の悪化を看過できるほどの絶対的効力は持っていない。

やはり、俺が背負って逃げる他ない。


しかし、キャロルを見られた恐れがある以上は、やはり追手は想定しなければならないだろう。追いつかれないために工夫をする必要がある。

俺は失神している竜騎士を見た。腕からダラダラと血が流れている……。

こいつを使って、まずは欺瞞《ぎまん》工作をしてみるか。時間のロスにはなるが、どのみち相手のほうが早いのであれば、破局が延びるか延びないかの違いでしかない。

一《いち》か八《ばち》かで色々とやってみたほうがいい。

俺は、失神した男の上半身を引き起こすと、まずは鎧を脱がせた。

やはり体格のいい竜といえども積載重量に余裕があるわけではないのか、意匠はずいぶんと違うが俺のと同じような軽い革鎧だ。

加えて言えば、体格も筋骨隆々というわけではなく俺とほとんど変わらない。鎧に続いて、兜《かぶと》と脛当《すねあ》ても取って、服も脱がせて肌着だけにする。

「ユーリ、何をしているんだ?」

俺の不審な行動に不安になったのか、キャロルが尋ねてきた。

説明している時間が惜しいので、答えない。

俺は自分の装いを脱ぐと、失神具合を確かめながら男に着せていった。

ルークが用意してくれた上等の鎧だったが、どの道この後の活動のためには捨てなければならない。

俺は、男に少しサイズの合わない鎧を無理やりに着せ、脛当てやヘルメットなども装着すると、仰向《あおむ》けにした。

そうして、周りを探してなるべく大きな石を持ってきた。

俺はその石を高く持ち上げ、失神した男の顔に落とした。

ゴチャッと鈍い音がして、男の体がビクッと痙《けい》攣《れん》したかと思うと、石は顔を伝って横に滑り落ちた。

男の顔は血にまみれ、陥没している。

まだ呼吸をしているのか、骨折した鼻から出てきた赤い血が、小さな赤い鼻提灯《はなぢょうちん》を作っていた。

俺は、再び石を持ち上げると、今度は力いっぱい投げ下ろした。それで男はピクリとも動かなくなった。

顔は、もう原形を留めないほどに潰れていて、ピンク色の筋が全体に見えている……。

俺がさっきまで着ていた鎧にも、ひどく血が飛び散っていた。

俺は血のこびりついた男の兜を乱暴に外し、なるべく無造作に軽い力で放り投げた。

そして、男が持っていた大ぶりのナイフを、近くの石に叩きつけて刃を軽く潰した。

その刃で耳朶《じだ》の先を切り取り、もう片方の耳は自分の短刀で切り取った。

これで、俺の死体ができた。

晴嵐に乗っていた俺は、落下の最中に振り落とされ、不運なことに地面の岩に顔面を激突させて死んでしまった。

竜騎士のほうは無事であったが、敵の鷲乗り騎士を仕留めた証明として片耳をそぎ落とし、どこかへ消えた。ヘルメットは耳を覆っていて邪魔だったので、乱暴に剝ぎとってその場に捨てた。

耳は片方が潰れていて、片方はない。だが、鎧は確かにシャン人の鎧を着ている。

あまりにも杜撰《ずさん》で稚拙な工作だが、やらないよりはマシだろう。

おそらく、最初に発見するのは、末端の一兵卒だろうし、敵も緻密な軍制を整えているわけではない。

追手側に疑心を抱かせ、意見を分裂させ、混乱させることができる……かもしれない。

一人分の死体を得たことに満足して、もう一人は見逃す、という選択をしてくれるかも……。

都合が良すぎる考えか……。

「………」


手を見ると、両手が血と土でグチャグチャになっていた。

ボロ布で拭って済まそうか。

いや……やはり洗おう。

気持ちが悪い……。

俺は貴重な水で手をすすいだ。


竜騎士の持ち物から必要なものを拝借すると、俺はキャロルのところへ戻った。竜騎士が自分で竜から降ろしたらしい荷物に、短弓と矢があるのが意外だった。

あちらには上空で弓を射るなどという文化があるのだろうか。短弓と矢は特に代わり映えしないものだが、矢筒のほうは少し特殊だ。

ほぼ筒状になっているが、乱高下や空中反転を考慮してか、矢が滑り落ちないように入り口にバネ仕掛けの押さえがついている。

矢筒には矢が五本ほど入っていた。内二本の長さが突出して長く、引き抜いて調べてみると、先端に矢尻がついていなかった。

矢尻の代わりに、木でできた紡錘《ぼうすい》形の物体がついている。

鏑矢《かぶらや》だ。

これを射放つと先端についた木の鏑《かぶら》に空気が通り、甲高い音がする。要するに、矢尻の代わりに笛をつけた矢である。

俺たちが使っている笛《ホイッスル》と違って、飛翔《ひしょう》しながら音を出し続けるので遠くまで音を届けることができる。地上まで連絡するための道具だろう。

シヤルタで通常使われる鏑矢は鏑の先端に更に簡易な矢尻がついていることが多いが、友軍の頭上で使う場合を想定しているのか、矢尻はついておらず丸いままだ。鏑矢の他にも三本は普通の矢があるので、地上に矢を放って攻撃することもあるのかもしれない。

「だ、大丈夫か?」

と、キャロルはなんだかオドオドしながら聞いてきた。

「何がだ?」

「顔色が……真っ青だ」

……ああ、そうなのか。

顔色が悪いのか。

「……大丈夫だ。人を殺したのは初めてだったから、多少気が滅入《めい》ってるんだろ。それより、お前の体調はどうなんだ」

「う、うん……具合が悪いのは足だけだ。他は……問題ない」

それならよかった。

いや良くはないが、「頭が酷く痛くてめまいがする……」なんて言われたら、脳挫傷かなんかを疑わなきゃならんからな。

欲を言えば足ではなく腕の故障にしてほしかったが、起こってしまったものは仕方がない。

「そうか。一応言っておくが、鎧のたぐいは脱がなくていい。暫《しばら》くはそのまま背負っていく」

「そうなのか?」

キャロルは不思議そうだった。

「追手にお前が王族だということは知られたくない。その鎧には王族の紋がガッツリ描かれてるだろ。捨てるにしても、ここから大分離れたところに捨てたほうがいい。今、晴嵐の鞍にある紋も削っておく」

追手側がシヤルタ王家の紋を知っているとは限らないが、なんといっても王家の紋章なので、知られていてもおかしくない。

俺の鞍のほうは、前の経験からホウ家の紋のついていないものにしたので、星屑が調査されたとしても問題はない。

俺は晴嵐の死体に近づき、ナイフで紋章を削った。ついでに風切羽も引き抜いておく。

星屑のものも取ったが、愛鷲《あいしゅう》の風切羽を保存しておくのは王鷲乗りの伝統的な風習だ。

遺骨や遺影のようなもので、飾っておいて後々見て思い出に浸る。ルークもよくそうしていた。

俺は安全帯を一部取り外し、積載バッグを肩から下げられるショルダーバッグにすると、キャロルのものと俺のものとを、交差するように二つ両肩にかけた。

もともとそういう変換ができるように金具が付けられているので、何の問題もない。携行品はそれほど重くないが、やはり二つ背負うと重量を感じた。

「弓と矢を肩にかけておいてくれ。槍も持てるか？」

竜騎士から奪った弓と矢筒を、キャロルに渡した。ついでに槍も持たせる。

キャロルは、何も言わずに弓を腕に通し、矢筒を背負った。

槍を手に握る。

「行くぞ」

俺はキャロルの目の前で、しゃがみこんだ。

「……本当にいいのか？」

キャロルが遠慮がちに言う。

「さっさとしろ」

俺がそう言うと、キャロルは俺の首に腕を回し、一本の槍を肩越しに両手で持って、背中に体を預けてきた。

片足が使えるのだから、これくらいは難しくないのだろう。

キャロルの膝の裏に腕を回し、引きつけるようにグッと立ち上がる。

ズシッ……という重みを感じた。

軽いといっても、大型のザックくらいの重さはある。腰と骨盤の痛みは、やはり一過性の神経痛だったのか、痛みがわずかなのが救いだった。

重いことには重いが、すぐにも膝が屈して膝をついてしまいそうな感じはしない。

行けそうだ。

「行けそうだ」

口に出してみると、わりと大丈夫だった。当然のことを口にした、という感じがする。

駄目なときに虚勢を張ってこういうことを言うと、心が折れる感じがするから、本当に大丈夫なのだろう。

大丈夫のはずだ。

俺はまだ生きている竜を一瞥《いちべつ》すると、その場を立ち去った。

Ⅱ

歩き始めたのが午後の四時頃で、二時間ほども歩いただろうか。

六時になった頃、さすがに限界を感じて、俺は野営することにした。

「ここに泊まろう」

適当に開けた場所を選ぶと、俺はキャロルを下ろし、野宿の用意を整えはじめる。

「ちょっと待ってろ。枝を拾ってくる」

「……わかった」

若干不安そうなキャロルを残し、俺は枝拾いに向かった。

身軽になった体で枯れ枝を拾い集めてゆく。

それから木に登り、なるべく真《ま》っ直《す》ぐなものを選んで生枝を幾つか採った。

キャロルのところに戻ると、なんだか俺を見て安心したような顔をしていた。

「なんだ、帰ってこないとでも思ったのか？」

「いや……そうじゃない」

違うらしい。

俺が獣に襲われるとでも思ったのだろうか。

木を簡単に組んで、火を付けて焚《た》き火《び》をおこした。

ライターが無事で助かった。火付けの手順が丸きり省略できてしまうのは、サバイバルでは本当に助かる。

「足を出せ。楽なようにしてやる」

「……うん」

キャロルは素直に足をさし出した。

キャロルが履いていた靴を脱がせると、右足の足首が赤くなっており、かなり腫れていた。

だが、足首の位置がわからないような派手な腫れ方ではない。


「ウッ」

痛みを感じたのか、キャロルは悲鳴を漏らした。

歩いている最中も、右足が木にぶつかるたびに痛そうにしていたからな。

余程痛いのだろう。

しかし、足首か……。

乗馬靴のような靴と違って、乗る体勢の都合上、鷺乗りの靴は足首の自由が効くようになっている。

足首が完全に固定された長靴《ちょうか》であれば、こんな風にはならなかったのだろうが……。

俺は、しなりのある細い生木の表皮を削り、三本を横に並べると、靴のかかとに合わせた。

キャロルの靴は、靴底からアキレス腱《けん》あたりまでが直角に曲げた薄い木でできていて、しなるようになっている。

俺はナイフで靴のかかとの部分に糸通しの穴を開けると、靴と添え木を縛り付けて一体にした。

キャロルの足を再び靴に入れると、靴ひもを結ぶ。

竜騎士の荷物からいただいてきた服を破り、短い包帯を作って足首と脛《すね》をしっかりと添え木に固定した。

「こんなもんか……どうだ、痛いか」

俺はキャロルのつま先を持って、ぐりぐりと円を書くように力を入れてみる。

添え木が効いているらしく、足首は動かなかった。

「いや、痛くない……すごいな」

キャロルは、なんだかきょとんとしていた。あまりに治療が簡単に終わったので、拍子抜けしたらしい。

「メシにしよう」

「うん、そうだな」

「あいつの荷物にパンがあった。とりあえず今日はこれが晩メシだ」

俺は、竜騎士の荷物から拝借したパンをキャロルに渡した。

空を飛ぶのにパンを持っていくとは恐れ入る思いがしたが、奪った方としては助かる。

一応、鷲乗りも干し肉やカロリーの高い炒《い》った豆くらいは持っていく時はあるが、嵩張《かさば》るパンを持っていく奴はいない。

パンを渡したものの、キャロルは食べ始める様子がなかった。

「どうしたんだ、食わないのか」

「う、うん……えっと」

キャロルは少し困ったような顔をしていた。

ああ……なんとなく分かった。

俺に遠慮しているのか。

「俺のことは気にするな。食欲がちょっとないんだ」

「……どうしたんだ？　これからのことが心配なのか？」

……??

ああ、そうか。心配で食事も喉に通らないってこともあるか……。

「いや、情けない話だが、人を殺したせいで腹がどうにかなっちまってるらしい」

自分でも驚くが、どうも俺は人殺しにショックを受けているらしかった。

歩いているあいだじゅう、これから先の計画を練るでもなく、隊の行動に思いを馳《は》せるでもなく、名も知らぬあの男を殺した時の岩の重さ、男の顔、叩き潰されたあとの顔、耳を切り取った時の感触を、繰り返し思い出していた。

そのせいでハラワタが重く、まったく食欲がない。

「そうか……すまないな、私のせいで」

……？

私のせい？

「なんでだ？」

「えっ」

「なんでお前のせいなんだ？」

そう考えたくなる気持ちは、こいつの性格を鑑みれば、判らんでもないが。

だが、それは全くの間違いだ。

「だって、私が墜とされたから……それに、足を折って……」

「墜とされたのは俺も同じだろ」

「でも、足を折って、足手まといになっている」

「足を折ったのは事故みたいなもんだ。俺だって、落下時に何かをやれたわけじゃない。ただ落ちるまま落ちて、そのあとはしばらく気を失ってたって体たらくだ。お前みたいな怪我をしなかったのは、運が良かっただけだよ」

一瞬、星屑のことを思い出して、胸に針を刺したような痛みが走った。

俺を守ろうとして下敷きになるよう調整した、と考えるのは、感傷的すぎるだろうか。

時間が経てば経つほど、想像を働かせてしまう。

「俺は、安全高度を保てば敵に鷲を攻撃する手段などない。と高をくくっていた。隊から分かれて陣地攻撃をしようなんて考えたのは、敵にこちらを攻撃する方法がないから絶対に大丈夫だと思っていたからだ。絶対に大丈夫なら、ついでに新商品の試用もやってみて、上手《うま》く戦果が出たら売って回るのも悪くない。なんてことを考えていた」

王鷲と駆鳥《カケドリ》は、なぜだかクラ人には懐かないし調教もできない。

そして、両種ともシャン人奴隷に扱わせることはできない。馬より速いので、そのまま逃亡できてしまうからだ。

人質などを使って逃亡を防止することはできるのかもしれないが、そんな奴隷は重要な伝令や軍の命運を握る偵察などには危なっかしくて使えない。恨みから虚偽の報告をされる可能性すらあり、まともな仕事を期待できないし、運んできた情報も信頼できない。

だから、これだけ有用な戦場兵器なのに、有史以来クラ人が王鷲や駆鳥を戦場に投入してきたという記録はない。記録に残らないほど極少数の前例はあったのかもしれないが、費用対効果の面であまりに馬鹿馬鹿しすぎるのだろう。

つまり俺は、敵は王鷲を使ってこないのだから大丈夫なのだと高を括《くく》っていた。

「この現状は、俺の無能が招いた結果だ。最近色々と上手く行っていたから調子に乗っていた。なんのことはない。俺が一番戦場を舐《な》めてたんだ」

火炎瓶爆撃については、俺としてはとてつもなく将来性のある戦術だと思っているので、実戦運用の試用を焦っていた部分もある。

戦功があり、有用性が認められ、大々的に各将家に採用されることがあれば、次の戦争では戦況をだいぶ優位に進めることができる。

だが、少なくともキャロルという重要人物を連れての作戦中に行うべき冒険ではなかった。

「それは違う。竜はお前の別動がなくても私達《たち》を襲っていただろう。それに、数分の間お前が離れた隙に、あんなことが起こるとは誰も思わない」

あっちからしてみりゃ、ちょうどよく半分に分かれたから片方を襲ったんだろうけどな。

分かれなくても遅かれ早かれ襲われていただろうし、そうなっていたらキャロルは追われて俺が刺していただろう。

そのことに違いはない。

「私はお前に指揮を委ねられたんだ……。だけど、冷静な私は襲われると、晴嵐の操作に精一杯で、冷静な指揮ができなかった」

キャロルは、何やら責任を感じているらしい。

「いや、あんな竜に狙われてたら、誰だって指揮なんかできないさ」

俺だって無理だ。

複雑な空中機動《マニューバ》をこなしていたら、手一杯で指示なんてできないし、僚騎のほうも何を指示してるのか分からないだろう。

「まあ独断で一目散に逃げるべきだったかもとは思うが、そうしたら俺たちの方が襲われていてもおかしくなかったしな」

「だが……お前だったら襲われてもなんとかできていたんじゃないか」

なんでだよ。

「俺が竜を仕留められたのは、竜に対して高所を取れたからだ。例えば火炎瓶を投下して上昇する最中、速度を失ってる時に襲われていたらひとたまりもない。お前の判断も悪くはなかったよ。お前がマトになったお陰で、結果的に現在のところ死者もいないわけだしな」

状況は最悪とはいえ、結果的に死者はでていないのだ。

今のところは。

責任があるとすれば、まず責任者であるところの俺で、次点で晴嵐が疲れきる前に俺の役目を代わりにやるべきであったであろうリャオで、その次は、この計画をやらせた女王陛下だろう。

キャロルが悪かったとすれば、一目散に逃げなかったところと、特徴的な髪を露《あら》わにしていたところだ。おそらく竜騎士はそれを見てキャロルを執拗《しつよう》に狙うことに決めたんだろうし。

髪については、そちらのほうが士気が上がると思って咎《とが》めなかった俺も悪い。

「私を庇《かば》っているなら、そんなのは……」

庇うとか。

「お前は足を怪我したから、それを気に病んでるだけだ。偶然起きたことの理由探しなんかしても、こじつけしか出てこないぞ」

「うん……」

「それより、さっさと食えよ。怪我が治らない」

キャロルは、さっきからパンを口に運んでいなかった。

「……ユーリは食べないのか？　吐いてしまいそうなら、仕方がないが……」

「いや、食ったら吐くってほどではないんだが」

「だったら、少しでも食べたほうがいい……と思う」

心配そうに言ってくる。

まあ、確かにな。

「じゃあ、ちょっと口に入れておくか」

「うん」

キャロルは、自分のパンを半分にちぎって、片方を差し出してきた。

別にそれをくれなくても良かったのだが。

俺は食欲がないからいいが、キャロルのほうはパン半分では腹が減るだろうに。

「それはお前の分なんだが」

「いいんだ。私も腹はあまり減っていないから」

そんなわけはないだろう。

俺のほうがたくさん動いたから、俺より多いメシを食うことに気後れしているのだろうか。

「じゃあ、貰《もら》うよ」

俺はパンを受け取ると、端を少し囓《かじ》った。


「しかし、あの竜はなんだったんだろうな……」

パンを少しずつ噛みながら、キャロルが言う。

「わからん。お前、竜がシャン人との戦争に使われたなんて聞いたことあるか？」

俺が知らないだけなのかもしれないので、一応聞いてみた。

国内史については、古代シャン語が達者なキャロルのほうが詳しい。

「いや、見たことも聞いたこともない」

やっぱり前例はないらしい。

「そうか……」

「あれは一体どういう生き物なんだ？　聞いたことはあるが、実際にこの目で見ることがあるとは思わなかった」

キャロルが知らないのも無理はない。

竜というのは、この世界でいうと北アフリカから中東にかけて生息する爬虫《はちゅうるい》類だ。王鷲と同じく空を飛べる動物だが、生息域は全く異なる。温暖な乾燥地帯を好み、卵から人の手で育てることで調教することができる。

クルルアーン龍帝国という国と、エンターク竜王国という国で主に飼育され、動物兵器として用いられている。

歴史言語学に詳しいイーサ先生によると、シャン語における〝竜〟という単語は、古代ニグロスで使われていたトット語からの借用語であるらしい。

そのことからも分かるとおり、竜はシャン人にとって常に遠い存在だった。

かつてシャン人の国家があった地域は全て竜の生息地域よりずっと北にあったたし、クルルアーン龍帝国とエンターク竜王国という国はココルル教という宗教を信仰しているので、十字軍に参加することもなく、というかむしろ十字軍と喧嘩《けんか》をする側だったので、お互いまみえる機会がなかった。

ただ、シヤルタ王国でも比較的有名な本として〝龍王記〟というものがあり、これは千年ほど前に書かれたクルルアーン龍帝国の初代龍帝アナンタ一世の伝記だが、創作混じりの英雄冒険譚《たん》の色彩があって面白い。

これには現代シャン語の翻訳もあるので、それを読んだ人は竜の存在をお伽話《とぎばなし》的に知っている。まあ、異国情緒を感じられる海外文学が好きな人ならまず読んだことのあるタイトルだろう。

逆に言えば、その程度の存在だ。俺は物知りのイーサ先生から色々聞いたから竜の生態について詳しいが、キャロルは知るまい。

「動物には自分から熱を出して、体温がほとんど一定のものと、外気温に体温が左右されるものがいる」

パンを噛みながら、俺は焚き火に小枝を投げいれた。

どうせ眠れそうにないから、雑談に興じるのもいいだろう。

「自ら熱を出さないぶん、エサが少なくて済むわけだ。だが、代わりに体の活性が外気温に大きく左右されるという弱みがある。夏は元気でも、冬には元気がない。昼間は動けるが、夜にはまともに動けない。そういった弱みがあるんだが、エサが少なくて済むというのは、自然界ではそれを補って余りある強みになる。夜動けなくても、十分の一しか狩りをしなくても生きられるのであれば、十分したたかな生き物だろう」

「そうだな、確かに……」

とつぶやいた後、

「あっ、それが竜なんだな」

とキャロルは言った。

「そうだ。例えば馬なんかは、温かい南から寒い北に移動したところでたいした問題はない。だが竜は違う。こんな寒い土地に連れてきて大丈夫なはずがない」

変温動物というのは全く体温を発生させないわけではない。

筋肉を動かせばどうやったって発熱はする。人間が運動をして体温が上がる、それと同じ意味での発熱は変わらずある。

なので、北まで飛んできて移動する。ということは不可能ではないだろう。飛んでいる間に筋肉が躍動していれば、体温は血流に乗って全身を温めるはずだ。

だが、北の環境に適応できるわけではない。本来生息する環境と極端に気候が違うのだから、こんな北の地で長期間元気で居られるようにはできていないはずだ。

例えば朝、陽《ひ》も差さぬ曇天の日に、体が冷めてしまった状態からどうやって活性を取り戻すのか。本来生息している南の地であれば、陽の当たる岩にでも登って日光浴でもすることで体温を取り戻しているのだろう。

だが、この地ではそうはいかない。俺も爬虫類の生態について詳しいわけではないが、かなりの無茶であったことは間違いないはずだ。

「だから前例がなかったわけか。だけど……今回は連れてきた」

「まあ、かなり無理をしたんだろうな。例えば、夜は竜を陣幕の中にいれて、その中で常に火を焚いて温度を上げておくとか……」

超VIP待遇で、物凄《ものすご》いコストがかかるだろうが、それくらいしか考えられん。

そうでなければ一つ二つどころではない前例が既に存在していなければおかしい。

「来たのは一匹だけだったのかな？」

「そうだろうな。二匹竜がいるのなら、二匹同時に使うはずだろうし……。それに、俺が墜ちたあとの観戦隊はのんびりと空を舞っていた。予備がいれば襲っていただろう」

他は途中で死んだとか、病気で動けなかったとか、いろいろ考えられるが……そのへんは、考えてもしょうがない。

俺は枯れ枝をまた一本、焚き火に投げいれた。

よくよく考えれば、あんとき戦った竜も、本調子ではなかったのかもな。それでも、こちらは為《な》す術《すべ》もなく蹴散らされていたわけだが……。

「そうか……」

「……前回、連中は王鷲にしてやられたからな。鷲を襲って打ち落とすために持ってきたのか、あちらには鷲がいるが、こちらには竜がいるんだぞってことで兵を鼓舞する狙いがあったのか……どちらにせよ、俺たちは貧乏クジを引いちまったな」

竜がいる、なんて報告があったのであればリャオ経由で届いているはずだから、隠し球ということで向こうも決戦まで厳重に秘匿しておいたんだろう。

「だけど、お前が仕留めたのだから、無駄ではなかった……軍本体が混乱させられることは避けられた」

ポジティブシンキングだな。

……まあ、そういう考え方もあるか。

「決戦では負けたらしいから、なんとも言えないがな。それでも、俺たちが引きつけていなかったら軍本体を援護して、どうせ負けたにしろ出血をより強いたということにはなるかもしれない」

俺は気休めを言った。

こうやってキャロルが命の危険に晒《さら》されているわけなのだから、成果があった所でリスクに見合わないとは思うが……。

気休めとはいえ、こんな状況ではあればあるほどいい。心が折れてしまえば、そこで終わりなのだから。

「でも、墜とされたあと、お前が来てくれてよかった」

キャロルは、俺が来たときのことを思い出しでもしたのか、なんだかホッとした表情をしていた。

あんときは絶体絶命のピンチって感じだったから、そりゃホッとしただろう。

「あんまり遅くなったら、寂しがると思ったからな」

もうちょっと遅かったら、キャロルは首を突いて死んでいたかもしれなかった。

実際、割りとマジで危ないところだったんだよな。

「うん……私も、お前が助けに来てくれないかな、と思っていた。私が生きているのに、お前が同じような状況で死ぬとは思えなかったし……」

「俺は、どうか無事でいてくれよと祈っていた」

「そうか……私を心配してくれていたのか？」

「いや、自分のことだよ。俺は、お前が殺してやったほうが楽な状態になっていたらどうしようかと思っていた。たとえば頭が半分潰れて虫の息だったりとか、そんな状態だ。それが俺の考える最悪の事態だった。それに比べりゃ、今の状況は天国だ」

本当にな。

そんなことになっていたら、俺は精神的に参ってしまって逃げるどころではなくなったかもしれない。

それを考えれば、今こうして話をしているのも、奇跡的な幸運の賜物《たまもの》のように思えてくる。

「……それは……確かにそうならなくてよかったな。そんなことになったら、お前は気に病むだろうから」

「気に病むどころじゃねえよ。立ちつくして一日くらい泣いてたかもしれん」

「えっ」

キャロルはビックリした様子でポカンと口を開いた。

「なんだ？」

「い、いや……お前がそんな風になる姿を想像できなくて……」

こいつ、俺をなんだと思ってやがる。

「死のうが怪我しようがどうでもいいような奴だったら、そもそも助けにこないだろ」

「そうか……そうだよな」

キャロルはなぜか幸せそうだ。

これがドッラあたりだったらどうだったろうな。怪我しただぁ？　それは災難だったな。まあ頑張れ、お前なら怪我くらい一日で治るだろ。じゃあ俺は行くから。

そんな感じかな。

いやそれは酷すぎるか。

でも、あいつだったら一人で残しておいても、来年あたり帰ってきそうだ。

「もう寝ようか。明日は朝早くから動かなきゃならないしな」

「……うん」

「下に敷けるようなものはないが……これを羽織って寝れば多少違うだろ」

と、俺は自分のバッグから油紙を取り出した。

厚めの丈夫な紙に蜜蠟《みつろう》と揮発油の混合液体を滲《にじ》ませたもので、開くとポンチョのようになっている。合羽《かっぱ》として売り物にしているものだ。触ると少し手が油っぽくなってしまうのが難点だが、非常に軽量で邪魔にならないので、隊費で全員分買って全員に持たせた。リャオの荷物から失敬したものと俺とキャロルの分で、今のところ三枚ある。

背中に荷を背負った上から羽織ることを前提にしているので、かなり大きく作られている。

首のところは普通の服のようにスリットがついて、ボタンで留められるようになっていた。本来眠る時に着るものではないが、破れてしまっても予備があるのは心強い。

俺もこれを被《かぶ》って寝たことがあるが、やはり空気を通しにくい素材なので多少の断熱性がある。もちろん、綿いりの布団などとは違い、季節相応の着衣をしていることが前提ではあるが。

キャロルは油紙の合羽を受け取った。

「……お前は寝ないのか？」

と訊《き》いてきた。

「俺はちょっとやることがある。それから寝るよ」

やることがあるのは本当だが、実際の所、どうにも眠れそうになかった。

星屑と竜乗りを殺した件で興奮でもしているのか、疲れているはずなのに、眠気がまったくやってこない。

頭が冴えているわけでもなく、グルグルと益体もない考えが頭を巡ってしまうというわけでもない。頭のなかに重苦しさが帳《とばり》のようにかかり、まるで喪に服しているように濁っていた。

「そうか……じゃあ、先に眠らせてもらうよ」

「ああ」

そうしてくれると助かる。

キャロルは背負われているだけだが、眠っているのと起きているのとでは、俺が感じる重さが違う。昼は起きていてもらわないと困るし、そもそも良く眠ったほうが足の治りが早いだろう。

「ユーリ」

合羽をさっと羽織って寝転んだかと思ったら、キャロルは声をかけてきた。

「ん？」

「今日はありがとうな。本当に助かった……」

なんだ今更。

「礼なんていい。俺が勝手に助けただけだ」

「フフッ」

キャロルはたまりかねたように笑った。

「何を笑っていやがる」

「いや、お前のやさしさが心にしみるよ……ちょっと分かりにくいけど」

……………。

一日の間に二つの命を奪った人間が、優しいと言われるとは。

分からんものだな。

「……さっさと寝ろ」

俺がそう言うと、キャロルは素直に目を閉じた。

わずかに、身をすぼめるようによじると、よほど疲れていたのか、十分後には寝息を立てていた。

◇　◇　◇

パチリと目を開けると、自分が眠っていたことに気づいた。地面に置いた荷物にもたれかかったまま、授業中に居眠りするような恰好《かっこう》で眠っていたらしい。

見ると、焚き火は消えてしまっていた。

「ユーリ……もしかして寝なかったのか？」

と、身を起こしていたキャロルが言った。

キャロルが起きて、ゴソゴソしだした音で目が覚めたのだ。と、そこで気がついた。

順番がチグハグだ。

もちろん俺は眠っていたが、キャロルはずっと起きていたと思ったらしい。よほどおかしな眠り方だったのだろうか。

「いや……お前の音で起きた。いつのまにやら寝

ていたらしい」

　何時間くらい寝ていたのだろうか。自分でも良く覚えていない。

　ふところから懐中時計を取り出して、蓋を開けて時刻を見る。

　朝の七時頃だった。昨夜巻いたので必要はなかったが、一応念《ねん》の為《ため》に竜頭を回し、ぜんまいをいっぱいまで巻き上げた。一度止まってしまえば時刻を合わせる手段がない。

「……大丈夫か？」

　と、キャロルが心配そうに俺の顔をうかがう。

　座ったまま寝ていた俺が自分が起きたと同時に目を開けたものだから、やはり本当に寝ていたのか気がかりなのだろう。

　俺は懐中時計を懐にしまった。

「大丈夫だ。それより、これを試してみろ」

　と、俺はキャロルに一本の棒を渡した。

　丈夫な木の棒の端に、短い棒を結びつけてある。いわゆる松葉杖《まつばづえ》のような脇の下で支える形状のものではなく、持ち手がついていて手だけで持つ歩行杖のような形だった。

「杖か……こんなものまで作れるのか」

「一本しか作れなかったがな。あったほうがいいだろ。多少移動したい時にな」

　人間には他人に見られたくない……特に異性には見られたくない用事というものがある。これがあれば多少歩けるし、道中のストレスも軽減されるだろう。

　というか、俺が同じ立場だったら絶対欲しい。

「ありがとう、助かるよ……でも、この棒は……」

「森の中じゃ、文字通り無用の長物だ。そうしたほうがまだいい」

　杖に使った棒は、丁度いい長さの丸い棒だった。この場で木を削って作れる代物ではない。

　使ったのは、リャオが投げ落とした槍だった。

　槍は長すぎて森の中では使いにくいとはいえ、十分に強力な武器だ。もしもの時のために持っていく事も考えたが、昨日の経験を踏まえて短くすることにした。

槍は二メートル弱の長さがあるので、横にして持っていると木々の間を通るときにぶつかるし、縦に持っていても上の枝にぶつかってしまうのだ。キャロルを背負いながらだと非常に持ち運びづらい。速度を犠牲にしてまで持っているべき武器ではない。

二つに切ったことで一メートルを切る程度の長さになってしまったが、この長さなら木に引っかけることなく持ち運べるだろう。

「そうか。ありがとう。使わせてもらうよ」

「あと、お前の鎧も昨晩のうちに埋めさせてもらった」

「そうなのか。手伝えなくてすまなかったな」

「べつにいい」

どうせ手慰みにやっただけだしな。

「それより、さっさと朝飯を食おう。それとも先に用をたすか？」

「用――って！」

まるで卑語を言われたように、キャロルは顔を赤くした。そういう反応をされると俺のほうも恥ずかしくなるんだが……。

「用をたすって表現があれなら、もっと直接的に言ってもいいが」

「ちょっ――やめろっ」

やめろと言われてても。

恥ずかしがる気持ちは解《わか》るんだが。

「そんな恥ずかしがってたら、俺に背負われてる最中にしたくなった時どうするんだ。いくらなんでも、背中でされたら怒るぞ」

「うっ……」

キャロルは顔を赤くしたまま下を向いた。

「まあ、杖もあるんだし、してきたいならしてこいよ。あ、そっちには近寄らないようにしてくれ。罠《わな》が張ってある」

俺は昨晩仕掛けを作った場所を指差した。

「うぅ……わかっ、た……」キャロルは消え入りそうな声で言った。「してくる」

キャロルは杖を頼りにヒョイと立ち上がると、杖を使ってケンケンしながら歩いて行った。

Ⅲ

戦場に一人の少女が歩いていた。

波打つ髪をなびかせながら歩く彼女は、丸い耳をしている。

ティレルメ神帝国の王位継承権保持者であるアンジェリカ・サクラメンタは、その日戦場にいた。

戦場といっても、ここは後方に位置する後詰めの陣地である。

数百名の手勢を率いながら、アンジェリカは陣地の警護を担当していた。後詰めの守りといえば響きはいいが、実際はなんの活躍もさせてもらえない閑職であった。

「ふう……」

自ら精鋭と称して常日頃から訓練させている手勢を、アンジェリカは退屈といわざるをえない警備の任務に就かせている。

警備といっても名ばかりで、まだ朝方だというのに既にやることがない。

それもそのはず、本陣と言っても、ここは既に撤収が始まっている名ばかりの本陣なのだ。

三日前の会戦において、アンジェリカの属している十字連合軍は長耳の連合軍を打ち破った。

そのもう片方の人類は、イイスス教の世界では悪魔、あるいは魔族と呼ばれている。だが、アンジェリカは亡き父の言いつけを守り、頑《かたく》なに長耳と呼んでいた。

その長耳の連合軍はすでに敗退し、こちら側の軍団は前進している。その前進は追討戦も兼ねているので、軍団は全速をあげて追っていると言ってよく、また生き残った傭兵《ようへい》の連中も周辺村落の略奪に忙しいので、とても本陣の移動を待ってはいられない。

各国は、将官用の簡易天幕と当日必要な食料のみを補給部隊を総動員して運び出している。つまり、既に終わった決戦に挑むための野営陣地は解体されつつあり、有力な軍団は前進してしまったのでここには居ない。ということだ。

腕っぷしが自慢で喧嘩っ早い荒くれ者たちも当然ここにはおらず、従って警備の必要自体があってないようなものだった。

アンジェリカは決戦にも参加させてもらえていない。警護の任務だけを押し付けられ、ただただここで暇をつぶしている。

せっかく戦争に来たというのに、戦働きもできなければ略奪の恩恵にも与《あずか》れていない。戦争に栄光という側面があるのならば、アンジェリカとその手勢はひたすら光の差す場所から遠ざけられているようなものだった。

「それでは、供回りの当番はついてこい。今日も教皇領のところに視察にいく」

「ハッ！　アンジェ様」

と、騎士の一人が跪《ひざまず》く。

アンジェリカを女と見れば侮辱の言葉を投げかけ、隙あらば乱暴しようとする荒くれ者たちは既に居ない。居るには居るが、負傷して後送された者たちばかりなのでそれどころではない。ならば一人で出歩いてもよさそうなものだが、そういうわけにもいかなかった。

アンジェリカは、兄であるアルフレッド・サクラメンタから暗殺されようとしているのだった。

毒を盛られたことも、一度や二度ではない。なので、護衛は常につけておかなければならないのである。

アンジェリカは、父であり前王でもあるレーニツヒト・サクラメンタに溺愛され、王が執務に忙殺されていた時期に育った兄たちと違い、前王直々の教育を授けられた。

だが、レーニツヒトは十字軍の最中唐突に戦死してしまった。敵軍が大きな鷲に乗って決死の攻撃をかけてきて、それによって突然死のような形で斃《たお》れてしまったのである。

その父の死後起こった熾烈《しれつ》な後継者争いの結果、アンジェリカの四人いた兄弟は、アルフレッドを残して全員死んでしまった。

そして、最終的には三男であるアルフレッドが王座に座った。

四人の兄弟のうち、当初アルフレッドには王位継承の目はないと思われていた。レーニツヒトが死んだ当時、アルフレッドは未《いま》だ十八歳の若者であったからである。

王という重責を担うには、その年齢は幼児と言ってよく、対して兄二人は三十一歳と二十八歳という年齢であり、大方の予想ではそちらが有望とされた。

兄二人は既に広い封土を与えられており、自ら率いる騎士団と自領からの徴税で得た資金も十分に持っていた。その点で、アルフレッドは王の遺領の管理者ということで暫定的に小さな領主にはなっていたが、初めて手探りで領地経営をはじめるようなところから競争のスタートラインを切らねばならず、あらゆる意味で二人の兄に水を開けられていた。

だが、前王の死から七年後、長男と次男による熾烈な権力争いの結果、長男が暗殺されるという事件が起こる。表向き、極めて賢明な大諸侯が次の王の資質を判断するための期間とされている王の不在期間において、跡目候補同士の暗殺はご法度とされていた。

そうでなければ、まっさかさまに暴力的な内乱になってしまうし、そもそも選帝侯が得る旨《うま》みというのは、王座を狙う者たちが右往左往しながら選帝侯のご機嫌取りをする間に得られるものであるから、殺し合いになれば選帝侯にとっても損になる。

暗殺事件の結果、次男には兄殺しの評判が立ち、権威が失墜する。暗殺の証拠はなかったが、長男の親衛隊が次男の領を報復的に攻めて玉砕したことで、世間的には次男の仕業だったという説が一般的になった。

アルフレッドは、そこでようやく立ち上がると、選帝侯に接触した。

七年の間に政争に加わるに不足ない経験を得たと感じたのか、それとも暫定領地からの税収が安定し、最低限必要な財力が得られたからか……。

結果、アルフレッドは次兄からの暗殺を避けつつ、王家領を担保にして多額の借金をし、それを選帝侯への賄賂として使うという方法で、選挙での票を取り付けた。

それは実質的に王家の財産を切り崩す行為である。王家を一つの家とみなせば、家に対しての背信行為と言ってよかった。

アンジェリカは当然それに憤慨したが、アルフレッドからしてみれば、負けて次男が王になれば、暗殺されることは避けられぬので、死にものぐるいであったのかもしれなかった。

アルフレッドは、戴冠式が終わると次兄を暗殺し、つぎに弟である四男を暗殺した。

アンジェリカも一度ならず暗殺されかけたが、難を逃れている。

十年に及んだ後継者争いのさなか、アンジェリカは幼いながらに自ら高名な学者を家庭教師として招き、様々な知識を身につけていた。そうしながらも自領の運営を他人任せにせず、自分に与えられた領地を掌握するのに力を傾け続けた。

その結果、アンジェリカは十八歳という若さでありながら、アルフレッドが王になってからも強権で奪うことが難しいほど強固な領地に作り上げることに成功した。

己の城の隅々まで注意を張り巡らせているため、城にいる限りは毒を盛られる心配はなく、また暗殺団が領内に侵入すれば、たちまちに知れる。そういった体制を作ることで、アンジェリカはかろうじて自分の身を守っていた。


「……ウーン」

アンジェリカは青空の下、粗末な椅子に座って首をひねっている。

目の前には、広い範囲に灰と炭ばかりがある。

三日前、ここで盛大な火事が起こり、一帯の陣幕が全て焼失してしまったのであった。

ここは城や町の中ではない。そのうち撤収されて野原が残るのみの土地となるので、誰も焼け跡を片付けようとはしていない。長くても一ヶ月後には草原の中にぽっかりと黒い焼け跡が残るだけの場所になるのだろう。

ここはカソリカ教皇領の陣地であって、ティレルメ神帝国とはほとんど関係がない場所だった。

もちろん、戦場では肩を並べて戦ったのだから、一蓮托生《いちれんたくしょう》という意味では関係がある。

しかし、もう決定的な会戦には勝利してしまったのだから、この被害が自国に及ぼす影響はないといってよい。

だが、この被害を生み出した方法については興味が尽きない。

(何かの獣の油でも使ったのか……？　それとも、オリーブ油などに何かを足せば発火するようになるのか？)

火攻めというのは、戦争において非常に重要な意味を持つ。

だが、油というのはそう簡単に発火するものではなく、城での防御戦で煮えた油などを敵兵にかぶせたり火矢を射かけたりする方法で使うことはあるが、野戦では油の使い道はない。

火攻めは乾いた時期の草原などの土地環境を利用するものであって、積極的に地面に油を撒《ま》いて焼いたりするものではない。

同じような兵器に、火薬玉、あるいは擲弾《てきだん》というものがある。これは火薬と鉄片の入った容器に導火線がついているもので、実際に使用されてもいるが、かなり不便があり、案外使いにくいものであった。

ただの火薬玉であるから、導火線に火をつけたあと、当然ながら敵陣に投げ込みにいく必要がある。まずそこで、手での投擲より射程の長い弓や弩《いしゆみ》、そして鉄砲に打たれ、倒れる危険が高い。

また、導火線が短すぎて空中で爆発したりすることもあるし、距離を縮めるのに手間取れば手に持ったまま爆発することもある。敵陣の中に肝の据わった者がいれば、導火線がまだ長い場合、拾って投げ返されたりもする。

確かに強力な兵器ではあるものの、欠点を挙げればきりがないのだ。

長耳が使ったのも、実際はそのような兵器だったのかもしれない。しかし、騒動を見た者たちは、空から何かが連続的に落ちてきたと思ったら一瞬で炎が燃え広がった。と口を揃《そろ》えて言っている。

擲弾であれば、そのような表現になるのはおかしい。轟音《ごうおん》を伴って爆発した、という表現が抜けている。

ここ教皇領の荷物積載地では、長耳の鷲が何かを投下したあと、山積みにしていた火薬の樽《たる》に燃え移って爆発し、それが原因でこのような有様になった。

だが、その前に標的にされたペニンスラとフリューシャの合同積載地では火薬を別にして保管していたので、被害は最小限で済んだ。

いくら水気に強い樽に入れてあるとはいえ、湿《し》気《け》やすい火薬を雨で濡れかねない外に積んでおいたというのは、いかにも教皇領らしいが……。

それはともかく、大きな火薬玉を使ったのであれば燃えるだけというのはおかしい。爆発してから、燃える。という順序になるはずだ。

やはり、容易に火のつく可燃性の何かを降らせたのだろう。これも証言とは食い違うが、空中で分裂する火のついた松明《たいまつ》のようなものを投げたのかも……。

「お前ら、何か思いついたことはあるか」

と、アンジェリカは顔を向けずに、つぶやくように周囲の者に聞いた。

きちんとした答えを求めていたわけではない。なんとなく、他人の意見を知りたかっただけである。

「アンジェリカ様」

しかし、手をあげる騎士があった。

「おい」

「あっ」

アンジェリカはその騎士を睨《にら》んだ。

「私の事はアンジェと呼べと、何度も何度も言っているだろう。お前らはなんべん言ったら解る」

「す、すみません……アンジェ様」

騎士は、慌てて言い直した。

アンジェリカは、いつになったらこの呼び方は浸透するのか……と、頭を抱えたくなった。

もう八年も言い続けているのに、自分の兵にすら浸透しない。

アンジェリカが部下に自分のことをアンジェと呼ばせているのは、別に気安く愛称で呼んで欲しいわけではない。

単純に、アンジェリカなどという可愛《かわい》らしい響きの名前が嫌いだからだ。

父であるレーニツヒトは自分をアンジェと呼んでいたし、自分もその呼び名が好きなのだ。アンジェのほうが短くて言いやすいし、キリッと引き締まった感じがしてよい。

アンジェリカは女々しくて惰弱な感じがする。

つまりは改名をした時のように呼び方を変えてくれ、という意味で言っているわけであって、領主であり主人である自分を愛称で呼んでくれ、などという無茶な要望をしているわけではない。

アンジェと呼ぶのになんの気兼ねも必要ないのだ。

もちろん、愛称と違って気安く呼んでいいわけではないから、実際には様とか殿下とか敬称をつける必要がある。

だが、兵や下仕えの者共は、どうしても愛称のように感じてしまうらしく、アンジェ様、或《あ》いはアンジェ殿下、とは呼びたがらない。

当人がいない所では「アンジェリカ様がなんたら」と言っているために、当人を前にしても口を滑らすわけだ。

「ふーっ、まあよい。発言してみろ」

アンジェリカは発言を許した。

「はい。昨日、酒を飲んでいる時に思ったのですが、酒精を使ったのではと……」

「あっ」

アンジェリカは思わず声を漏らしてしまった。

その手があった。

アンジェリカは未だ酒を嗜《たしな》まないが、きつい匂いのする蒸留酒の中には、火をつければ容易に燃えるものがあるのを知っている。

それを使ったのかもしれない。ありそうな感じだ。

「よくやった。確かにそれはありそうだ」

「ハッ」

「よし。帰ってみたら、早速検討してみよう」

とは言ったものの、よくよく考えてみると、どうも疑問であった。

油ならばともかく、酒に酒精が含まれているといっても、半分以上は水なのではないか？

料理などで、良く焼けた鍋の上に酒などをふりかけて燃やすのは見たことがあるが、火をつけた酒瓶ごと投げつけて燃えるようなものなのだろうか……。

「……ところで、逃げた長耳が捕まったという話はないのか？」

そう言うと、

「ありませぬ。トカゲ乗りのほうも未だ帰っておらぬとか」

という答えが、別の騎士から返ってきた。

これをやった鷲乗りの長耳は、今回の戦争のために特別に雇われていた竜騎士に墜とされた。

竜騎士というのは、本来はイイスス教にとって敵性の宗教であるココルル教が持つ兵種であり、イイスス教圏においては竜という存在自体が忌み嫌われている。

だが、時折イイスス教国家においても彼らが現れることがある。

今回ついてきた竜騎士は、エンターク竜王国の王権争いで負けた側についていた者で、一種の亡命者であったらしい。自分の竜を見世物のようにしてペニンスラ王国で生計を立てていたと聞くが、教皇領に大金を積まれると北方まで出稼ぎにきた。

それはいいのだが、彼が打ち墜とした鷲は二羽で、その片方に騎乗していた一人の長耳は死体で見つかっている。

もう一人は逃亡し、こちらには追手がかかっている。

不可解なのは竜騎士が未だに出頭していないことだ。伝え聞いた話では、賞金目当てにもう一人の長耳を追っているのだ。という理屈になっているらしいが、アンジェリカの感覚では、それは理屈になっていない。

確かに片耳を持ち帰れば小遣い程度の金を支給されるが、竜騎士は既に多額の前金を得ている。また、立派に仕事をこなしたのだから、残りの金も教皇領から貰えるだろう。

その金と比べれば、耳を持ち帰って得られる金などは小銭のような金額にしかならない。大金を目の前にして、はした金を求めて森に入り、武器を持った長耳を追う……などということが果たしてあるのだろうか？

落下の衝撃で長耳が半死半生の体になっていて、少し追えば殺せる、という状況だったと想定すればありえなくはないが、そうであれば三日も帰ってこないのはおかしい。

ともかく、もう一人の長耳は目の前の焦土を作り出した作戦に従事していたはずなので、そいつを捕らえられれば新兵器がなんなのか聞き出せるはずであった。

「ふむ……それでは、関係者に捜査の進展を聞くとしよう。捜索をやっている担当者はどこにいるのだ？」

すると、各陣営間の連絡員をしている騎士の一人が手を上げた。

「私が知っております。ついてきてください」

兵に案内され、アンジェリカがその場所に到着すると、そこはなんとも騒然としていた。

何やら、何者かが帰着したらしい。十人ほどの人間が、何やら妙なことをしている。

「ティレルメ神帝国王族のアンジェリカ・サクラメンタである。なんの騒ぎだ」

先頭に立ってアンジェリカがそう言うと、どうやら農民兵だらけであるらしく、おろおろするばかりで、まともな返事をできる者はいなかった。

「もういい、通せ！」

大声で言うと、農民兵たちは散り散りになってゆく。

そして現れた場所にいたのは、地面に敷かれた布の上に横たえられた、一人の騎士であった。

一見して、右足を負傷しているのがわかる。刃物を踏み抜いたのか、大きな傷跡が足の甲を貫通していた。

靴は脱がされていなかったが、靴から溢《あふ》れかえった大量の血がズボンまで濡らしている。致命傷ではないが、どうも処置がまともに施されていないらしい。

こういう場合は膝を縛るべきで、実際に縛っているのだが、何を勘違いしているのか圧迫していない。靴紐《ひも》であってももう少し強く縛り付けるだろう。と言いたくなるほど緩く垂れ下がっている。

そんな騎士を見ても、アンジェリカは戸惑わなかった。措置は間抜けだが、こうやって負傷している兵はそこら中にいるし、今も陣営のどこかで体力の尽きた者から死体になっている。

しかし、会戦から三日も経ってからこれほど生々しい負傷者が現れるのは奇妙であった。

「おい、どうした」

と呼びかける。

「う、うゥウ……」

目が虚《うつ》ろであった。

血が出すぎている、と一目で分かる。

「おい、処置をしてやれ」

そう配下の者に指示を出すと、すぐさま三人ほどの人間が出て、手早く男のズボンを切り裂いた。取った布を膝の裏に当てると、重ねあわせた布をアテにして、丈夫なロープできつく縛る。それから靴を脱がす作業に移った。

「おい、何があったのか簡潔に話せ」

アンジェリカは、目についた一人の農民兵に命令した。

「え、えっと××な、落とし穴に落ち×××……刃物があって……」

農民が話しはじめたのは、あまりに聞き苦しい南部の田舎方言で、アンジェリカには半分も聞き取れなかった。

農民は農民でも、自作農であれば喋りも達者なものだが、農奴のような者の中にはまともに言葉を喋る生活をしていない者がいる。

そういった者たちは、何でも自分でやる自作農と違って、生まれてこの方極端に単純な作業しかやらされた経験がない。なので柔軟な作業を「やれ」と言われてもできない。つまりは筆舌に尽くしがたいほどの無能であり、アンジェリカのような王侯貴族の教育を受けてきた者にとっては、自分とは別の生物のように感じられるほどであった。

もちろん全員が全員そうというわけではなく、中には有能な人物もいることもアンジェリカは知っている。

だが、戦場に送るにあたっては、できるだけ死んでも損のない人材を選ぶのが合理的判断というものだ。血の気の多い若者が志願したりしない場合、そういった農園に徴兵の要求があれば、送られるのは大抵一番使いようのない無能だった。

おそらく、この出血多量の騎士も止血を指示したのだろうが「強く縛って止血する」というだけの内容を理解してもらえず、まともに止血してもらえなかったのだろう。

生きるか死ぬかは分からないが、不運なことであるな、とアンジェリカは思った。

「そんデ……」

「もういい」

アンジェリカがそう言うと、農民兵は喋るのをやめ、シュンとしてうなだれた。悪いことをしたな、と罪悪感が湧く。

「将官格の人間を呼んできてくれ。他国の王族が来たと言えば来るだろう」

「どうも我々の兵が失礼をしたようで申し訳ない」

しばらくして、いかにもな出《い》で立《た》ちの貴族の男がやってきた。だらしなくぶっくりと下腹が膨れている。

戦場にいる女が珍しいのか、もしくは戦場で無事でいる女が珍しいのか、好色そうな眼差《まなざ》しでアンジェリカを見ていた。

「失礼ながら、貴殿はどちらの陣営の方ですかな?」

と訊いてくる。

どちらの陣営も何も、普通は外套《がいとう》に縫い付けてある家紋でわからぬかと思ったが、口には出さなかった。

もちろん、アンジェリカの外套に縫い付けてある家紋は、イイスス教の世界では最も有名な紋章の一つだ。貴族であれば、知らぬのは無教養とさえ言える。

「わたしはティレルメ神帝国が王族の一員、アンジェリカ・サクラメンタである」

「ほうほう」

壮年の男はヒゲをなでまわした。

男がしたのはそれだけで、あとは何もしなかった。

普通、他人に身分を訊く時は自分からまずは名乗るか、先に尋ねるにしても相手が名乗ったあとは自分も身分を証《あか》すものだ。ましてや名乗らせた相手が王族の者なら、無礼を詫《わ》びるのが普通である。

「……それで、貴殿のほうは、どのような御立場であらせられる」

一向に喋らぬので、アンジェリカはわざわざ自分から訊いた。

これだから教皇領の人間は嫌いなのだ。

神聖な母国に仕えているという誇りがそうさせるのか、異常なまでに他国人を見下したり、下位貴族であっても、他国王族に優越した地位を持っていると勘違いしていたりする。

ティレルメ王家は元をたどれば神衛帝国の神聖皇帝が祖なのだから、彼らにとっても尊崇すべき対象であるはずなのだが、途中に貴賤《きせん》結婚が二度あったことを持ちだしたりして敬意を払おうとしない。

「わたくしは、この件の処理を指揮しておるフェルムト・カージル伯爵である。マルト市の執政官及び挺身《ていしん》騎士団大隊長をやっておる」

ご大層な肩書であった。

教皇領では、国の全権を教皇を頂点とする聖職者たちが握っている。

だが、徴税や治安維持などの業務は聖職者の管轄外だ。

神に仕えるはずの聖職者が祭服を着たまま税金を取り立てて回るわけにはいかないし、武器を握るわけにもいかないので、執政官と呼ばれる人々が任命され、彼らがいわば代官として執務を代行することになっている。

その辺りの知識は、アンジェリカも物の本で読んで知っていた。

執政官には高位の聖職者の身内か、または高位の聖職者に取り入って多額の賄賂を渡した者などが任につく。

また、挺身騎士団というのは、いにしえの神衛帝国時代の騎士団名を借りてはいるものの、実態は領主が編成する私軍にすぎない。つまり、男はマルトという市を任されている貴族で、その市は伯爵領である。という以上の意味はない。

「少し聞きたいのだが、この騎士殿は逃亡した長耳を追っていたのか？」

「うむ。その通りであるが、情けなくも負傷して逃げ帰ってきたようであるな」

やはり、長耳を追っていた騎士であるらしい。長耳が仕掛けた罠に嵌《はま》ったのか、それとも地元の猟師が作った獣用の罠にでもかかってしまったのか。どちらにしても、彼から事情を聞くには容態が落ち着くまで待つ必要があるだろう。

「それで、竜騎士の方はどうなったのだ」

「帰っておらぬ」

つまりは、なんの進展もないということか。

ご立派なことだ。

「では、長耳の死体はどうなっている」

ついでのように、アンジェリカは聞いた。

「天幕の中で寝かせてあるが？」

「ん？　どういうことだ？」

アンジェリカは訝《いぶか》しんだ。

どういうことだろう。

あれほどの損害を与えた長耳であれば、教皇領の文化では、死体を磔《はりつけ》にして晒しものにするはずだ。

アンジェリカは、てっきり既に磔になっているものと思っていた。そういった処刑を見物に行く趣味はないので、見に行かなかっただけのことだ。

「言葉通りの意味だが？」

と、男は薄笑いを浮かべながら返してきた。

察しが悪い。

「なぜ磔にしないのだ。貴殿の国はいつもそうしているであろう」

アンジェリカの父であるレーニツヒトを殺した長耳どもも、同じように磔にされ、腐るまで放っておかれた。

レーニツヒトは、常から「戦場にて自分を殺した者には敬意を払うように」というようなことを言っていたから、側仕《そばづか》えの者共は死体に辱めを与えないつもりであったが、教皇領の横槍《よこやり》が入り、結局は晒し者にされた。

半ば自業自得とはいえ、あれほどの物資と天幕を丸焼けにされたのに磔にしないというのは腑《ふ》に落ちなかった。

「ああ、そういうことか。顔が分からぬのだ。墜ちた拍子に顔面を……こう」

男は手を握って、拳を自分の顔面に当てるジェスチャーをした。

「勢い良く岩にぶつけたようでな。顔が分からぬのでは、晒し者にしたところで意味はあるまい」

アンジェリカには、その理屈はよく分からなかった。

そういうものなのか、と納得する。そもそも、自分には磔にされ辱められた死体を見て喜ぶ趣味などないのだから、彼らの心理など理解できるはずがない。

ただ、顔を潰した死体が晒されるのはよくあることだ。それは戦場における文化ではなく、大きな都市の警吏などが似顔絵を張り出した凶悪犯罪者を取り逃がしてしまった場合、面子《メンツ》を保つために顔を潰した死体を用意して犯人を捕まえたことにするのだ。今回も、顔の潰れた長耳を晒せば要らぬ勘ぐりをされる可能性がある。

「む？」

待てよ？

「その死体というのは、もちろん耳は長かったのだろうな？」

「切り取られておったが、魔族なのだから長いに決まっておるだろう」

馬鹿者。と言いそうになって、アンジェリカはどうにかこらえた。

「切り取るのは右耳であろうが。左耳は残っているはずではないか」

首級の代わりに尖《とが》った右耳を切り取って持ち帰る、という方法は、取った首の数に応じて金を支払うといった契約の傭兵や、同様の方法で特別報酬を出している幾つかの陣営で採用されている。

だが、換金できるのは右耳だけで、左耳は換金の対象にはならない。それが通るなら両耳を千切って回る者が続出するだろう。

「さあ……どうであったか……」

ちゃんと調べていないのか。

右耳も左耳もなく、顔も潰れているのであれば、人間の死体と見分けがつかないではないか。

「死体を確認させてくれ」

と言うと、

「ぬ……」

と、男は渋い顔をした。商人に帳簿を見せろと言った時の顔とそっくりだ。

敵に寝返っているというのは流石《さすが》にないだろうから、単純に自分の仕事に口を挟まれるのが嫌なのだろう。

「損傷が酷く貴婦人に見せられるようなものではないのだ」

わけのわからぬ言い訳をしはじめた。

「今は、どの陣営も重症人と死体であふれかえっているではないか。私は目を塞いでここまで歩いてきたわけではない。理由になっておらぬぞ」

「……見てもどうなるものでもあるまい。特別に酷い死体なのだ」

ゴネはじめた。

「どうしても見せぬというなら、正式に……」


アンジェリカがそう言った時であった。

横合いから、ガシャ、という板金鎧の擦れる特徴的な音が聞こえた。

興奮していたためか、アンジェリカはすぐ近くに来るまでそれに気づかなかった。音の鳴る方向に振り向くと、

「ご機嫌麗しゅう、アンジェリカ殿下」

華奢《きゃしゃ》な体つきをした、若々しい男性がいた。

深紫《ふかむらさき》のマントを羽織り、その下には金糸の入った華麗な布服を着ている。板金鎧の音は、側仕えの挺身騎士隊員が着ている重厚な金属鎧が鳴らした音だった。

男自身は鎧の類は纏《まと》っていないが、腰には一本、サーベルのような剣を佩《は》いている。ちらりと見えただけであるが、柄《つか》と鞘に豪華な意匠が施してあった。

金に困らない出自だけあって、服だけで威厳を感じるような装いだ。

父であるレーニツヒトの教えから言えば、重く

柔らかい金《きん》を戦装束に使うのはあらゆる意味で無駄であり、戦争にとって害でしかないので、羨ましくは思わなかったが美しくは見えた。

「パラッツォ卿《きょう》。お久しぶりでございます」

アンジェリカは丁重に挨拶をした。この男はエピタフ・パラッツォという騎士で、教皇の甥《おい》である。

何の理由でか聖職者にはならなかったが、騎士の道を歩み、今回の十字軍では挺身騎士団大司馬に抜擢《ばってき》された。

大司馬というのは、十字軍やイイスス教の連合軍が出動するとき、カソリカ教皇領の全軍責任者として教皇から直々に任命される役職である。つまり、この男は教皇領軍の総指揮官ということになる。

今回の十字軍では、玉座についたばかりの新王であるという事情を慮《おもんぱか》り、愚兄アルフレッドに全軍総監の栄誉を譲ったものの、教皇領軍の頂点という肩書はやはり重く、どこの国の責任者よりも強い発言力を持っている。

アンジェリカは、先の軍議でこの男と会ったことがあった。

その軍議で、アンジェリカは要塞攻略についての新兵器案を出し、エピタフの賛成により採用された。

その新兵器は現地で組み立てなければならないものなので、完成まで一週間前後かかる。要塞の包囲が終わって作業の待ち時間に入ったので、ようやく火災現場を見に来た……といったところか。

「それで、今日はどうしました?」

エピタフは嫌みなく微笑《ほほえ》みながら訊いてきた。微笑みかけられるとドキッとするほど顔が整っている。

「え、ええ……件《くだん》の放火について調べているのですが、ここにおられるフェルムト殿の話を聞いていますと、見つかった長耳の遺体というのが、怪しい物に思えましたして……」

「ほほう、なるほど。それで検分してみたいというわけでしょうか」

「聞いておられましたか」

「はい。失礼をいたしました」

失礼というのは、盗み聞きしたことに関してのことだろう。

「いえ、大声で話していたのはこちらですから……」

「それで……賊の死体を見てみたいということですね」

「その通りです」

「それでは、フェルムト殿、案内をしなさい」

「はっ……？」

「ですから、案内をしなさい。私も見ておきたい」

「で、ですが……まことにお見苦しいものかと」

また始まった。アンジェリカは、ため息をつきたくなった。

「私は構いませんよ。アンジェリカ殿も、構わないと言っておられます」


「あっ……必要ならわたくしが見てまいりますが」

「二度言わせる気ですか？」

エピタフが薄く微笑みながら言うと、フェルムトは凍りついたように固まった。

「は、はい……案内いたします。こちらです……」

やった。

さすがに上司からの天の声とあっては、ゴネるわけにもいくまい。


アンジェリカが向かったのは、歩いて一分もかからぬところにあったテントであった。

幕をあけると、血臭が鼻につく。

アンジェリカはハンカチで鼻を覆うと、テントの中に入った。

仰向けに横たえられたその遺体には、布もかけられていなかった。確かに顔面は潰れており、なるほど識別はできそうにない。

フェルムトの言うとおり、見ていて気分の良いものではない。

「ふむ……」

エピタフは興味深げに遺体を見ていた。

アンジェリカも、台の上にあげられた遺体をひとしきり見る。

確かに両耳とも欠けていた。鋭利な岩にでも当たったのか、左耳のほうは耳の先端がなくなっている。

だが、着ている服はたしかに長耳の国のものだ。装備はかなり上等なものに見える。長耳の鷲乗りというのは騎士の中でも上流階級なので鎧が良いのは当然ではあるが、それにしても質が良い。

「しかし、これでは分かりませんね」

と、アンジェリカは言った。

実はこの遺体は鷲乗りではなく竜乗りではないかと思ったのだが、これでは確認のしようがない。

ただ、鷲乗りが竜騎士を殺害して死体を偽装するために着替えさせたのだとすると、全身の服を脱がせて裸にすれば新しい発見があるかもしれない。

「……？　ご存じないのですか？」

「何がです」

「魔族と人とを見分ける方法は、耳以外にもあるのですよ」

えっ、と思わず声を出してしまいそうになった。

そうなのか。知らなかった。

「そうなのですか。寡聞にして存じ上げませんでした」

「アンジェリカ殿ほど博識な方が知らないとは意外ですね。まあ、私も趣味が高じて知ったようなものなのですが」

この男の趣味などに興味はないが、見分ける方法については興味がある。秘伝の類であれば外に出ていろと言われても仕方がないが、できれば知りたかった。

「できるのであれば、お教え願いたいのですが」

「もちろん、構いませんよ」

「では、よろしくお願いします」

「はい。それでは早速始めましょう」

よかった。

エピタフは室内に置いてあった革の手袋をはめると、まず長耳の鎧を脱がし、肌をさらけ出した。

首のあたりの布地が血を吸っていたが、それより下は綺麗《きれい》なものだった。胸毛が生えており、血や泥にまみれていない肌は褐色じみているように見える。

やはり長耳の身体《からだ》ではない気がするが、アンジェリカは実際に男の裸をまじまじと見た経験がないので、これを証拠と断言することはできない。

次に、エピタフはサーベルを鞘から抜くと、ゆっくりと長耳の腹に切っ先を近づけ、腹を縦に割るように二つに割いた。そしてサーベルを布で拭うと鞘に納めた。

なんだ……？

あまりに異常な行動だったので、アンジェリカは眉をひそめた。

エピタフは、続いて皮の手袋を脱ぎ、袖をまくった。

まさか……。

「……ッ！」

エピタフは、長耳の腹に素手の腕を突っ込んだ。

手慣れた様子でグチュグチュと腹の中を探ったと思うと、臓器の一つを引きちぎって、腕を抜いた。

鮮血に染めあげられた真っ赤な腕が出てきた。

エピタフは何事もなかったかのように、汚れていないほうの手で水筒の水をかけ、臓器と腕についた血を洗い流す。

生々しい臓器のすがたかたちを確かめると、

「やはりヒトですね。魔族とヒトとでは、脾《ひ》の形が違うのですよ」

何事もないように言った。

「違いをお教えするには、ヒトと魔族の脾臓《ひぞう》を並べて比較するのが手っ取り早いのですが……口頭で説明しますと、魔族の脾臓はこれより少し大きく、形は若干丸みを帯びています」

「うっ……」

アンジェリカは生理的な吐き気を催した。

ヒトの腹を割って臓物を取り出すなど……。

趣味が高じてというのは、この事か。

理解できん。

「ふむ……やはり、貴婦人には少し刺激が強すぎたようですね。配慮がたらず申し訳ない……」

エピタフは、もはや用はないとばかりに、臓器を捨てるように腹の上に置き、布で手をぬぐった。

「い、いえ。大変勉強になりました……」

「どういたしまして」

エピタフはにっこりと微笑むと、フェルムトに向き直った。

「それで、フェルムト殿？　あなたにはこの件の責任者を命じたはずですが……」

エピタフは仮面のような微笑みを顔面に貼り付けていた。

「す、すすすすすいません。しししししかし」


フェルムトは顔面蒼白《そうはく》になり、汗を垂らしながら頭を下げている。

今となっては、エピタフに対するフェルムトの怯《おび》えようも理解できた。血なまぐさい評判を事前に聞いていたのだろう。

「申し開きがあるのですか？」

「ぞ、臓物が魔族とヒトとでは違うなどという知識はっ！」

「苦しい言い訳ですね。ここにおられるアンジェリカ殿は、まず状況から疑い、私が鎧を剝いだ時には褐色の肌を見て疑いを強めた様子でした。あなたは疑いもせず、鎧を脱がすことすらしなかった。その思い込みのせいで悪魔二匹は今ものうのうと逃げている。我々を嘲りながらね」

「はっ……それは、誠に申し訳なく……。ただいまより全力を挙げて追う所存で……」

頭を下げたまま謝った。

「よろしい。あとは神の御前で申し開きしなさい」

「えっ」

フェルムトが、エピタフの真意を確かめようと頭を上げた時であった。

エピタフは右手でサーベルが納められた鞘を持ち、左手で抜き打ちにフェルムトの首を打った。

「ングッ」

生唾を飲み込むような声を出しながら、フェルムトは自分の首を手で押さえる。

だが、鋭利なサーベルで切り裂かれた首からは、手では押さえようがないほどのおびただしい鮮血が溢れていた。

「……………ガアッガボブッ！」

フェルムトは何かを訴えようと話すが、刃は気道を傷つけていたらしく、血が混じって言葉にはならない。

「ンッグウウッ！」

逆に、話すために肺の空気を使ってしまい、息が吸えない。吸おうとしても、血が混じるために上手く吸えないのだ。

フェルムトは膝からくずおれ、床の上でのたうち回って、しばらくして静かになった。

「……殺すことは、なかったのでは」

血飛沫《ちしぶき》を浴びたアンジェリカは、抗議するように言った。

吐き気は収まっている。

「アンジェリカ殿は分かっておられない」

「何をです」

「あの襲撃で、我々は補給資材の半分を失ったのですよ……軍理に聡《さと》いアンジェリカ殿であれば、それがどれほどの損失か理解できるでしょう。それほどのことをやった大悪魔が、我々をまんまと騙《だま》し、ひいては神を虚仮にしたまま、二匹とも無事に逃げ続けている」

教皇領は半分もの資材を一ヶ所に置いておいたようだ。そちらのほうが管理や警備をしやすいのは確かだとはいえ、アンジェリカからしてみれば不精《ぶしょう》をしているようにしか思えない。

「その上、彼の無能のせいで本格的な追跡が三日も遅れてしまったのです。それはもう、神の背信と違いはありません。少なくとも我ら教皇領の騎士たちは、全身全霊をかけて魔族を根絶やしにする必要があるのですから」

「つまり、彼は死罪が妥当な背信者だということですか？」

「そういうことになります」

そんな馬鹿なことがあるものか。

背任罪というならまだしも、背信者ということにはならないだろう。無能であることは信仰に唾することだとでも言うつもりか。

「なるほど。ご慧眼《けいがん》に感服いたしました」

アンジェリカは内心に蓋をし、思ってもいないことを言った。

「分かっていただけたようで何よりです」

「追跡はどうするのですか？　よろしければ私の隊が承りますが」

それが本題であった。

アンジェリカは、ここのあたりの地理を事細かに調べている。

三日の先行を許したといっても、長耳は森の中を徒歩で逃げているのであろう。街道を馬で行けば段違いの速さが出るので、今からでも追いつける可能性は十分にある。

相手はまだ失陥していない王都に向かっているのだろうから、適当な場所まで先回りして網を張ればよい。上手く捕まえることができれば、教皇領への貸しになるだろう。

「いえ、今回のことはペニンスラに頼みます」

「ん……そうですか」

ペニンスラ王国も、襲撃で一部の物資が焼けている。

アンジェリカは、この件については完全な部外者なので、被害を受けた当事者にやらせると言うのであれば引き下がるほかない。

「今回は、戦果を求めぬ彼らが適任でしょう」

逃げた長耳にそれほどの恨みがあるのなら、教皇領の実戦部隊を一部派遣すればよいのにとも思うが……。

その場合、その部隊は活躍の機会を奪われるわけで、貧乏くじであろう。

ペニンスラ王国であれば、戦果に頓着しないという事情がある。適任といえば適任かもしれない。

「そうかもしれませんね。それでは、私は自陣に戻ります」

仕事を任せてもらえないのであれば、もうこんな所にいる必要はなかった。

「はい。それでは、ご健勝をお祈りしております」

エピタフは、変わらぬ仮面じみた笑みを浮かべた。

「ありがとう」

その笑顔に薄ら寒いものを覚えながら、アンジェリカは血臭の充満したテントから離れた。

Ⅳ

墜落した日から四日が経った。

俺の前にはまっすぐ目の前を横切るようにして道が走っている。

この道は古くからある産業道路で、今は要塞となっている岩山から切り出した石材は、この道を通って輸出されていた。石を海まで運ぶ馬車が往来していたわけだ。

路面は、当然だがヴェルダン石で舗装されている。

道に顔を出して、往来がないことを確かめる。路面には木の葉くらいしか落ちているものはなかった。

ああ、よかった。

俺が歩いてきた森は、この石畳の道によって、用途上大要塞から海まで一直線に断たれていることになる。

ということは、ここに兵を配置されたら逃げ出しようがない。そこから網を閉じられれば、もはや海以外の三方は敵のテリトリーなのだから、虫取り網で捕まえられた虫のように絶体絶命となってしまう。

もしそうなったら夜の間にイチかバチか突破するつもりではいたが、身の毛がよだつほどの冒険となるだろう。

そして、ここさえ無事に抜ければこういった道はリフォルムまで存在しない。森の中で暮らす村落の生活道が縦横無尽に走っているだけで、そういった道は兵を使って検問を張るのに向かないから脅威ではない。

そして、もう一つ。

やはりキャロルの素性は向こうにはバレていないようだ。

向こうが認知しているこちらへの理解は、素性不明のシャン人の鷲乗り（これは貴族とイコールだろう）が一人、あるいは偽装がバレていれば二人逃げている。というものであって、金髪の女のシャン人が逃げている。ではない。

金髪の女のシャン人が逃げているとなれば、よっぽどの能なしでなければ、兵を惜しまず道に歩哨《ほしょう》を張りつかせ、森を封鎖するだろう。

それだけの価値があるからだ。

千人からの兵を常時道路に並べ森を封鎖するという行為は、数万人規模の軍団においても大きな負担となる。どこにでもいる木っ端の貴族一匹であれば、そこまでして捕える価値はない。

だが、キャロルほどの高価値目標であったら話は別だ。敵は、キャロルに気づいてはいない。

俺は道に背を向けて引き返した。

「どうだった……？」

少し奥に入ったところで、木に背を預けていたキャロルが不安そうに言った。

「大丈夫だ。張ってはいないらしい」

「じゃあ……行くのか？」

「ああ。本当なら夜まで待ちたいところだけどな」

常時の監視はしていないといっても、人通りはあるだろう。道は曲がりくねっておらず、ほぼ一直線になっているので、遠目にも俺たちが通ったのは見えてしまう。

「だが、それだと今日が丸一日潰れるからな」

今は、まだ日がやっと昇り切ったかという時間帯だった。

追手が掛かっている可能性はゼロではないので、午後を丸々休みに当てるのは、それはそれでもったいない。

追手以前に、あんまりのんびりしているとヴェルダン要塞が陥落してしまう恐れがある。ニッカ村にたどり着いたときにはすでに敵がいて、仕方なくリフォルムまで歩いていったら包囲されてる真っ最中だった。なんてことになったら目も当てられない。

「わかった。では、行こうか」

キャロルは杖を器用に使って立ち上がった。

逆に俺はしゃがみこんで背中を向ける。

キャロルはいつものように杖を腰のベルトに差すと、俺の背中に倒れ込んできた。胸が俺の背中に当たり、すぐに首に手を回してくる。

両足をとって、ぐっと立ち上がる。

ここ数日で何度も何度もやってきたので、だいぶスムーズにいった。

そのまま五分も歩くと、先ほどの道が見えてきた。

「ユーリ」

耳元でキャロルが呟《つぶや》いた。

「何か音がする」

俺はぞっとして立ち止まった。

息を乱しながら歩いていたせいか、まったく聞こえなかった。

ぐっと呼吸を止めて耳に意識を集中すると、疲労で高鳴る鼓動の他に、確かに遠くから音が聞こえる。

引き返すか。

いや、引き返すにしても、徒歩の斥候でもいたら背中を見られるかもしれない。そっちのほうが怖い。

俺はしゃがんで、隠れられる太い木の後ろに、ゆっくりとキャロルを下ろした。

その頃には、既に十分音は大きくなっていた。馬の蹄《ひづめ》が石畳を打つ音だ。パッカパッカという特徴的な音が聞こえてくる。

馬の蹄は石畳の上を長く歩けるようにはできていないから、必ず蹄鉄《ていてつ》が打ってある。鉄と石畳とがぶつかりあい、分厚い繊維質の蹄が音を響かせることでこの音が生まれる。

「喋るなよ」

「ばかにするな」

言うまでもなかったか。

しかし、キャロルが音に気づいてくれて本当に良かった。道に出たところで見られでもしたら、大変なことになるところだった。


いや。

そもそも敵軍と決めつけるのが早計か。

何らかの事情があって、敵方が決戦場からの進軍に手間取っているとも考えられるし、通るのは友軍かもしれない。

そうしたら、もう状況は一気に好転する。

おぉい！　と出て行って、助けてくれぇ！　と叫ぶだけで、現在俺を悩ませている問題は、全て快刀乱麻を断つがごとく解決するだろう。

「…………」

待つか……。

蹄の音が近づく。断続的に打ち鳴らされる音から、馬が一頭どころではなく何十頭もいることが分かる。

馬の音と一緒に、ガタガタと車輪が粗い石畳を打つ音も聞こえてくる。どんどん音は大きくなり、余程数が多いのか、次第に煩《うるさ》いほどになった。

「お前は顔を出すなよ。万一髪が見られたら厄介だ」

と小さな声で言う。

黄金色の色彩は森の中であまりにも目立つ。木陰からひょいと覗《のぞ》いただけで注意を引いてしまいかねない。

「分かった」

「俺が見るからな」

しばらくして、音が道に差し掛かったところで俺は幹から顔を半分出し、一瞬道を見た。

視界に入ったのは、馬車と人との行列。

すぐに頭を引っ込める。

違った。

敵のほうだった。

服の意匠からしてシャン人とは明らかに違う。

クラ人だ。

ああ、敵か……。

やっぱり、物事はそう都合よくはいかんよな。

こうなったら、通り過ぎるのを待つしかないか。

しかしあの様子だと、こいつらは補給段列か。

方向的には、港のほうから大要塞の方へ向かっているわけだ。

となると、港はもう落ちたと考えるのが妥当だろう……。

……はあ。

帰れんのかなこれ……。

こういう状況の場合、悲観的な思考は活動力を奪う。悲観は前に向かおうとする気力を挫《くじ》くし、不安と戦っているだけで脳はカロリーを消費する。

そういった意味のない消費が、状況を更に悪化させてしまう。

だから意識的に悲観的な思考は遠ざけるようにしていたが……。

でも、ここって、つい一週間前までは完全にこっちの土地だった場所だろ。

そこを堂々と敵の補給段列が通っているわけで……。

泣きてぇ。

いや……要塞ってのはこのためにある設備だし、悲観することもないか……。

要塞は、それを無視して先に進むこともできる。だが、そうしてしまえば要塞から出てきた敵集団に後背を突かれ、無視して向かった先にいた軍団との間で挟み撃ちにされてしまう。

もちろん補給線も絶たれるので、そんな馬鹿をする人間はいない。

とりあえず攻略を諦め、敵が要塞から出て来られないよう兵力を貼り付けて包囲を続けるという方法もある。そうすれば残りの兵力で進軍はできるが、今度は次の目標、例えばリフォルムを叩く分の兵力が不安になってしまう。

要塞というのはそうした厄介さを秘めた施設だ。だから、敵は要塞を攻略するまでは、ここより先には来ない……かもしれない。

だが、実際の所、ヴェルダン大要塞にそれほど期待してよいものだろうか……。

と、思い悩んでいたところで、唐突に道のほうから、

ガゴッ！


という硬い音が聞こえた。

びっくりしたのだろう。一緒に隠れているキャロルの体が、足元でビクッと大きく震えた。

俺もかなりびっくりした。

なんだ……？

そう思いつつも、顔を出すのは怖い。

さきほどまでと比べて、トラブルのあった今は敵の警戒心が確実に強まっているだろう。なんでもない森の風景も意味を変じ、警戒する目の数も増すはずだ。

どうしようか。

そう考えていると、ギィギィと車体をきしませながら、馬車が止まったような気配がした。

「ったあー、落ちちまった」

という声を理解できたのは、俺だけだ。

クラ語……テロル語なので、キャロルには理解できないはずだ。

そのうち、パカッパカッという小気味よい音が南側から聞こえてきた。何も引いていない、つまりは人が乗っている騎馬だろう。

するると、

「落としたのか！　何をやっている！」

司令官格なのか、偉そうな口調の男ががなりたてる声がした。

「すいません！」

俺はハロルと違って、ネイティブなテロル語はイーサ先生の口から発せられたものしか聞いたことがない。

彼らのテロル語はイーサ先生のそれと比べればだいぶ方言めいていて、違和感のあるイントネーションをしていたが聞き取れないことはなかった。

イーサ先生のテロル語はヴァチカヌスで話されている最も正統な発音だが、テロル語圏もよっぽど広いので、教皇領から離れるにつれて方言めいてもくるのだろう。

「チッ……さっさと積み直せ！」

「へい！」

何を落としたのだろう……。

音の大きさから考えて、かなりの重量物なのだろうが、リンゴのような果物を多数落としたような音でもなく、重い物が詰まった木箱が落ちたような音でもなかった。

「ツンーーーーーーーッ！」

何者かが踏ん張る声がここまで聞こえてきた。

なんだなんだ、随分頑張ってるみたいだな。

そんな場合じゃないんだが笑いそうになる。

「ハァハァ……おいっ、突っ立ってないで手ぇ貸せよ！」

と言ったのは、先ほど偉そうに指図していた馬上の男に向けてではないだろう。

「あぁ」

という返事は、初めて聞く声だった。

なんだかボケっとしているような印象で、ダルそうだ。

「ほら、そっち持てよ」

「ッジンーーーーーーーーーッ！」

「ーーーーッウ!!っくう……」

「はぁ、はぁ……こりゃなかなか……」

二人がかりでもダメだったらしい。よっぽど力を入れてたのに持ち上がらんのか。

大の大人（かどうかは知らないが）二人がかりでも持ち上がらない荷物というのは、なんだろう。満タンの酒樽《さかだる》か何かか……？

そんな音にも聞こえなかったし、そんなに重いものが入った樽だったら落としたら割れてしまうと思うが。

「なんだ!!　持ち上がらんのか！！！」

「ハァ……しかしこりゃあ、やってみりゃあ分かると思いますが、ピクリとも動きませんや」

なんとまあご苦労なことだ。

どうすんだよ。

俺はお前らが通り過ぎるのを待っているわけだが、いつまで待ってりゃいい。

「人間の腕で持ち上がらんのなら、どうやって港で積んだというのだ！」

「そりゃあ……あんな化物みたいな大男がテコ使って載せてたもんを、この細腕で持ち上げんのは無理ですって」

「チッ……使えんッ！」

「はぁ……」

そんならお前も馬から降りて、三人がかりでやりゃいいだろう。

と、他人ながらに思ってしまったが、それは言わないお約束なのだろう。

貴族の体面とかもあるんだろうし。

「もういいッ！　それは置いていけ！」

「えっ、いいんですかい？」

「一つくらい構わん！　道の端に避けておけ！　しかし、次落としたらお前の腕を切り落とすからなッ！」

「はぁ……」

それから、時間にして一分ほどだろうか。

何やら紐を縛る音やらがして、ペシッと手綱を振るう音がすると、再び蹄鉄が石畳を打ち始め、馬車は進んでいった。

停滞していた補給段列も再び動き、ゴトゴトと音を鳴らし始めた。


なんだったのだろう……。

完全に音がなくなってから、俺ははじめて動き、道を確認した。誰も居ない道は、先ほどの緊張に満ちた喧騒《けんそう》がウソのようにシンと静まり返っている。


「見てくる……」

小声で言うと、キャロルはこくりと頷《うなず》いた。

慎重に道に向かい、まずは本当に何者もいないか確かめる。

見える範囲には、動物も人も、何もいない。

俺は改めて、何を落としたのか、路面を見て探した。すると、探すまでもなく、一目瞭然にそれと分かるものがあった。

石だ。

俺の肩幅ほどもある大きな石だ。

といっても、そこらの森のなかにあるような石ではない。ノミか何かで削られ、大方まんまるの球状になっている。

材質は……こりゃ花崗岩《かこうがん》か何かか。

砂岩だの石灰岩だの、ああいったハンマーで叩けば簡単に割れるような石とはまるで違う質感だ。石が落下した部分の石畳は割れてしまっていて、風化した表面とは質が違う、荒々しい断面を覗かせていた。

そりゃ、こんなもんを人力で持ち上げるのは容易なこっちゃないだろう。俺だって、やれと言われたら「無茶言うな」と言いたくなる。

たぶん百五十キロ以上ある。

二人三人がかりで思いっきし持ち上げれば上がらないこともないが、問題なのはその形状だ。球状なので、持ちにくい事この上ない。

途中一人が手を滑らせでもしたら、高確率で誰かのツマサキがグチャる事故が起きるだろう。

あの馬上の貴族にとっては不本意だったのだろうが、途中で諦めて道の横に避けておいたのは正解だった。

俺は、この巨大な奇石を何に用いるのかすぐに察しがついた。大要塞に籠っている連中にはお悔やみを申し上げるしかないな。

いや、何かしら事故が起こって計画が実行不可能になることを祈るほうが先か。おそらくは実験的な計画だから、暴発が起こって大惨事ということも馬鹿にならない確率で起こり得るだろう。

しかし、会戦での勝利から一週間も経たずこれほどの用意をするのは、よほどの手際だ。綿密かつ周到な計画なのだろう。

敵ながら天晴《あっぱれ》と言いたくなる。

それほど気の利いた連中の計画と考えると、事故を祈るというのは、なかなか望みが薄いようにも思えた。

……戻ろう。

今の俺には手の届かないことだ。

俺は巨石から目を逸《そ》らすと、キャロルの待つ森の中に入っていった。

第五章　追手

I

ワリスという男が、今はるか北の地の森を歩いていた。

ワリスはペニンスラ王国臨時遠征旅団の団員で、今年で二十八歳になる。

ペニンスラ王国は、百七十五年前に終結した畏《い》仔《こ》戦争の爪あと深い地である。およそ五十年続いたこの戦争では、一時期は国土の半分を異教国であるエンターク竜王国に占領され、南部地方に至っては四十年もの間異教徒の支配を受けた。

戦争が終わっても彼ら異教徒の血脈は残り、むろん改宗は強いられたものの、文化的混交の痕跡は未《いま》だに濃い。

ワリスという名もその一つであり、ココルル教圏で用いられるアーン語の発音を使えば、ワーリス、あるいはワァリスという呼び方になる。だが、ワリス自身にはそのような知識はないので、自らの名の由来など知らなかった。

ワリスは生まれてこの方、学問という学問を授けられたことはなく、字は仕事に関わる最低限の単語しか読めない。

姓《せい》もない。

農園の小作農をしていた両親は、三人目として生まれた子に、遠い親戚に当たる出世者の名を借りてワリスと名付け、ある程度育って家庭の食費を圧迫するようになると〝仲介人〟に渡した。

仲介人というのは一種の奴隷商人のような存在で、労働の需要があるところに子供を紹介し、代わりに手数料を受け取る。

国法によって国内での奴隷狩りが禁じられてから、奴隷商人が名を変えただけの人々であった。紹介するなどといっても、子を売った親は紹介人からまとまった金を受け取るし、紹介人は〝紹介先〟からより多くの金を受け取る。その構造に変わりはなく、子供は強制的な労働を強いられることなる。

　本物の奴隷と違うのは、この労働には期限が設定されていることであった。

　ワリスの場合、山村部の雑役労働者として領主に雇われ、十年間の年季労働をさせられた。

　十一歳で親に売られ、二十一歳で年季労働を終えた頃には、手元にはボロボロの普段着一着と数枚の銅貨しか残らなかった。

　その後、彼はたまたま兵の募集をしていた兵団に志願し、その一員となる。

　当時若者を募集していた兵団は、体が資本の軍だけあり、食だけは不自由せずに済んだ。粗末ながらも寝場所は確保されていることもあって、ワリスにとってはまさにうってつけの職場であった。

　そこでほぼ七年間過ごし、ワリスは剣盾槍《やり》の扱い方と弓と鉄砲を習った。だが、鉄砲は訓練に火薬代がかかるため、実際には二、三回しか発射したことはない。そのため、訓練はもっぱら旧時代的な武器によるものに終始していた。


　そこに訪れたのが、北方十字軍への参加希望者の募集であった。

　今も昔も、ペニンスラ王国は北方十字軍への参加に熱心ではない。

　イイスス教圏においてもっとも南を占めるペニンスラ王国は、当初から遠い遠い北方での領地経営に興味を抱いてこなかった。一時は十字軍の招集に応じないような状態になったが、その不熱心さを教皇領に咎《とが》められ、揉《も》めに揉めた末に戦争が起こり、王の首が落ち、王座の主《あるじ》が替わった。

　その後は、一時は一万人規模の兵団を送った時期もあったが、今回の十字軍においては千とんで三名の参加しかない。我々は千人の軍団を送り出しました、という名目を作りたいわけであった。

　そのような状態であるから、ペニンスラ王国における十字軍とは教皇領への義理で出すものに他ならなかった。よって成果も求めず、他国のように活動的な侵攻には参加せず、その代わりに他国がやりたがらない後方の警護や補給線の防備の仕事を好んで引き受けた。そのほうが感謝されるので外交的に好ましい効果が期待できたし、何より無駄に兵を失わなくて済むからだった。

国の方針としてはそのようなことになっているが、兵にとっては稼ぎどころである略奪の機会がほとんどなくなってしまう。そこで、旨《うま》みのまるでない北方への出張への見返りに、参加者には通常の給料に加えて五割増しの特別俸給が出ることになっていた。

ワリスが参加を希望したのはそのような事情による。

だが、今はとても面倒くさい仕事に狩りだされている。

つい先日逃げた長耳を捕らえるための山狩りの任務だった。

ワリスは枯れ枝の混じった腐葉土の地面を踏みながら、黙々と歩を進めてゆく。落葉樹の葉が厚く降り積もり、厳しい寒さにより凍ったり溶けたりを繰り返した土はじっとりと濡《ぬ》れ、踏むと僅かに沈み込み、含んだ水を吐き出した。

からりと乾いた海風が良く通る故郷ではまるで見ない質の土壌であり、陰気な天候と寒々しい空気も相まって暗い気分になってくる。

前を歩いている、狩人《かりゅうど》出身のアーリーという男もそうらしかった。

ワリスはただ重い装備を担いで歩いているだけだが、前を進んでいる男は軽い装備で、その代わり地面をジロジロと見ながらゆっくりと歩いている。

ワリスには判《わか》らないが、人が歩いた痕跡があるらしい。

しばらくすると、アーリーは立ち止まってこちらを振り向いた。追いつくと、「休憩にしよう」と言い出した。

「まだ早いだろう」

「早いも遅いもない。疲れたんじゃ」

妙な年寄り言葉を使うが、アーリーはそう歳《とし》をとっているわけではない。

確か年齢は四十に差し掛かったところだ。

だが、ワリスからしてみれば目上の年長であることは確かなので、口答えはしなかった。

「ふう、ダメじゃな。土が分からん」

「どういうことだ？」

「故郷の土であれば、シシの足あと一つとっても、何時間前にここを通った足あとだと分かる。だけんどここの土は、慣れとらんからダメじゃ」

アーリーが言い訳くさいことを言い出した。

「せめて犬がおればな」

「気ぃ張ってくれよ。逃げてる奴《やつ》を殺したら、特別報酬がもらえるんだから」

殺したら金貨二枚という報酬をやる、と、出発前に貴族が言っていた。金貨二枚という金額は、ワリスにとっては握ったこともない大金である。

「金なんぞもらえんよ。国っちゅうのはそういうもんじゃ」

ここ数日、いわばチームを組んでいる間ちょこちょこと話を聞いているうちに分かったことだが、このアーリーという男は過去に冤罪《えんざい》で獄に繋《つな》がれた経験があり、そのことで世を拗《す》ねているところがあった。

狩人を辞めて軍に入ったのも、冤罪が原因で村に居られなくなったかららしい。

実際に冤罪かどうかは知らないし、興味があるわけでもないが、そのせいで無闇に国を信じないのは困る。

アーリーは勝手にその場に腰を下ろしてしまった。

「そもそも、追いかけとるのは恐ろしい顔剝ぎ男だと言うじゃろうが。金貨をもらえるのはいいが、殺されては元も子もないわ」

ワリスも、その話は聞いていた。

なんのためかは分からないが、逃げるときに見せしめか何かで敵の顔の皮を剝いでいったらしい。

まるで話に聞く東方の蛮族のような真似《まね》をする。

文化を知らぬ蛮人だ。

「それに、獣でもなければ、よほどの大男じゃぞ。足あとが深い」

足あとが深いなら、見つけやすいはずだろう。土が分からん云々《うんぬん》というのは、休むための言い訳だったのか。

「勝てそうになかったら逃げろって言われただろ」

「それじゃ金はもらえんのだろうが」

確かに、ワリスは殺さずに逃げた場合の報酬については聞いた覚えがなかった。

たぶん見て報告しただけでは一銭の金ももらえないのだろう。

「むっ………」

「馬鹿らしいわ」

そう吐き捨てられると、ワリスの心中に黒いものが渦巻いた。

「だからといって、給料分の仕事はしろよ。集合場所に間に合わなかったら、遭難なんだからな」

「ふんっ……」

そのまま十分ほど待っただろうか。

「そろそろいいか?」

「あぁ」

アーリーは立ち上がって、また地面を見ながら歩き出した。

少し気まずい雰囲気のまま、会話もなく歩く。

そのうちに木立が密集するようになり、なんとなくアーリーとの間隔が開き始め、十歩ほども離れた。

しばらく歩いていると、木の陰から突然棒が伸び、アーリーを打った。

薄い金属板の兜《かぶと》を避け、首をしたたかに打ち据えられたアーリーは、そのまま崩れ落ちるように倒れた。

何が起きたのか理解が追いつかないうちに、顔を黒く塗った男がヌッと木陰から現れ、アーリーの倒れた体に手を伸ばす。

「ヒッ……」

その姿は、まるで森に住むと言われる悪霊のようだった。

だが、その悪霊はこちらには気づいていないようで、アーリーの倒れた体を漁《あさ》っている。

持ち物を奪おうとしているのか。

ワリスは、戦おう、と思った。

敵がこちらに気づいていない様子だったからだ。

静かに背中に手を伸ばし、短弓を取る。

訓練で藁束《わらたば》に向かってさんざん矢を射た経験は、このような状況下にあっても震えることなく滑らかに体を動かした。

弓を取り、矢筒から矢を取り、つがえ、構え、引き絞った。

ギュウ……と狙いを付ける。

そこで、不意に何かに気づいたように、敵はワリスのほうを見た。

目が合った瞬間、ワリスの右手は弦を放していた。

解き放たれた矢は、胴体を狙ったが若干それて顔面に向かって飛んでいった。

それでも威力は十分で、ワリスはまず命中する手応えを感じた。

だが、矢は何者をも貫くことはなかった。

矢は摑まれた。

敵は頭を勢いよく傾《かし》げたと思ったら、目にも留まらぬ速さで腕を振った。すると、矢は真ん中で摑《つか》まれて止まった。肉を突き刺し骨を貫くはずの矢尻は、どこにも触れず浮いたままとなっている。

矢を摑んだ敵は、自分でも少し驚いたように手の中の矢を見ると、回避で乱れた体勢をあらためて、矢を無造作に放り捨てた。

鞘《さや》から剣を抜いてきらめかせ、猛獣のような疾《はや》さでワリスのほうに駆け出した。

「――――ッッ！」

二の矢をつがえて射《う》つ余裕がないことは明らかだったので、ワリスはとっさに短弓を捨てた。

その手で腰に下げた剣の柄《つか》を摑んで引き抜く。

が、その動きは洗練されたものではなかった。

とっさに弓を捨てて剣を抜く、などという非常時の動作を反復的に練習したことはなく、恐怖と焦りは動きを更にぎこちないものにした。

剣を抜き終えた時、敵は十歩の距離を一歩にまで詰めていた。

構えをとる暇もなく、ワリスは剣を繰り出す。

だが、その剣は肉を捉えることはなく、代わりに重い衝撃が腕に響いた。剣を摑んでいた腕に拳が打ち付けられたのだ。

前腕に加えられた重い衝撃によって、剣を握った手が痺《しび》れる。それでも辛うじて剣を手放さずにいたが、続いて腕を取られ、手首をギュウと捻《ね》じ曲げられると、拳が開き剣を落としてしまった。

そのまま胸を蹴り倒され地面に転がされると、ワリスは心のなかで観念した。

こいつには敵《かな》わない。そもそもの戦闘力が絶望的なまでに違う。

そもそも、飛んできた矢をとっさに摑んで止めるような存在と、戦って勝てるわけもない。

バケモノだ。

ここで俺の人生は終わりだ。

が、敵は更にワリスを蹴転がし、俯《うつぶ》せにすると、ロープか何かで背中に回した両腕をギュッと縛った。縛った腕を力任せに引っ張り、起き上がらせると、尻を地面につけ座らせた。

そして、ワリスの目の前に来て顔を突き合わせた。

ワリスが森の悪霊かと思っていた何かは、明らかにヒトで、顔には黒い泥を塗っていた。

「さて……貴殿……じゃなかった。お前」

その男は、唐突に口からワリスの母語を話し始めた。

「ハハッ……」

ワリスは状況のわけのわからなさに、思わず笑ってしまった。

夢でも見ているのか？　なんで俺たちの言葉を喋《しゃべ》るんだ？

こいつが俺たちの追っていた奴だとしたら、あの訳の分からない長耳語を喋るはずだろ？

「この状況で笑えるってのは、肝が据わったことだな。良い知らせを一つ教えてやろう。俺はお前を今すぐ殺すつもりはない。悪い知らせは、俺が今からする質問に答えなかったり、嘘《うそ》をついたりした場合、死んだほうがマシなほど痛い目にあうってことだ。最後まで喋らなければ、近いうちに苦しみ抜いて死ぬ怪我《けが》を負わせる」

魔族だった男は矢継ぎ早に話し始めた。

「俺はもうお前みたいな奴を三人、拷問している。そこで得た情報と照らし合わせるから、嘘をつけば分かるからな。それと、素直に喋ればお前が怪我を負うことはない。例えば腕や目が片方なくなったり、鼻がなくなって一生を人から隠れて過ごさなきゃならない生活を送ったりすることはない。この先も人並みに生きていきたいなら、ペラペラと素直に喋ることだ。俺は半日もかけてじっくり拷問するつもりはないから、サクサク目とか抉《えぐ》っていくぞ」


ワリスは、すっと男の背後を見た。

つまり、アーリーのほうを向いたが、アーリーは倒れ伏したまま起き上がる気配がない。

アーリーが生きていれば、いままさに起き上がって背中から挟み撃ち、ということもあり得るだろうが、それは期待できそうになかった。

「じゃあ、第一問、お前の名前はなんだ？」

そう言われると、ワリスの頭のなかに、男に名を明かしたくないという考えが走った。

同時に、自分の名など知るはずがないという考えと、これからの話を通じやすくするために名を訊《き》いているので、この場合名の真偽は重要ではない。という推論がよぎった。

「カリミスル・ホッパーだ」

ワリスは偽名を口にした。

すると、男はすっと立ち上がった。そしておもむろに足を振り上げると、前に投げ出しているワリスの足めがけ、力いっぱい踏み下ろした。

重いハンマーにでも叩《たた》かれたような衝撃と同時

に、ボギッという鈍い音が、骨を伝って聞こえた。

足に激痛が走る。

「ウッ」

絶叫を上げようとした瞬間、男の拳が勢い良くワリスの頬を撃ちぬいた。

つまりブン殴られた。

ワリスの体は転がり倒される。

「大声を出すな」

「グッ……ウウウウウ～～～ッ」

未だに折れた足に激痛は走っているが、ワリスは口を無理矢理に閉じた。

更に頭を踏みつけられ、荒々しく兜を脱がされると、髪の毛を乱暴に摑まれ、思い切り引っ張られた。

地面に転がった状態から無理やり上体を起こされ、座らされる。

そして、再び目が合った。

「嘘をついたら分かるって言ったよな。お前は三歳の子供並みの知能か？　それとも俺が、自分の命を狙ってきたゴキブリ以下の糞《くそ》に対して慈しみを抱く心優しい人間だとでも思ったのか？」

そう言った男の目には、一切の優しさがなかった。

飢え、追い詰められ、切羽詰まった肉食獣のような、余裕の見られない凶獣の目であった。

「もう一度聞く。お前の名前はなんだ？」

「わっ、ワリスだ！　指長のワリス！」

ワリスは姓がないと不自然かと思い、とっさにあだ名を付け加えた。

指長の、というのは、薬指が中指と同じくらい長いという理由で、年季労働時代に付けられたあだ名だった。特別にあだ名が付けられたのは、同じ現場にワリスという名の男がもう一人いた時期があったからだ。

それは嘘ではない。

「なるほど、お前がワリスか」

ワリスはそれを聞いて、前に口を割った連中が自分の名を喋ったのだと思った。

カリミスル・ホッパーというのはとっさに思いついただけの名で、遠征軍の一員の名というわけではない。

例えばアーリーと名乗れば、この魔族は自分をアーリーと勘違いしたかもしれない。だがカリミスルという名はまずかった。

「じゃあ、次の質問だ。俺を追ってるのはどれくらいの人数だ？」

「せ、千人だ」

とワリスは正直に答えた。

「……そうか。だが、千人にしちゃお前らは単独だな。千人も俺の足取りを追ってるなら、横一列になって、板で小麦粉を浚《さら》うようにして迫ってくるはずだろう」

「知らないのか？　六百人はこっちじゃないほうを探している。俺たちは二百人のほうだ」

「数が合わないな。それじゃ全部足しても八百だ。残り二百はどこに行った」

「あのでかい道の反対側を探してるはずだ。知ってるはずだろそれくらいは！」

こちらの人数が何人かなどという話は、先に吐いた仲間がいるのであれば、そいつらから既に聞いているはずだ。

ということは、目の前の男は、名の照会に続いて更に答え合わせをし、話の齟齬《そご》を確かめるためにこのようなことを口にしていることになる。

ワリスからしてみれば、疑心暗鬼にもほどがあった。そんな確認作業をするよりも、さっさと解放して安堵《あんど》させてほしい。

「じゃあ、六百人の組はリフォルムへ一直線に向かう、海沿いの地域を荒らしながら探しているわけだな。お前ら二百人の組は、その脇を一応見張っているわけだ」

「そういうこった。これで満足か」

「ああ。まあ話は合っているな。それで、こちら側に来てる、その大小の二隊は密な連携を取っているのか」

「知らねえよそんなこと」

これは本当に知らなかった。連携を取る取らないなどという話は、ワリスのような末端の兵士が知っていても意味のない事だ。

「そうか。まぁ見るからに一兵卒のお前じゃ知らん事だろうな」

「うるせえよ。大きなお世話だ」

「じゃあ、次の質問だ。お前らの組織編成はどうなってる？」

「組織編成？」

耳慣れない言葉であった。

「難しい言葉だったか。お前ら千人は、誰が率いていて、お前の属している二百人隊のリーダーは誰で、お前の直属の上司は誰で、何人率いているかとかの話だ」

「はぁ？　前の奴に聞いてないのかよ」

「当然聞いたが、それも嘘かもしれない。だからお前の口からも聞いて、答え合わせをしたい」

ワリスからしてみれば、そんな木っ端のような情報を三度も聞いて確かめる神経は理解できなかった。

そんな重要な事か？

「総隊長はザイード王子だ。ザイード・サムリカムリ」

「ソイツは今どこにいる」

「……六百人隊を率いてるよ。でも、実際に現場で率いているかは知らねえ。こういう……森の中に入ったりする御身分でもねぇだろうしな」

「じゃ、次だ。二百人隊を率いているのは誰だ？」

「二百人隊というか……、俺を雇ってるドレイン伯の軍がこっちを担当しているだけだ。頭はピーノック様だよ」

「じゃあ、お前の直属の上官は誰になる」

「強腕のジェンっておっさんだよ。十人組の長だ」

ワリスはぺらぺらと喋っていった。

どうせ他の者の口から既に出た話なら、誰の口から出たかなど分からない。後で誰に咎められるわけでもない。

「口が滑らかになってきたな。じゃあ、お前らの任務はなんだ？」

「ハァ？　お前らを追ってるんだろうが」

「俺を？　敗残兵狩りか？」

「お前らがウチの荷物に火ぃつけたから追ってるんだろうが」

「……なんのことだ。詳しく聞かせろ」

男は顔色を変えた。

「お前らが一番良く分かってんだろ」

と、ワリスが言った時、男の手が伸びた。

バンッと、平手で強《したた》かに頬を張られる。鼻の中が切れ、鼻血が垂れてくるのを感じた。

「……ってぇな」

「調子に乗るな。お前が追っている者のことを喋れ」

「……鷲《わし》に乗って落ちた二人組の鷲乗りだよ。空から火を落として、教皇領のメンツを潰した。連中は大層おかんむりって話だ。二人で一緒に行動してるんじゃないのか？」

「何を言っている。俺は鷲なんぞ乗っていない。飛べない方の鳥には跨《またが》っていたが、単に戦場から逃げ遅れただけの将校だぞ」

ワリスの頭のなかに疑問符が渦巻いた。

こいつらは、自分たちが追っている連中ではないのか？

単なる敗残兵ということか。

「……チッ。とんだとばっちりだ」

と、魔族の男はひとりごちた。

どうやらワリスの推論は正しかったらしい。

ワリス自身は後方警備に当たっていて参加していないが、あんだけ大きな戦いがあったのなら、そりゃ一人くらい街道でなく森に逃げた敗残兵がいてもおかしくはない。一人どころでなく、百人千人いたとしてもおかしくない。

ただ偶然、ワリスが追っていたのが触れてはいけない手練《てだれ》だったということだ。

これについては、運が悪かったとしか言いようがない。

「フフフッ、ハハハハハッ！　そりゃあ残念だったな‼」

ワリスは目の前にいる男の滑稽で悲惨な状況を思うと、笑わずにはいられなかった。

「黙れ！」

男はワリスの顔面を再度殴ったが、ワリスからしてみれば面白さのほうが勝る。

「ハハハッ……あっ」

と、再び地面にひれ伏した時、十歩先にある未だ倒れ伏したままのアーリーの体が目に入った。

「おい、そこにいるおっさんは生きてんのかよ」

ワリスは、素直に喋ったのだから助けてやってくれ。と言おうとした。

まだ生きているのであれば。

「……ああ、あれか。止《とど》めを刺していくぞ」

「はぁ？　なんでだよ……」

やはり、見て分かる通り、性が残忍なのだろうか。

「別にお前が殺すなと言うなら、止めは刺さんで行ってもいいが、あれは首の骨が折れている。目を覚ましても苦しみぬいて死ぬだけだろう。今のうちに楽にしてやったほうがいい」

「じゃあ、そうしてやってくれ」

あっさりと答える。なぜか本当のことだという気がしたし、アーリーの生き死になど、そりゃ生きていたほうがいいが、死んでいてもどうでも良いことだった。

「ああ。俺も聞きたいことはこれまでだ。ご苦労だったな」

そう言うと、男はワリスの口を布で覆い、頭の後ろできつく縛った。

大声を出させないつもりだろう。

後ろ手の縄も解《ほど》けそうになく、叫んで仲間を呼ぶこともできない。足の骨は折れている。

ワリスは、このまま放置されては、助かるすべがなくなることに気づいた。

「ンンーーーム‼」

ワリスは力いっぱい声を上げて抗議する。

だが、もはや男は興味をなくしたように一顧だにせず、ワリスの荷物を漁り、背嚢《はいのう》ごと奪っていった。

そして、あとは振り返りもしなかった。

アーリーの所へゆくと、首の後ろに刃を入れて息絶えさせ、死体を仰向《あおむ》けにすると、何やら十字を切り、まるで聖職者のように呪文を唱え、それから荷物を漁った。

そしてそれも終わると、森の中に消えた。

Ⅱ

「戻ったぞ」

そう声をかけた。

キャロルは木の陰に無事に座っていた。

「……うん」

余程心配していたのか、キャロルはほっとしたような、気疲れしたような顔で俺を見上げた。

「話はあとにしよう。今日はもう少し歩く」

そう言って、俺は荷物をさくさくと整理した。

先ほど奪ったバッグはいわゆる背嚢型で、作りは悪いが歩くにはこちらを使ったほうが便利そうだった。

余分な荷物を切り詰めるために、幾らか不必要なものを捨てた。

幸いなことに、連中は剣先形の手スコップを持っていたので、要らないものは軽く掘った穴に埋めて土をかぶせた。

それにしても、矢を摑めるとはな。

作りの悪い短弓から出た初速の遅い矢だったとはいえ、自分でもビビった。人間、追い詰められるととんでもない事ができるもんだ。

でも手にササクレが刺さって痛いから、次からは普通に避けたほうがいいな。

摑まんでも頬を切るくらいで済んでいた矢だったし。

「さて、行くか」

背嚢を前かけに下げて、腰帯をギュっと絞ると、キャロルのほうに背中を向けてしゃがんだ。

日が暮れ始めると、俺は適当なところでキャロルを降ろした。

「晩飯は多めに食おう」

二人は長期行軍を予定していたのか、背嚢はけっこう重かった。

中には保存食がたくさん入っており、今朝までは軽く飢えに苦しむありさまだったのに、今は食料の重さが辛《つら》いほどだ。

「あれ、火は熾《おこ》さないのか？」

「もう追いつかれたからな。焚《た》き火《び》をするのは怖い」

焚き火の光は遠くからでも見える。

俺と敵が逆の立場だったら、焚き火をしているのを発見したら速やかに仲間を呼んで囲み、夜を待って包み込むように奇襲するだろう。

その時の俺は焚き火をしていたその場で眠りこけている。キャロルは起きているかもしれないが、どのみちその状態からキャロルを連れて囲いを突破するのは不可能だ。

「そうか。仕方がないな」

キャロルは抗弁することもなく納得した。

火の温かみが味わえないというのは辛いことだ。パン一つとっても、火で軽く焼いて温めなおすだけで、香ばしく美味《おい》しく食べられる。

「すまんな」

「謝らないでくれ。謝る必要がない」

「……ああ。そうだな」

そうだった。謝るのも変な話だ。

「まあ、飯を食べたら、さっさと寝よう」

「それより、今日の話がまだだ。なんの話も聞いてないぞ」

そうだった。

とにかく距離を稼ぐのが先決と思っていたので、まだ喋っていなかった。気になっていただろうに、途中で訊いたりしてこなかったのは、キャロルなりに状況を理解していたからだろう。

「食いながら話すか……」

と、俺は濡れてない地面に腰を下ろした。

キャロルのすぐ隣で、一応は声を潜め気味に話す。

「そうだな、時間はあるし最初から話そう。まず、俺は不意打ちで一人殺して、もう一人いたから、そっちは取り押さえた。居たのは二人だ」

使ったのは穂鞘のついたままの槍だ。

槍の柄は特に硬い木でできている。鷲の上で使う槍は軽さを重視するので、柄も槍の中ではかなり細く作られているのだが、それでも人の首を叩き折ったくらいではなんともなかった。

「そう、か……」

「そんで、そっちのほうはまだ生きていたようだから、話を聞いたんだ」

「うん、それで、そいつは話したのか？」

「ああ。連中は千人体制で俺たちを追ってるらしい」

「えっ」

と、キャロルは一瞬持っていたパンを落としそうになった。

ショックな情報だったのだろう。

俺も、これ聞いた時は絶句しかけたからな。

「だけど、六百人は別のところを探している。街道を使ってリフォルムに直行したと思ったんだな。海岸線沿いを探索しているらしい」

「あっ、そうか……」

「そうだ。俺たちはとりあえずニッカ村を目指しているが、連中はそんな村に向かう理由があることを知らない。海沿いを選ばなかったのは正解だった」

この国の海沿いは入り組んでいるが、シャルタ山の背側のフィヨルド地帯のように切り立っているわけではない。海岸沿いは普通に歩けるし、道路も良く整備されていて、木々の重なった森の中を踏破するより何倍も楽に歩ける。

「それで……その、こちらのことはバレているのか？」

「俺が作った死体には引っかからなかったらしいな。足あとは追ってきたようだ。一応、都合のいい嘘は吹き込んでおいたが」

あいつが生き残るかどうかも分からんしな。司令官クラスに拾われて嘘を信じこませてくれたら一番いいんだが。

それで、二人がかりの介助を受けて後方に引っ込んでくれれば最高だ。それでも二百人から三人減るだけだが。

「先入観からか、連中は二人で一緒に行動していると思っている」

「？　実際に二人だろう」

そりゃそうなんだが。

「お前が怪我をしてるとは夢にも思ってないってことさ。俺たちは特殊な事情を抱えて行動してる。その事情が分からないってことは、俺たちの行動を予想できないってことだ。向こうが合理的に推測しても、俺たちの実際の行動とは咬《か》み合わない。こいつはでかい」

こちらは何も努力せず、向こうの洞察は的外れになるわけだ。

実際、海沿いの街道をローラー作戦しているのは、きちんと歩くことが出来ると考えているからだろう。実際、キャロルの怪我がなかったら俺は二人で街道を進むことを選択していたはずだ。

馬には追いつかれてしまうが、そうしたら森に逃げ込めばよい。こちらが先に馬を発見できたらやり過ごせる可能性が高いし、最悪見つかっても馬は森の中で木々を避けながら疾走できる動物ではない。下馬しての競走なら体力勝負に持ち込める。

「そうなのか？」

キャロルはなんだか腑《ふ》に落ちないらしい。

「ま、いいさ。今日は良いことばかり起きた。少なくとも、明日食う飯の心配はしなくてよくなったわけだからな」

悪い情報は入ってきたが、事態を悪化させる何かが起きたわけではない。周辺状況が知れただけだ。

無理にでも気分を明るくしていかないとな。

「早く食って寝よう。焚き火がないなら、どちらかが起きている必要もない」

王剣みたいな夜の森で自由自在に動ける特殊部隊が追っているなら、どうせ逃げ切れないだろうしな。それに、キャロルには昼間も気を張っていてほしい。

食事を終えると、俺とキャロルは同じ木の根本で別々に油紙を羽織った。

今夜は、やけに闇が深い。一昨日《おととい》が新月だったから、今日は三日月か……。

そりゃ暗いか……。

焚き火がないと、本当に夜に包まれている気がする。

特に、森の中では……。

それに、寒い。あんな焚き火でも、有ると無いとでは全然違うんだな……。

寒さが骨身に染みる。今年の冬は特に寒かったとはいえ……今日は冷える……。

痛みを感じる足が、疲労をそのまま凍りつかせたように温かみを失っている。

今日は眠れないかもしれないな。

しかし、今日くらいは眠らなくてもいけそうだが、明日以降も続けていけるのだろうか……村に着くまでに限ってさえも、まだ何日もかかるのに……。

ウオォォォオォォン――――。

ああ、狼《おおかみ》の遠吠《とおぼ》えだ。

ゴソッ、と隣で紙の擦れる音がした。

まだ起きていたようだ。

いや、起きてるよな。

疲れきっている俺でさえ、眠れないのだから……。

「……狼を心配しているなら、大丈夫だぞ」

「……ん」

「一人殺したときに血を流したから、狼は向こうに行くよ」

首の骨を折ったほうは、首のうしろに刃を入れてから頸動脈《けいどうみゃく》を切った。

心臓が動いていたから、どくどくと血が流れていた。匂いをたどる狼は、あちらに向かうだろう。

「いや……寒くて」

「あぁ、そうか……そうだよな」

やっぱり明日からは火を焚いたほうがいいか……。

いくら危険でも……。

「あの……くっついて寝ない、か？　そうすれば暖かい……かもしれない」

……………は？

ボーっとした頭で、何を馬鹿なことを言ってるんだこいつは。と考える。

だが、否定する要素が浮かばなかった。冬山でも遭難した時はくっつき合うものだ。

むしろ、なんで今までその発想がなかったんだろう。無意識が堰《せ》き止めていたのだろうか。

「いいぞ……その、お前さえよければ、だが」

「私は構わない」

「そうか……」

「じゃ、じゃあ……そっちに行くぞ」

キャロルはそう言うと、隣でゴソゴソと動き始めた。

何をするつもりだろう。暗闇で何も見えない。

「油紙を脱いでくれ」

そう言われたので、俺は自分が羽織っていたポンチョ型の油紙を脱いだ。

近寄ってきたキャロルは、手探りで俺の肩に触れた。

横に並んでくっつくのかと思ったら、膝に手を置き、俺の正面に回った。

「膝を開いて」

「あ、ああ」

ボーっとした頭で、体育座りをしていた膝を開くと、両膝に手を置いて、キャロルの身体《からだ》が入ってきた。

背中がとすんと俺の胸板にぶつかる。

こういう方式なのか。俺は油紙を再びかぶった。大きめの油紙は、どうにか二人分の体を覆ってくれたようだ。

キャロルの体は、まるで体温を感じられないほど冷たかった。体の芯まで冷えきっているのか、胸に抱いても温かみが感じられない。

手探りでキャロルの手を握ると、冷えた鉄でも握っているかのように冷たかった。冷えきっていると思っていた俺の手のほうがまだ温かい。

空気が乾燥しているせいか、キャロルの手には水気もなく、カサついていた。

しかし、こうして手を繋いでいれば、そのうち温かくなるだろう。

「ふう……」

キャロルは人心地ついたように息を漏らすと、

「温かい。最初からこうしていればよかったかもな」

ぎゅっと手を握り返してきた。

「こういうのは良くない」

良くない。

「なんでだ？　嫌か？」

「……お前の将来の夫に悪い」

「プッ……ククッ、フフフフッ」

キャロルは笑いを噛《か》み殺すように笑った。

「こ、こんな状況で、将来の夫か。フフフッ……」

「おかしいか」

「ああ、そんなの気にするな。命あっての物種だろう」

それはそうなんだけどな。

しかし、俺も煩悩を断ったブッダのような人間ではないわけで、この状況には何かしら感じるものがあるわけで。

キャロルが豚みたいな女だったりとか、臭いがひどかったりするなら別だが、自分の体臭も酷《ひど》い今では芳《かぐわ》しい香りのように感じるし。

まあ、今日は疲れきってるから、性欲以前に休みたい、眠りたい、のほうが大きいからいいが。

「そうだが、こんなことは男にしないほうがいい。こんな状況だから仕方がないが」

「お前じゃなかったらしないよ。気持ち悪い」

………えーーっと。

「……寝るか」

俺は苦し紛れにそう言った。

「そうだな……」

体が暖かくなると、思ったより早く意識が薄れていく。

俺はキャロルの心地よい体温を感じながら、眠りの底に落ちていった。

Ⅲ

現ドレイン伯であるピーノック・ドレインは、森の中で部下と会っていた。


ドレイン伯家は、伯爵家としては比較的豊かで大きな領地を持っており、兵力として常に約四百名の兵員を抱えている。その兵は、稀《まれ》には隣接貴族との小競り合いで使われることもあるが、大抵の場合はより大きな公爵などの大貴族の要望で出陣し、普段は領内の治安維持に務めている。

より大きな兵力を必要とする際は、領内の自作農や農奴に兵役を課すことで一千名ほどの軍にすることもできるが、今回はそのようなことは行わず、四百名の兵から更に半分の二百名の兵を募って率いていた。

その軍隊は、封建的な契約関係にある騎士が少しと、常に一定数雇っているゴロツキを寄せ集めたような兵隊で構成されている。領内のゴロツキを雇っておくことで常設兵力の誇示にもなるし、放っておけば犯罪者になりそうな貧困層の男どもを集めることで、いざ山賊などの組織が現れたときには、領内の厄介者同士をぶつけるようにして消耗させることができる。

そういうやり方は、鉄砲の出現による戦争背景の変化に伴い、貴族らしい賢い統治法ということで、多くの貴族の間で採用されていた。

その中でも、ドレイン伯の軍は育成に成功した方であろう。

ゴロツキのまま山賊の軍と変わらぬような有様にある貴族も多いなかで、ドレイン伯の軍は先代の頃からの努力によって、訓練で鍛え上げる仕組みを少しずつ作った。

毎朝定時に起床させ、訓練させ、夜は適度な気晴らしをさせつつも、夜中までには就寝させる。

そういった規則的な生活に加えて、時には褒め、適度な誇りを持たせれば、多少なりとも節度を守った行動もするようになる。

そうやって、地道に練度を上げてきた。

北方十字軍への遠征隊にザイード王子自らの要望で抜擢《ばってき》されたのも、そういった地道な努力の成果だった。

根が山賊と変わらない連中であれば、そんな者たちに荷の警備は任せてはおけない。荷をまとめて奪えば金貨の一袋にもなるとわかれば平気で騎士を殺して荷を奪い、行方をくらましてしまう。

兵たちの出自が出自だけに、そういった例は完全に無くなりこそしないものの、ドレイン伯の軍にあっては十分許容できる範囲に収まっていた。

ドレイン伯の軍勢は、更に二つの隊に分かれている。

サンジャ・マカトニーとカンカー・ウィレンスという騎士が、百人ずつ兵を率いていた。更にその下に五十人長、二十人長、十人長と続く。

「ふむ、それで？」

ピーノックは先を促した。

「ここの他に二つの集落を見つけましたが、どれも焼かれていました」

とサンジャは言った。

「ふむ」

ピーノックが頷《うなず》いて返す。

三人がいる場所は、既に焼かれた集落であった。

といっても、クラ人が焼いたわけではない。どうやら、シャン人が自ら焼いていったものであるらしい。

こういったことをされると、侵略する側は非常に困る。兵馬の食は、侵略する当地で得るのが最も効率的だからだ。

「それ以外は？　魔族は見つけたのか？」

「いえ、一人も」

サンジャが応える。

「ふーむ……そちらはどうだ？」

ピーノックはカンカーに促す。カンカーとサンジャは、ともに百人隊を率いて半分ずつ捜索範囲を担当していた。

「はい。こちらには、少なくとも一人逃げているようです」

「ほう」

ピーノックは独特な仕草をした。

興味のそそられる報告を聞くと、唇を尖《とが》らせる。

今年三十五歳になるにしては似つかわしくない仕草だったが、直らない癖だった。

「ですが、その一人が、どうも手練のようでして」

「その男が例の魔族なのだろう？」

「いえ、話によると違うようです」

「話、とは？」

「攻撃された者が生かされました」

「ほう？」

ピーノックの感覚としては、それは少し変だった。

追われている人間が、追ってくる人間を生かしておくというのは、一体どういうことであろうか？

実際には、足を折っておき自分で歩けないようにすれば、その介護のために数人の人員が必要となる。そのため、カンカーの隊では既に二名がその任に当たり、通常の戦務からは離れていた。が、ピーノックにはそのような理解はない。

「拷問にかけるぞと脅されて、挨拶代わりに足を折られ、喋れば生かしてやると言われたら、ペラペラと喋ってしまったようです」

「ふむ。魔族ながらに信義に篤《あつ》いわけか」

拷問に際しては、喋れば殺さぬという約束をするのは自然であろう。

だが、本当に殺すか否かというのは別の話だ。そういう口約束なのであって、必ずしも守る必要はない。

それを守るということは、破ったところで誰かから誇《そし》りを受けるわけでもない約束でも、律儀に守ってしまう性格なのであろう。

そうピーノックは考えた。

「さあ、それは分かりませぬが。その時の話によると、その魔族は竜《ドラゴン》のことも、火災のことも知らなかったようで」

「ふむ？」

「どうやら、前の決戦で負け、散々に逃げた連中の一人らしいのです」

「なるほど？　そういう者もおるだろうな」

街道を駆け戻る者もいれば、森の中に入って追手を撒《ま》こうと思う者もいるだろう。

考えてみれば、いないほうが不自然だ。

「ですが、その者は、どうやらとんでもない手練でして」

「ほう？」

「すでに十人長が一人、兵が三名殺されています」

「なんだと？」

「足あとを追うと、罠《わな》が仕掛けてあるようなのです。十人長が殺された時は、こう」

カンカーは前腕で腹を叩いた。

「地面に張ってあった縄か何かを踏んだら、しなった枝が斜め下から飛んできたと……」

「枝が飛んできただけなら、大したことはあるまい」

「矢が括《くく》りつけてありました。殺した兵から奪ったものです」

ピーノックは、情景を想像して顔を歪《ゆが》めた。

「ぬぅ……死んだか」

「死にました。腹に返し付きの矢が刺さっては」

「死んだのはいい」

十人長は騎士が叙任されるものではなく、ゴロツキの叩き上げが任されることになっていた。騎士でないなら惜しくもないし、北の地まで来る道中でも資材を狙った賊との戦いで一人失っている。

「だが、その魔族が本当に手練なら、なぜこんなところをうろついているのだ？」

「分かりません。それほどの手練であれば、とっくに逃げ去っているはず。未だ留《とど》まっている理由は……なんとも」

そこが疑問な点であった。

彼らドレイン伯の軍は、指令が下されてすぐに街道に馬を飛ばし、先回りして森を捜索することになった。

だが、指令が下されるまでの三日のロスは致命的な初動の遅れを招いていた。

三日あれば、日頃鍛えた人間であればかなりの距離を歩くことができる。決戦から五日も経《た》とうとしているのに今頃こんなところをほっつき歩いている者は、余程のノロマか、怪我人か間抜けだろう。

こと軍においては、手練であれば例外なく健脚であるのが普通だから、有能な手練がまだこんな所にいるのは変であった。

「足を怪我しているのではないか？」

「それはないと思います。話では、十歩の距離をまたたく間に詰めたとか」

「ふむ……だが、足が遅いのは確かなのだろう」

「病気なのかもしれません。腹をこわすとか、そういったたぐいの」

「はっ！　魔族が下痢か」

ピーノックは大して面白くもなさそうに吐き捨てた。

「ですが、その魔族が手練なのは被害から考えて確かなのです。どういたしますか？」

「どういう意味だ？」

「しつこくも追った方がよいでしょうか」

カンカーにしてみれば、この魔族は見逃したかった。

実は、生き残った馬鹿な兵士がさんざんに法螺《ほら》をふき、さらに十人長が一人死んだことで、兵の中に怯《おび》えが出てしまっている。

さらに言えば、足あとを追跡《トレース》することに慣れた猟師出身の兵隊は限られており、殺された三名（うち二名は罠で死んだ）は全員がその手の者だった。足あとを探るには先頭に立たなければいけないのだから、真っ先に罠の餌食になるのは当然である。

経験がなくとも追跡仕事はできなくもなかったが、ただでさえ暗い森で、黒い腐葉土の土に刻まれた僅かばかりの窪《くぼ》みを探して歩くのは、どうしても遅々とした作業になる。

つまり、隊が持つ捜索能力が減退しはじめているのだった。

それでもゴロツキどもの尻を叩いて仕事をさせることは可能だ。だが、それで更に何名かの犠牲を出したあと、得られるのは何の変哲もない男の魔族一匹では、とてもではないが割にあわない。

喉を潰して犯人に仕立てあげるにしても、それなら怪我をして置いて行かれた雑魚のような魔族でも十分なわけで、そういった連中は海側ではたくさん捕まっていると聞く。

わざわざ森の中を逃げ回る手練を選び、多大な手間と犠牲をかけて捕まえる必要はない。

「もちろん、追え」

が、ピーノックの返答は無情だった。

「教皇領のパラッツォ卿《きょう》から直々に申し付けられた仕事だ。ザイード王子の期待は大きい。兵の十人や二十人、構うものか」

「ですが、先ほど申し上げましたとおり、その魔族はただの脱走兵である可能性が高く……」

「たかが兵の話など、どれだけ信じられるか分かったものではない。それに、本物でなくとも一匹くらい捕らえなければ、ザイード王子に対して面目が立たぬのだ。サンジャの隊は人っ子一人見つけておらんのだから……そうだったな？」

「……はい」

普通の人間であれば、歩きにくいに決まっている森をわざわざ歩いたりはしない。

先の戦場では、瓦解したといっても殿《しんがり》を務めた敵軍がしっかりと仕事をしたこともあり、退却はおおむね整然としていて蜘蛛《くも》の子を散らしたような騒ぎにはならなかった。

捜索範囲の半分を担当しているサンジャの隊は、見事に一人も捕まえていなかったし、逃亡する者を発見してもいなかった。

見つけたのは、家で自害している老人くらいのものだ。

「そういうことであれば、了解しました」

だが、ピーノックの言い分にも、理がないわけではない。

カンカーは頷いた。

「それでは、頑張ってくれたまえ。解散」


カンカーは、その日のうちに馬を飛ばして部隊に戻った。

ツギハギの天幕が一つ張ってあるだけの小さい野営地に、数人の痩せた伝令と、二人の五十人隊長がいた。

痩せた、というのは長距離を走るに適した、という意味で、痩せ衰えているという意味ではない。

通常、伝令というのは無事に任務を果たすために馬術の腕を求められるものだが、森の中ではなんの役にも立たない。

代わりに必要とされるのは、森の中を走り抜ける体力だった。なので、カンカーは長距離走が得意な人間を選抜し、伝令に仕立てあげていた。

カンカーが到着すると、全員が椅子から立ち上がり立礼をした。

「休め」

と短く言うと、全員が楽な体勢をとった。

椅子に座る者もいる。

「ピーノック様は例の長耳を捕らえて欲しいそうだ」

「うへぇ……」

聞こえないくらいの小声でそう言ったのは、五十人隊長の一人だった。

ここ数日で何度か合議をしたが、彼の意見からすると、目標の長耳二人は既に海沿いに出て敵王都まで辿《たど》り着いてしまっている。なので、こんな森を捜索する担当になったのは、つまりは最初から貧乏くじであり、労のみ多く益の少ない仕事なのであった。

カンカーからしてみれば、そうとは限らないではないか。という考えがあったが、そういう結論に至ってしまうのは、浅慮とは思うが理解できないこともなかった。

そして、そういう考えでいるのであれば、あくまで捕まえろという命令に対してうんざりする気持ちになるのも当然であろう。

「安心しろ。私が直接指揮をとる」

「え？」

「意気消沈の軍では、どうせ捕まえきれない。お前たちの中から使える連中を集めて私がもらう。お前たちは……あとは適当にやってくれればいい」

「何人ほどですか？」

「それぞれ五人程度でいい。もちろん、足あとを追える者は優先的に差し出せ。お前たちは、引き続き面で追っていけばよい。私は例の一人だけを追う」

◇　◇　◇

「……起きろっ。起きろっ」

耳元で小声で言われながら、俺は目を覚ました。

身を寄せあっているキャロルが、ポンチョの中で顔を近づけて俺を起こそうとしていた。

月明かりにキャロルの顔が照らされていた。まだ夜であるらしく、朝日が差している様子はない。

「……どうした？」

目をこすりたいところだったが、密着している体勢では身じろぎをするのもはばかられた。

「何か臭いがするんだ」

「臭い？」

臭いでいえば、体には相当汚れがたまっているので、臭いは酷いはずだが。

「焚き火の臭いというか、焦げ臭いような……」

「……っ！」

それは大問題だ。

一気に眠気が覚めた。

鼻を使ってスンスンと臭いをかぐ。だが、かぐわしい女の体臭がするだけで、臭いは分からなかった。

「分からん。一度脱ぐぞ」

「うん」

ぱぱっとポンチョを脱ぐと、俺は立ち上がってキャロルから離れ、再び鼻を使った。

やはり臭いは感じられない。

だが、ここ数日のキャロルの感覚は冴《さ》えている。勘違いとも言い切れない。

「今は臭いがするか？」

「いや、しない。けどさっきは確かにしたんだ」

なら、風向きが少し変わったのかもしれない。

山火事ならともかく、焚き火程度の臭いなら、風向きが変化したせいで逸《そ》れてしまった可能性がある。

「感じたのはいつ頃のことだ？　ついさっきか」

「うん。そうだ」

俺はすぐに自分の親指を舌で舐《な》めた。風向きを確かめる。

少し逸れたとはいっても、向こうが火を焚いているとすれば、風上に遡れば発見できるかもしれない。

「それじゃ」

少し見てくる。

と言おうとして、心のなかの何かがうずき、言うのをやめた。

風は、俺が今日キャロルを背負って歩いてきた方向から吹いてきていた。

そのまま風を追って敵を発見するまで歩けば、今まで歩いてきた足あとと反対向きの足あとが二重に出来てしまうことになる。それはまずい。

もし敵が明日の朝追跡を再開したとして、二重になっている足あとが自分の宿営所まで続いているところを見れば、当然「昨日の晩、標的は俺たちを見ていた」と考えるだろう。

そうすれば、俺が近い場所にいることがバレてしまう。

また、警戒も強まるだろう。

むろん、敵がまた二人組程度の連中であれば、夜のうちに俺のほうから奇襲をかけて始末してしまえばいい。もし眠っていれば何の抵抗もなく殺してしまえるだろう。そうしたら、足あともくそもない。

だが、場合によっては五十人ほどが集まって寝ている可能性もなくはない。

そうしたら寝ずの番の一人くらいは置いているだろうし、もし全員寝入っていても俺一人で皆殺しにするのは難しい。そうなったら足あとが敵に与えるヒントになってしまう。

この状況では一つのミスが命取りになる。だが、見に行かないという選択肢はない。

「見てくる。少し待っていてくれ」

目を凝らすと、新月から戻りつつある月のお陰か、夜目がそれなりに効くようになっていた。

足元くらいは見える。

俺は、軽くジャンプして出張った木の根に足を置いた。それを五、六回繰り返し、まずは十メートルほどの距離を足あとを作らずに離れた。

そうしてから風上に向かい始めた。

二百メートルほど歩くと、焚き火の臭いが俺の鼻でも明らかに分かるほど強くなってきた。

キャロルの勘違いではなかった。

更に百メートル弱歩くと、明かりが見えた。

光を見ると暗闇が見えなくなるので、注意しながら進む。すぐ近くまで接近すると、木の陰に隠れて慎重に様子を窺《うかが》った。

たくさんの男たちが、少し開けたところで横になっていた。

素早く数えると、十二人いる。やはりというか、クラ人の兵たちだ。

歩哨《ほしょう》が一人立っており、もう一人は焚き火にあたり、他は火を囲むように横になっていた。横になっている連中は、封筒のような形をした寝袋に入っている。

持ってきた弓を握り直す。

歩哨は鎧《よろい》をつけているが、胸と腹を板金で覆ったような半鎧だった。加えて背中を見せているので、弓で射れば倒せるだろう。

だが、もう一人、起きて焚き火にあたっている人物は、全身甲冑《かっちゅう》の、所謂《いわゆる》プレートアーマーを着ていた。

それは素晴らしい技術によって作られた王侯貴族が着るような鎧ではなく、金切りバサミで薄い金板を切り貼りして作ったような造りが雑な板金鎧だ。所々錆《さ》びているようにも見える。だが、どんなにボロかろうが刃が通らない金属が全身を覆っているのは事実だ。

まあ、普通に考えてこいつが部隊長格なんだろうな。

きちんとした強弓と鋼の矢尻を使うなら別だろうが、俺が持っている短弓と半分ナマクラのような矢尻では、どうにも鎧を貫ける可能性は薄そうだ。

もちろん兜は脱いでいるが、この距離から頭をピンポイントで狙えるような技術は、俺にはない。

部隊長を殺せば混乱させることは可能だろうが、成功率は残念ながら一割もないくらいだろう。

もちろん、一割の確率でもなんのリスクもなければ挑戦するのが正解だ。だが、実際にはリスクがある。敵が大騒ぎで追撃体制に入ったあと、俺は逃げ切る自信があるが、逃げ切ったとしても敵に情報を与えてしまう。俺がすぐ近くにいて、既に自分たちは追いついているという情報を。

せっかく暗殺できるチャンスなのでチャレンジしてみたい欲求はあるが……やはり、今は手を出さないのが賢明だ。どうせ藪蛇《やぶへび》になるなら、最初から何もやらないほうがいい。

俺は顔をひっこめた。

そして、薄明かりの中で、僅かに届く焚き火の明かりを使って、時計を取り出して時間を見た。

午後の九時だ。食事が終わって、眠るにはいい時間ではある。

全員が眠ってくれれば十二人は殺せる。だが、この様子では歩哨も含めて全員が眠るというのはありえないだろう。

去るか。

来る時と同じように、俺は音もなくその場を後にした。

「はぁ〜〜……」

しばらく歩いたところで、盛大にため息をついた。

貧血でもないのに眩暈《めまい》がした。胃が締め付けられるような感じもする。

あいつらがいたのは、まさに俺が昼間に通ったところだ。俺が、ちょっと開けてるしここで夜を明かすかと一瞬思って、いやまだ歩ける。とスルーした場所だ。

つまり、連中は明らかに俺の足あとを追っている。

そして、絶好のタイミングで夜襲をかけても、俺には連中を殲滅《せんめつ》することはできない。

もう一つ条件が加わる。キャロルを背負ったままでは、俺は連中より足が遅く、明日か、運が良くても明後日《あさって》の午前中には必ず追いつかれる。

そうしたら終わりである。ということ。

苦しい。

だが、死ねない。

いつもは、どうしようもなくなったら無念の中で死ぬのも一興、などと考えていた俺だが、今はそれでは済まされない。

俺の生死は、キャロルのそれと重ね合わせになっている。死ねないし、負けられない。

だが、負ける。もう俺たちは詰んでいるのだ。

追いかけられていると分かっていても、土を踏まずにキャロルを背負って歩く方法などない。背負ったままでは歩くのがやっとで、さっきやったように木の根を跳び移りながら移動することはできないのだから、二人の状態では足あとを消せない。

終わりを意識すると、死の足音が聞こえたような気がした。心臓の脈が速くなり、呼吸が荒くなり、神経が乱れ、手が小刻みに震え始める。

いや。

この考えはいけない。

恐れるな。

諦めて、投げるな。

どんな時でも可能性はある。穴のまったくない包囲などない。

人間がやることなのだから。

俺と同じで、相手も間違いを犯す人間なのだ。

絶対に間違いを起こさない神のような存在と戦っているわけではないのだ。状況を覆す選択肢は必ずある。

問題は、俺にそれを発見できる能力があるのかということ。そして、実行できる能力があるのかということだ。

何より、小さな可能性だからと、諦めてしまうことは、俺にはできない。

一人だったころの俺なら、いつでも諦められた。俺の命は、必死に頑張るほどの価値はなかった。簡単に見捨てて、いつでも諦めてしまえる程度のものだった。

だが、今はキャロルの運命と紐《ひも》付けされてしまっている。たとえ可能性がなかったとしても、やるしかないのだ。

心臓が張り裂けるまで。

「……っ！」

キャロルのところまで戻ると、少し身じろぎしたのが見えた。

「俺だ」

そう言うと、緊張が緩んだ気配がした。

敵かと思ったのだろう。

「どうだった？」

「ああ、居たぞ。十二人、今日俺が通ったまさにその道に野営していた」

「……そうか」

淡々とした返答だった。

「じゃあ、もう終わりだな。明日には……」

「まだ何も終わっちゃいない。何もな」

「……そうか？　何か策があるのか？」

「ああ。帰ってくる間に考えた」

「聞かせてくれないか？」

教えるのか。

……まあ、それもいいかもしれん。軽くでも教えないと不安だろうしな。

不安といっても、それは留守番する子供を安心させるレベルの話ではなく、この場合は悲観して首を掻《か》き切るレベルまで発展しかねないから、切実な問題だ。

「そうだな……簡単に言えば、俺たちが追いつめられてるのは、弱点を抱えてるからだということに気づいた。足が遅いというな」

「……うん、そうだな」

自分のせいだと思っているのだろう。キャロルの声色はどこか儚《はかな》げだった。

「敵と戦う前に、その点を一度整理する必要がある。こちらの弱点を晒《さら》して、相手にそこを攻められる戦いをしたら、負けるのは当たり前だからな」

「うん」

「そして、よく考えたら、敵のほうにも同じように弱点があることに気づいた」

「そうなのか？」

「ああ。だから、こちらの弱点をなくして、相手の弱点を突く。相手の嫌がることをしようと思う」

「……分かった」

？

分かったってのは、何が分かったんだろう。

ああ。

「私を置いて戦ってくるということだな」

こいつ本当に冴えてるな。墜落してからこっち、こいつも背負われてるだけじゃなく、必死に自分にできることをしようとしている。

「言っておくが、それもこれも、お前の鼻のおかげだ。敵をこちらから発見したのはめちゃくちゃ大きい。お前のおかげで救われたようなもんだ。これは気休めじゃなくな」

今日の発見がなかったら、明日は追いつかれるまでのほほんと歩くことになっていたろう。

そうなったらホントのホントに終わりだった。

「いいんだ」

「何がいいんだ？」

「……私は足手まといだから」

足手まといとか。

「俺は好きでやってるだけだ。お前が気にすることじゃない」

「違う。私のせいだ」

「そうじゃないって何度も言ったろ」

「ちがう……ふっ、うっ……」

何か様子がおかしい。

「ふがい……ないっ……ぐ……くぅ……うぅう……」

涙声だ。

泣いてるのか。

そして、なんだかパシパシと何かをしている音が聞こえはじめた。薄ぼんやりとしか見えないが、自分の足を殴っているらしい。

「おい、やめろ。一体どうした」

俺は訳が分からずそう言った。

「この足が……動けばっ……」

「怪我してるんだからしょうがないだろ。おいっ」

俺はしゃがむと、キャロルの腕を暗闇で摑んだ。暴れられたら困ると思ったが、キャロルは暴れることなく力を抜く。

「この足が動けば……一緒に戦えたのに……っ」

キャロルは絞りだすように言った。

その気持ちは分かる。

俺だって、立場が逆だったら辛いだろう。

今まで学んだ戦いの術を発揮することもできず、キャロルに守られるだけだったら。

だが、俺はキャロルを重荷に感じているわけではないのだ。キャロルがもし守る価値を感じない屑《くず》のような人間だったら、重荷に感じて仕方がなかっただろう。

しかし、現実に、今の俺はそんなふうに感じていない。

「そうだな……だが、俺は悪くないと思ってるぞ」

「……何がだ？」

「俺だって命がけなわけだけどな、お前を守るために命をかけるのは、まったく悪くない気分なんだ。自分でも意外なほどにな」

「……えっ……」

これで気が楽になってくれればいいんだが。

まあ、気休めにでもなればいいだろう。

「ともかく、話は後だ。今晩はやることが山程あるからな。さっさとここを移動する」

Ⅳ

仕事を終えて、キャロルのところに戻った時には、夜はもうすっかり明けてしまっていた。

「ユーリ」

顔を上げたキャロルは、寒さで震えているようだった。

俺は歩き続けていたから体が温まっているが、キャロルは火も焚かず風に晒されたまま夜を過ごしていたのだ。一睡もしていないのだろう。

俺は、持っていた荷をドサドサと落としていった。

べつに必要な荷物ではなく、単なるウェイトとして背負っていった荷物だ。

キャロルと荷物の両方を置いていってしまうと、体重が半分以下になってしまう。足あとの沈み込みが急に小さくなったら不審がられると思っての判断だった。

「何かあったか」

「あった。三十分ほど前、叫び声が……」

「そうか」

自分でも驚くほど心が動かなかった。

事実を受け止めている。もう手は震えていない。震える気配もなく、眠気もなく、体の力は適度に抜けている。

過度の緊張は神経を過敏にさせ、筋肉の制御を失わせる。

手が震えるのは、神経が興奮物質に侵されて筋肉が勝手に動くからだ。火事場の馬鹿力は出るのかもしれないが、それでは精妙な動きは失われてしまう。

今は、そんなことはない。体は自分の思った通り、自由自在に動く。覚悟を決めたからなのか知らないが、とにかくいい傾向だ。

「悪いが、短刀はお前の分も借りて行くぞ」

「……うん」

「代わりにナイフを置いていくからな」

俺は料理に使っているナイフをキャロルに渡した。刃渡りは短く、さほど鍛えられたナイフではないが、もしものときに自決する程度の用には足りるだろう。

「………」

「?」

無言で顔を見つめる俺を、キャロルは訝《いぶか》しげに見つめ返した。何か言葉をかけようと思ったが、見つからない。

「……じゃあな」

結局、特に言うことを思いつかず、短い言葉だけ残し、軽く手を振った。

「……うん、頑張って」

俺は、返事をせずに歩き去った。

キャロルが居た場所から足あとを努めて隠しながら少し歩くと、昨日寝ていた場所にたどり着いた。

昨日、俺はここからキャロルを背負い、あらぬ方向に向かって移動し、さきほどの場所にキャロルを下ろした。そして、手作りのたいまつを片手に、足あとを丁寧に手で消しながらこの場所まで戻った。

そうして、改めて森の奥へ歩いていった。

連中は、俺たちが寝ていた場所を見つけるだろう。そこで荷を下ろし、眠ったことも察するはずだ。

そこから足あとが残っていないのであれば、俺が消した足あとを注意深く探して見つけるはずだ。だが、それとは別にくっきりと残った足あとが更に先へと延びているのであれば、わざわざ疑って隠れた足あとを探したりはしない。

現実に、大量の足あとが昨夜俺が歩いた先へ向かって進んでいるようだった。そうでなかったら、先ほどキャロルが無事ではいなかっただろう。

そして、俺は昨夜、アラーム代わりになるかと思い、そこに罠を一つ仕掛けておいた。

こっそりと近づくと、その罠には引っかかった痕跡があった。

まず、細い撚紐《よりひも》が、木と木の間にスネの高さで張ってある。その紐は跨《また》いでいったようだった。切断することで別の罠が動作しないとも限らないと思ったのか、紐はそのまま残っていた。

だが、この紐は本当に横に張ってあるだけで、足を引っ掛けても転ぶだけなのである。本命となるのは、これを跨いだ向こうにある穴だった。

シャベルで軽く掘ったあとに矢尻を立て、その上から枯れ葉を乗せただけの穴は、踏めば矢尻がザックリと足裏に食い込む。

ロープを跨いだ大股の一歩目は体重が乗るはずなので、とっさに体重を後ろ足に戻すといったことも難しい。

二個作った穴は、片方に明らかに踏んだ形跡があり、鮮血が土に滲《にじ》んでいた。踏んだ後、その場にぶっ倒れてもんどり打ったらしく、ごちゃごちゃと地面を荒らした跡が見て取れる。もう片方の罠は踏む前に察知されたのか、軽く掘り返されて矢尻を撤去してあった。

まあ、二個とも踏んだら馬鹿すぎるわな。

二つ穴を作ったのは、穴が一つでは右足で跨いだ場合と左足で跨いだ場合とで、両方をカバーすることができないからだった。

なので、一つが不発なのは想定内だ。

刺さらなかった方の矢尻は、そこらに放り投げでもして処分したのか、見当たらなかった。だが、もう一方の矢尻は、血にまみれたまま近くの地面に落ちていた。

ボロ布で軽く拭いて、物入れに回収しておく。

ついでに、撚紐も回収した。改めて足あとを見ると、その場で軽く止血をして、怪我をした人間も帯同して歩いていったようだ。

止血といっても、きつく縛っただけなのだろう。完全ではないらしく、血の痕跡がスタンプのように足あとを作っている。

それを辿って、俺は更に進んでいった。

数百メートルほど歩くと、そこに人がいた。

負傷をかかえた足をおしてしばらくの間はついていったが、結局は置いて行かれてしまったのだろう。一人の男が地面に座り、力なく木に背を預けていた。

右足からは血が出て、地面に血溜《ちだ》まりを作っている。

キッチリと縫合していても、足の裏に矢傷を負った状態で道を歩くなんてのは無理がある。ただ縛っただけの止血ではなおのこと無理だ。

人間は一リットルも血を流せば血圧が下がって

くる。二リットルも出血すれば死んでしまう。傷口が開いた状態の足で、とめどなく血を流しながら歩いていれば、そのくらいの血液が流出するのはすぐだろう。

死んでこそいないものの、すでに意識はかなり朦朧《もうろう》としているはずだ。

顔色もずいぶんと悪い。

「よう、置いて行かれたのか」

俺はテロル語でそう話しかけながら近づいた。

男は顔をあげると、俺を見た。

俺は耳を隠し、服は竜騎士《ドラゴンライダー》から奪ったものを着ている。意匠は違うが同じクラ人の服なので、シヤルタのものほど異質には見えないだろう。

元より多種多様の軍隊の寄せ集めなのだから、さほど不審がられはしないはずだ。不審がられるとすれば、むしろ若すぎるという年齢の点だろう。

男はまるで疑っていない様子で、死の間際に現れた救い主を仰ぐような目で俺を見た。おそらくは三十代にさしかかったようなおっさんだった。

「そうだ……悪いが、助けてくれないか」

「そうだな。その役目だ」

俺がそう答えると、男は再びうつむいた。

俺は男に近づく。

俺は短刀を鞘から抜くと、

「おい、大丈夫か。俺の目を見ろ」

と言った。

男が顔を上げた瞬間、横にした刃を喉に差し入れる。

鋭く研がれた名刀の刃は、殆《ほとん》ど何の抵抗も感じさせずに、つぷっと男の喉を貫いた。

「オッ……カッ」

短刀の刃は、その刀身で気道を閉塞した。

叫ばれては困る理由があった。大声が届く範囲に連中が残っている可能性は十分考えられる。

「……ッ…」

男は俺を攻撃しようと、剣の柄に手をかけた。

だが、男の剣は抜けない。俺が空いた左手で柄《つか》頭《がしら》を押さえ、剣を抜けないようにしていたからだ。

剣が抜けないことがわかると、男は俺の腕を掴み、精一杯の抵抗をしたが、元より血を失った状態で窒息までしていては、ろくに力がでないようだった。

そうしているうち、ジタバタもなくなり、完全に息の根が止まった。

それからさらに十秒待ち、俺は短刀を引き抜いた。心臓が止まっているので鮮血が吹き出すことはないが、喉に溜《た》まっていたのか、短刀を抜いた穴から血がどろりと溢《あふ》れてきた。

死体漁りのようで若干気分が悪いが、俺は早速といわんばかりに、男の持ち物を漁った。

まずは剣だ。

短刀のほうが使い慣れているが、短刀は両方ともシヤルタ王国の意匠で作られている。武器としては、剣を帯びていたほうが疑われないのは間違いない。

そう思って剣を鞘から抜いてみると、やはりというか両刃の直剣だった。長さが短めである以外は、厚みも広さもこれといって特徴のない普通の剣だった。あえて分類するとすれば、ショートソードということになるのだろうか。

俺が訓練を受けてきたのは反りの入った短剣なので、諸刃《もろは》の直剣などというものは尚更《なおさら》慣れていない。ほとんど興味を失いながら、どれほどのものかと、地面を使って剣を反らせてみた。

……全く反らない。

まるでカッターナイフの刃を重ねたような、ギシギシとした感触が腕を撫《な》でた。

赤熱するまで焼いた鉄を、冬場の水にボチャンと落として、そのまま引き上げて軽く研いだ。といった感じの剣だ。

これでは頼りにできない。例えばドッラが振るうような剛槍《ごうそう》の一撃を受けようとすれば、枯れ枝のようにポキッと折れてしまうだろう。あまり期待していなかったが、幾らなんでもこの剣を使おうとは思わなかった。

他の荷物を漁る。

背負い袋の中にあった食料の他に、腹に巻いたポーチのような袋からは、何故《なぜ》か鉄砲道具がでてきた。男は鉄砲を持っていないし、見た限りでは近くに置いてある様子もない。

ポーチには、鉛の粒が詰まった袋と、火薬の袋が入っていた。

鉛の粒は、熱して溶かして弾丸にするためのものだ。弾丸にするための器具は、簡単に言えばたい焼き器のような形をしていて、たい焼きの代わりに弾丸の形をした丸い空洞が開いている。大きさはさほど大きくはなく、片手で扱えるサイズのものが一般的だ。

鉄砲の口径は共通規格で何ミリなどと決まっているわけではないので、作りおきのものを持っていって各兵に配るという方法は非効率的だ。配ったとしてもそれぞれの銃の口径が違うので、大きすぎて銃の口に入らないかもしれないし、小さすぎてまともに飛ばないかもしれない。なので、鉄砲には予《あらかじ》め口径を合わせてある器具がセットになっていて、兵には鉛粒を配り、弾は各々が鉛を溶かして製作することになっている。鉛の溶点は三百度程度なので、焚き火で十分溶けるのだ。

たい焼き器とは別に小さいオタマのような器具があって、オタマに鉛の粒を入れて焚き火で炙《あぶ》り、溶けた鉛をたい焼き器の中に注ぎ込むことで弾丸は完成する。

男は、鉛の粒は持っていても、たい焼き器とオタマのほうは持っていなかった。そっちは鉄砲と常にセットで扱われるものなので、回収していったのだろう。

鉛の粒と火薬を置いていったのは、それらは足りているので必要ないという判断からだろうか。だとすると、敵方は少なくとも二丁以上の鉄砲を持っていることになる。

一瞬、ズンと心が重くなった気がした。

すぐに気を取り直す。暗くなっている場合ではない。

考えてみれば、ここまで道具を持っているということは、こいつは射手と考えていい。誰かが継ぐ形で鉄砲を持っているとしても、そいつは元々鉄砲手ではないだろう。

ともかく、火薬が手に入った。なんとか利用できないだろうか。

火薬は、別に鉄砲にしか使えないわけではない。一握りの火薬をただ燃やしただけでも、至近距離で肌を晒していれば火傷《やけど》を負うほどの熱量が発生する。少なくとも目眩《めくら》ましくらいにはなるだろう。

少しの間、考えこむ。

五分ほど考えていただろうか。

思うところあって男の荷物を再び漁ると、ちょうど良いものがあった。

銅の皿だ。普段乱暴に磨いているのか、傷だらけの上緑青《ろくしょう》まで浮いていた。

あると思っていた。軍では金属製の食器を使うことが多い。陶器の皿では背負い袋に入れているうちに割れてしまうし、木の皿は厚みがあってかさばるからだ。

これがあれば、多少使い道のあるものが作れそうだ。

俺は使うのを諦めた直剣を持って、辺りを少し歩いた。岩場が欲しかったからだ。すぐに人間の頭ほどの大きさの岩が地面に顔を出しているのを見つけた。

もう一つ片手に収まる石を探すと、剣を岩の上に乗せて叩いた。

石に挟まれた剣は、パキンッ、と簡単に二つに折れた。

破片が数個、勢い良く飛ぶ。今更ながら、たいへん危険なことに気づいた。破片が目にでも入ったら大変なことになる。服の中に入っても痛い目を見る。

男の死体があった場所に戻り、服を脱がすのは抵抗があったので、背負っていたバッグを回収し、中身を全部捨てた。丈夫な布なので、これを突き抜けて飛散するといったことはないだろう。

石のところに戻り、バッグで剣を包んで、飛び散らないように作業を続行する。

ぱきん、ぱきん、と剣を砕いていった。だいたいのところが終わると、穴だらけになったバッグに破片を包み、持ち帰った。

死体のところに戻ると、折れた剣の柄の部分を使って、銅の皿に一直線に溝を入れた。何度か繰り返して溝をある程度深くする。それが終わったあと、皿に剣の破片を並べた。

火薬袋から摘《つま》みだした火薬を長く切ったボロ布に擦り込み、即席の導火線を作る。それを火薬袋に差し入れて、皿の真ん中に置いた。

そこでふと気づいた。

鉛の粒も入れておこうか。そのまま散弾のような効果を発揮するかもしれない。

鉛粒をジャラジャラと入れようとして、少し考えてやめた。一摑《ひとつか》み程度にしておこう。飛《ひ》翔体《しょうたい》の質量があまり大きくなりすぎると、力が分散されすぎる恐れがある。肉どころか皮で止まってしまうようでは意味がない。

最後に、銅の皿を切れ目に沿って力任せに曲げ、導火線を挟んで折りたたみ、火薬と鉄片と鉛粒の銅板サンドイッチを作った。

大分時間がかかってしまった。時間をかけた甲《か》斐《い》があればいいが。

急がなければ。


夜の間に、俺は一度、この道を先まで進んでいた。

そして終点に罠を張ると、来た道を自分の足あとを踏み直すようにして戻った。これは野生動物が巣の位置を捕食者から隠すために使う技術で、バックトラックという。

百メートル弱程度の距離をやったところで、さすがに疲れて足あとを隠しながら脇に逸れた。

つまり、Oの形で遠回りをしてキャロルのところまで戻ると敵がそのままついてきてしまうので、Pの形で戻ったわけだ。

俺は既に、その逸れた地点を通過していた。つまり、足あとはもう百メートル弱しか残っていない。

連中の足あとは、バックトラックの違和感には気づかず、更に先へと進んでいた。

まさに終点のところで、木々の隙間に人間の背中が見えた。敵はすでに終点まで到着していたようだ。

俺の足あとが途絶えてしまったので、付近を捜索しているらしい。そこから先に足あとはないのだから、しばらくすれば来た道を戻って隠された足あとを探し始めるだろう。

俺はその場でさっと身を隠し、連中を良く観察した。

さて……。

昨夜の偵察で見た時、敵は十二人だった。一人減ったので十一人いる計算になる。木に隠れているので全員は見えないが、見える範囲で五人ほどもいるので、全体で十人くらいはいそうな大所帯に見える。別働隊を分けて行動しているわけではなさそうだ。

今は、ちょうど終点のあたりに武装以外の背負い荷物をすべて置き、捜索に移っているらしい。

うち一人は、荷物を部下に持たせる代わりに、自分はプレートアーマーで重武装していた。目立つのでよく見える。

十一人いても手製爆弾とか使えばいけるだろう。

そう考えていた時期が俺にもありました。

十一人は移動中ではなく探索中という感じで、やや散開している。密集ではなく、直径七メートルくらいの広さでや、や、や、や散開し、足あとを探っている。

面倒な状況だった。

散開されていては、爆弾をポーンと投げて上手《うま》い具合に爆発したとしても一人二人殺せればいいところだろう。はっきりいって加害半径が十メートルもあるとは思えない。

逆にめいめいが十メートル以上も離れていれば、

弓矢があるので各個撃破もできそうなのだが、この程度のバラけ具合だとそれも難しい。仲間に矢が突き刺さったら、悲鳴なりなんなりですぐに気がついてしまう。

そうしたら、全員が襲いかかってくるだろう。

絶妙に厄介な散開の仕方だった。

どうするか……。
二、三分も考えていただろうか。
あまりいい案は思いつかなかった。直接襲いかかっても不利だし、暗殺のような形で殺していくのもどうやっても難しい。

とはいえ、キャロルを置いてきた今、俺は敵が追いつけない速度で森の中を走ることができる。元々不利になったら逃げて、走る速度の差で敵がバラけたら各個撃破するという作戦だったのだ。

俺にだけ使える方法を使って、敵を一ヶ所に纏《まと》めてみよう。

とはいえ、あまりにシャン人丸出しの武装をしていたのでは無理がある。槍は置いていくべきだろう。逃げ出した時に素早く回収できるように、刃で印をつけた木の後ろに立てかけておいた。

少し悩んで、折った直剣も捨てておいた。鞘に納めることができるので、カモフラージュに腰に差していこうと思ったのだが、考えてみれば今追っている敵の仲間が持っていた直剣だ。鞘の色や形を覚えている者が一人でもいたら困ったことになってしまう。

不安ではあるが、短刀と弓矢だけ持っていこう。どっちみち、槍は短くしてしまったので一般的な剣くらいの長さしかない。

俺はなるべく自然な調子で歩き出した。

V

トコトコと歩くと、敵の背中が見えてくる。

気づかれそうな間合いに入っても、ビビってはいけない。堂々としているのが肝要なのだ。

背中に下げてきた弓と矢が惜しい。爆弾を諦めて遠距離から狙えば、一人二人には致命傷を与えられたかもしれない、という思考が今更よぎった。

一番後ろで地面を見ていた壮年の男が、こちらに気づいて顔をあげた。

「ンッ!?」

何か変なものを見た。という顔をしている。

もちろん、俺は頭に布を巻いているので一見してシャン人だとはわからないはずだ。

「おう、やっと追いついた。お前らは魔族を追っている連中だよな?」

俺はテロル語を使って言った。

「?.?.?　そうだが……?」

「指導者はどこだ?」

「指導者??」

やべぇなんか変な反応だ。ちょっとニュアンスが違ったようだ。

「ンンッ。指揮官だ」

「指揮官か。それであんたは何者だ」

指揮官でよかったらしい。

指導者という単語はちょっと相応《ふさわ》しくなかったのか。

危ないところだった。今更引けないが、ボロボロでてくるのは避けられんな。

「教皇領のエピタフ・パラッツォの命令で来た。挺身《ていしん》騎士団の者だ」

教皇領軍の代表がエピタフという男なのは知っていた。教皇領軍を選んだのは、テロル語にも方言があるからだ。俺のテロル語はヴァチカヌスにいたイーサ先生から教わったものなので、騙《かた》るなら教皇領の軍という設定にしておくのが一番不自然がない。

「そ、そうですか。失礼を」

「いい」

なんかやべぇな。

ちょっとフランクに接しすぎている気がする。最初のキャラが間違ったか。

とはいえ、俺の外見はまだ少年にしか見えないはずだ。今更だが、よく考えてみたらそっからして不自然なんだよな。

まあいいか。逃げるタイミングの見極めだけは間違えないようにしよう。

「隊長！」

男が大声を出すより先に、プレートアーマーの男はこちらを向いていた。

顔を覆う面頬というか、マスクのような部分は上にあげられている。あれがどういう着心地なのか分からないが、年中下げてたら視界が悪くて仕方がないのだろう。

だが、こりゃマスクを下げられたら手出ししにくいな。

槍……それも先端が錐《キリ》のようになった手槍なら鎧を刺し貫けるのかもしれないが、短刀のような刃を滑らせて切断する武器だと鎧の部分はどうしようもならなそうだ。

「どうした」

「教皇領からの……たぶん連絡員か何かだと思うのですが……」

「なるほど」

「ごきげんよう」

俺はイーサ先生に教わったクラ人式の礼をした。左手を右の胸のあたりに添えながら、右手を大きく振る特有のジェスチャーをしつつ、すっと頭を下げる。

隊長と呼ばれた男は、俺の仕草を見て一瞬訝しげな目をした。

やばいな。

ニワカ知識を武器にそのスジの専門家と論戦してる気分だ。

イーサ先生から教わった知識で、教皇領についてはかなり詳しい（と自負している）ので、大丈夫かと思ったんだが。

隊長は、若干迷いつつも俺と同じようにジェスチャーを返してきた。

だが、その仕草はややぎこちない。

こういった鎧を着るような社会階層ということは、この男は貴族の一端に叙されている身分なのだろう。だとすれば、こんな挨拶は日常的にやっているはずなので、ぎこちないということはない。

俺が間違っていたのだ。俺がやったのは社交用の礼とか、宮廷挨拶用の礼とかで、武官が戦場でやるものではなく、田舎侍には馴染《なじ》みが薄かった……みたいな、そんな感じに思える。

「ごきげんよう。カンカー・ウィレンスと申します」

名乗られた。

名乗り返さなければ。

忙しいな。

「これは失礼。私は挺身騎士団のユグノー・フランシスである。パラッツォ卿の命令で来た」

とっさに偽名を作った。

こうなったら最後まで生意気な若造キャラで通したほうがいいだろう。イーサ先生から教皇領の貴族階級は格別に偉そうにしていると聞いたことがあるし、こんなもんでも通るだろ。

「それで、どのようなご用件ですかな」

「その前に、魔族の捜索状況を聞きたい。どのような段階にあるのか」

「順調にいっております。もう二、三日のうちには、必ずや首級をあげられるものかと」

どうやら不審人物とは思いながらも、俺を疑ってはいないらしい。

そらそうだ。

俺はテロル語ができる。

追っているシャン人がたまたまテロル語の話者だったなんて状況は、こいつにとっては思いもよらないことだろう。

向こうからしてみりゃ、シビャクで石を投げたら金髪女に命中したってくらい考えられない話だ。

「具体的に、今は何をしている？　どうやら立ち止まっていたようだが」

俺は分かりきったことを聞いた。

「足あとを追っているのですが、どうやらここで途絶えているようなので、続きを探し始めたところです」

意外にも正直に喋った。見栄《みえ》を張って連絡員に嘘をつくつもりもないらしい。

しかし、「続きを探していた」ではなく「探し始めたところ」なのか。

すると、こいつらはさっき到着したばかりか。

爆弾作りに思ったより時間を使ってしまったので、もう結構長いこと捜索しているものかと思い込んでいた。

「ふむ、ということは、魔族のほうは我ら追手に感づいているらしいな」

「それは……どうでしょう」

「私も貴殿らの足あとを追ってきたのだが、貴殿らが今のように散開して足あとを探していた形跡はなかった。察するに、今初めてそうなっているのだろう」

俺がそう言うと、カンカーと言うらしい隊長は、若干図星を指されたような顔をした。

「ということは、きゃつらは貴殿らに追いつかれたのを察して隠れているか、もしくは……我々を逆に奇襲しようと近くに潜んでいるのだ」

「そうでしょうか？　たまたま見失っただけで、先に進んでいる可能性も」

まあ、そうなるわな。

正論だ。

あー……ちょっとまずいな。

当たって砕けろという気分ではあったものの、こういう話の展開になるのであれば、もう少し観察しているべきだったかもしれん。

十分すぎるほど捜索させてから、満を持して俺が新兵器を携えて登場。ならば話は通じやすいのだが、どうも見たところ、こいつらは正味三十分も探索してないようだ。

そんな状態では、まだ「もう少し探せば先に行った足あとが見つかるかも」という意見が優勢を占めるだろう。

俺の「隠れて逆襲を狙っているよ」説は、十分探索して「これはどうもおかしい」と疑念が渦巻くようになって、そこで初めて考慮に入れるべき話だ。

あと三十分ほど探した後でなければ、説得力が出てこないだろう。まだそういう空気ができていない。

だが、もう後には引けん。

「そうか？　例えば、木の上などは調べたのか？　もしここから木に登り始めたら、足あとなど摑みようがあるまい」

実際に樹上を見上げると、まだ葉も揃《そろ》わないものの、上の方に登られてしまえば隠れた人を発見するのは困難だろうという程度には密集した樹冠が広がっていた。

木登りして通り過ぎるのを待つというのも、それはそれで一つの手段だろう。

樹上で発見されて矢を射掛けられたらどうしようもなくなってしまうので俺だったらやらないが、追い詰められた人間が取る選択肢としてはそんなにおかしなものではない。

「どうでしょう？」

カンカーは、肯定も否定もしない答えを返してきた。

あえていえば疑問だろうか。

それは表現として俺と衝突しないために疑問という形をとっているだけで、心中では否定しているのだろう。

全員で木の上を探せ、と言っても従わないに違いない。

全員が木の上に登ったら、カンカーに戦いを仕掛けて、慌てた連中は樹上から転げ落ちて怪我をする。という流れを思いついていたのだが、無理そうだ。

こいつは、自分の意見を強く持っているタイプなのか、なかなか揺るがない。

主導権を取りづらい。

「しからば、パラッツォ卿からとある兵器を預かってきている」

「ふむ？」

「これだ」

と、俺は手製爆弾を取り出した。

カンカーはそれを見て、訝しげな目をする。

「これは秘薬を練り込んだ炭を中で焼き蒸し、魔族にとっての毒を吐き出すものだ。付近に魔族がいたら苦しみだすので、居場所がわかる」

「……なるほど」

若干、沈黙が長かった。

「では、全員を集めてくれ」

「なぜでしょうか」

「魔族が出てきでもしたら、全員で倒しに行かねばならんだろうが。バラバラになっていたら、逃げられるかもしれん」

「ふうむ……」

何か引っかかる所があるらしい。

そらそうか。

この三文芝居だもんな。

だが、「いっぺんやるだけやらせてみろ」というのは、常に意見として一定の説得力を秘めている。

立場的に強いと言われている教皇領の人間（という設定）ならなおさらだ。

「しかし、その毒というのはヒトも害するものではないのですか」

そっちの心配してくるか。

確かに、シャン人だけを選択的に攻撃できるなどと言われても、それは劇毒か微毒かの違いがあるだけで、自分にとっても多かれ少なかれ毒なのではなかろうか。と考えるのはまともな思考だ。

農薬だって虫だけ殺すといっても量が過ぎれば人間にも害がある。

わざわざ部下を一ヶ所に集めて全員暴露させるというのは、御免被りたいってところか。

これもまた正論だ。

嘘をつくにしても、少しまずったな。

「正確に言えば、毒というのは間違いだな。長耳にとっては息ができないほどの悪臭を発するのだ。我らにとっては……そうだな、香りの強い木を燃やした程度にしか感じない」

俺は白々しい嘘をついた。

臭いだけ。

ちょっと臭いだけだから。

「ふむ……」

「わかったら、早く集めたまえ。パラッツォ卿は気の長いお方ではないのだ」

知らないけど。

こうなりゃゴリ押しだ。

しばらく考えこんだあと、ややあって、

「分かりました」

と了承すると、

「集合！」

と、カンカーは号令をかけた。

カンカーが号令をかけると、それを聞きつけた連中が集まってきた。

ひーふーみー……確かに十一人いる。

改めて見ると、装備があまりよくない。頭に鉄鉢のような錆《さび》かけのヘルメットをつけているのは一緒だが、服はそれぞれ色も仕立ても違う。その上に申し訳程度の胸当てのような革の防具をつけているのが、彼らの装備のすべてだった。胸当てには白い塗料で単純なマークが描いてある。混戦になったとき敵味方を識別するためのものだろう。

装備からして、彼らは金をかけて訓練された精鋭というわけではなく、民兵のような存在なのだろう。

集まってきたので、俺は爆弾に火をつけようとした。

ライターを取り出す。

「んっ……？　それは？」

カンカーが指摘をした。

「パラッツォ卿から賜った、昨今流行《はや》りの品だ」

もう全部適当言っときゃええわ。

「パラッツォ卿から直々に？　それは羨ましい」

「ああ、大事にしている」

「ところで」

ん？

「その服装はどこで手に入れられたのですか？」

あー。

「……偽装用として支給されたものだが？」

ここは演技力が問われるな。

服装に関しては、つまり俺は竜騎士が着ていた服を着ている。仕立ても無骨で、いくら戦場衣装にしても貴族が着るようなものではない。

「先ほど気づいたのですが、それは竜王国のものに見えますな。肩に彼らの紋章がついている」

ああ。

こりゃあかんな。

どうやら、エンターク竜王国のものだったらしい。

つまり、教皇領どころかイイスス教国のものでさえないってことだ。

殺した何名かの追手とさほど変わりがない服だったから、民族衣装だったのはターバンだけで、服はテロル語圏で標準的な意匠なのだろうと思っていた。

が、見る者が見れば違いが分かるものだったようだ。

やっちまった。

エンターク竜王国といえば、その名の通り竜を扱う国家の片割れだ。

偽装死体の身元がバレていると仮定すると、その服を着ているということは、こいつは今追っているシャン人その人である。という結論に至るだろう。

エンターク竜王国はココルル教の国だから、この服を着て参加している人間なんてのは、たぶん竜騎士一人だけだろうし。

だが、確証は得られていないはずだ。

かなり、相当に、有力な状況証拠ではあるものの、絶対的な証拠ではない。

確率が高いとはいえ、状況証拠にすぎないもので教皇領からの使者（自称）をいきなり切り捨てることができるだろうか。

それはリスキーだ。

「ふむ。貴殿は私を疑っているらしい」

「失礼ながら、そうですな」

　俺が限りなく怪しいと踏んでいるのであれば、なぜ手下を集めたのか。

　それは、俺の手製爆弾の正体がなんであるにせよ、直接的な脅威ではないと判断しているからだろう。

　常識的に考えれば、導火線に火をつけるには、火を熾すことが必要だ。あるいは火縄など着火済みの道具を使う必要があるが、こちらは確実に着火できるとは限らない。

　こいつは、俺が今持っているライターが即席に着火できる道具だとは認識していない。

「恐れながら、疑いを晴らすためにその頭巾を取って頂きたい」

　そうくるか。

　まあ、それが一番手っ取り早いわな。

　できない理由もないはずだし。

「ふむ……よかろう。つまらんことに時間を費やしたくない」

　俺は、耳を隠すために巻いていた布に手をかけた。

　ふぁさっ、と布を取ると、髪の毛が宙に泳いだ。

「これでいいな」

　俺はそう言って、改めてライターのフタを開けた。

「……ちょっと待ってほしい、良く見えない」

　それはそうだろう。

　よく見えたら大変だ。

　俺は、松明《たいまつ》の焼けた煤《すす》を、耳の上半分に塗っていた。

　俺の髪の毛は黒髪で、耳にかかる程度には長い。たとえ耳が出ていても、黒さに紛れて一瞬で確信できるものではないだろう。

「もういいだろう。後にしろ」

　俺はライターの火打ち石を削り、着火させ、それを導火線にかざした。

「待ちたまえ」

今度はそちらの判断力が試される番だな。呑気《のんき》で優柔不断な馬鹿であることを祈る。

「俺は貴殿の言うとおり、頭巾を外した。今度は貴殿が我慢をするべきだろう。耳の次は尻の穴まで見せろという気か？」

内心で早く火がつけ、と念じながら、表面を取り繕った会話をする。

「それをやめたまえっ！」

ライターに気づいたカンカーは、俺の手を握ろうとしてきた。

導火線に火がつき、ジジッという特徴的な燃焼音が聞こえ始めたのは、その時だった。

俺は手から逃れるように、一歩退きながらクルッとターンをすると、そのままの勢いで手製爆弾を下手投げに投げ込んだ。

爆弾はカンカーの股をくぐり、ちょうど後ろくらい、部下が集まっている真ん中あたりに落ちる。

部下たちは身内の内輪もめと考えているのか、まだ状況を飲み込めず狼狽《ろうばい》しているらしい。

「くっ……！」

カンカーは振り向き、俺の手製爆弾を見た。

拾おうとしたら阻止するべきだろうか？

「何を殺気立っているのだ貴殿は。長期の任務で少し頭がおかしくなっているのか？」

俺はついでのように煽《あお》った。勘違いは長くさせておけばおくほどいい。

爆風と破片はカンカーに防がれて俺には届かないだろう。あとは、爆発までどれだけかかるかが問題だ。

とりあえず、即爆発はしないようだが。

俺がすぐにでも逃げ出せるように身構えていると、

「誰でもいいっ！　その上に覆いかぶされ!!」

カンカーは唐突にとんでもない命令を下した。

それは非常に合理的で、この状況では最適といってよい指示だった。

そんなことをされたら非常に困る。

しかも、部下の兵は俺がした嘘の説明から、あれを危険物とは認識していないに違いない。だとすれば覆いかぶさるのに躊躇《ちゅうちょ》はないだろう。死を賭した自己犠牲心が必要とされるわけではない。

実際、ひどく従順な性格なのか、一人が早速覆いかぶさろうとしている。

まずい。

「やめろっ！　死ぬぞ！」

俺がそう言うと、その兵は覆いかぶさろうとするのを躊躇した。

やった。

と、思った刹那であった。

一陣の風が吹くような一太刀が、俺の顔面めがけて襲ってきた。

すんでのところで上体を反らして避ける。

「――おっと」

思わず、鼻筋を撫でる。

斬られていなかった。

「一応聞いておこう。死ぬとはどういうことだ？」

「比喩の一つだ。火傷をしてしまいかねない」

もう三文芝居をやめてネタバレをしたいところだったが、爆弾はまだ爆発していない。

それが問題だった。

不発の可能性も当然あるものの、もう少し待ってみたい。

この場から逃げたら、爆弾を置いてけぼりにして、連中を引っ張ることになる。そうなればせっかく爆発しても敵はそこにはおらず、森に音が響くだけである。

ということは、俺が壁となって、ここで食い止める必要がある。

が、自衛のために短刀は抜いておいたほうがいいだろう。俺は手に馴染んだ愛刀を抜いた。

「先に抜いたのは貴殿のほうだぞ。パラッツォ卿にどう申し開きをするつもりだ」

ひどい言い草だ。

どうでもいいが、なんだか虎の威を借りているようで気分がわりぃな。

「もはや問答は無用」

もうすっかり殺《や》る気らしい。

まあ、戦争中だし、場合によっちゃ伝令なんぞ殺して埋めて最初から来なかったことにすりゃいいもんな。

来てません、途中で殺されたのでしょう。で済む話だ。万全を期すのであれば、部下の十一人くらい口封じに殺してしまっても問題なさそうだし。

「では一騎打ちというわけだな」

「ム？」

「ん？　まさか貴殿、このような小刀しか持たぬ小兵相手に、一人では不足というわけか？」

「………………」

俺は舌戦をやめなかった。

一番嫌なのは、囲め、という命令が出て、部下が一斉に動くことだ。

そうしたら、兵は移動し、爆弾の意味はなくなる。

いや、この期に及んでも爆発しないということは、もはや爆弾は不発と見るべきか。

あれにあまり拘泥するのも良くない。

が、カンカーは部下に指示をしなかった。代わりに、長い柄のついた刃渡りが一メートル以上もあるような長剣を、ギュッと握りなおした。

「ヌウッ！」

カンカーは長剣を小枝のように操り、斬撃を繰り出してきた。

見た目の鈍重さに不釣合いな鋭敏さで、ピッピッと剣先が跳ねまわる。

袈裟《けさ》に薙《な》いだと思えば、瞬きするほどの暇もなく、瞬時に斬り上がってくる。

そこで止まることなく、次々と連続した斬撃が襲い掛かってきた。思わず冷や汗がでてくるような、キレのある剣術だ。

俺は繰り出される剣を避けつつ、堪《たま》らず二、三歩退いた。

やばい。

こいつはヤバい。ちょっと舐めてかかっていた。

技巧に傾いたソイムの爺《じい》さんとはまた違った強さだが、騎士院で槍を教えてるオッサンよりは確実に強い。

俺が今まで出会った中では、間違いなく最強の一角だ。気を抜けば瞬きする間に斬られる。

しかも、俺にはどうすることもできない。

さんざん鍛えてきた経験が、それを教えてくる。

単純に武器の相性が悪いのだ。

敵の武器がもう少し重い、例えば斧《おの》や矛槍のような武器であったら、機敏な動きで懐に入り込むことは容易だったろう。

が、こいつの攻撃は手が早い。それでいて短刀が届くに難しいリーチは十分にある。

カンカーは、引くのではなく、俺を圧し、引かせる選択肢を取ったのだ。

俺は、右手に持った愛刀の柄を手の中でくるりと半回転させ、逆手に握り直した。

ここで引くのはまずい。

逆手に握り直したのは、そちらのほうが受けやすいからだ。こんな斬撃を刃で受けたら、短刀の刃など一発で潰れてしまう。

この絶え間なく鋭い攻撃は、受けずに入り込むのは難しい。

こいつの斬撃は人を殺すには十分な重さを持っているが、全てが同じ重さとは限らない。そのことを、俺は知識としてではなく、身についた経験として知っていた。

カンカーは、右手を上にし、左手を下にして剣を握っている。

その場合、人間は、大上段や蜻蛉《とんぼ》のような構えからの打ち下ろしが一番力が乗る。右からの袈裟斬りも十分に力が乗る。

だが、左からの返しは、それらと比べると力が乗らない。それは、言わばフォアハンドとバックハンドの関係で、人間の体はそういうふうにできているのだ。

俺の顔面を狙って左から右に繰り出された斬撃を、上半身を軽く引いて避けると、俺は一歩ステップして踏み込んだ。

右手に逆手で握った愛刀を、両手で突き刺すように迫りくる剣に当てた。

刀の横腹を長剣の刃がスライドし、火花を散らしながら鍔《つば》と刃がぶつかり合った。ギンッという硬い音とともに、腕に鋭い衝撃が走る。

止まった。

が、次の瞬間にはフッと短刀にかかる力が消えた。反射的に手が動き、二の腕に刃を寝かせてガードする。

鍔で防がれてから一転して小手先を刈りにいく動作は、あらゆる戦技の常道だ。体が次に来る動きを覚えていた。

その間に、俺はもう一歩踏み込んでいた。

小手狙いを防がれてからの剣を寝かせての首払いを、身を低くして避けた。

二歩。

もう攻撃が届く距離だ。が、逆手に握ったのと引き換えに、リーチは拳とさほど変わらないものになっている。

俺は、手に持っている愛刀を投げた。

逆手握りからの短刀投げは、速度も勢いもまったくない。だが、刃のついた凶器を顔面に投げられ、とっさに脅威と感じない人間はいない。

一瞬怯《ひる》んでくれればいい。

顔面に回転のぶれた短刀がべちんと当たり、一瞬視界を塞がれている間に、俺は懐に隠していたキャロルの短刀を抜いていた。

飛び込み、顔面を抉るように腕を伸ばした。

が、その時にはカンカーはいなかった。

カンカーは大きく後ろに後退し、視界を失った状態から俺の攻撃を避けた。

こうなったらしょうがない。

せっかく追いついても、後ろに下がられてはどうしようもない。

「ふう……」

仕切りなおしか。

俺も同じことをやったが、野良勝負ではフィールドが限定されていないせいで逃げ放題になるな。

白兵戦なんてのは、しょせん後ろに引けば大抵の攻撃は避けられてしまう。

まあ、カンカーが後ろに下がったのは良いことだ。目的は達成したと言える。

俺はキャロルの短刀を逆手に構え直した。

「やるな」

とカンカーは言った。

「もはや問答は無用ではなかったのか?」

俺は用心深く構えたまま、古いことを持ちだした。

「先ほど投げつけてきた剣は拾わないのか?」

「貴殿こそ、その面は下げないのか?」

カンカーは、ヘルメットのフェイスガードを下げないままでいた。

そうしていたのは、その機を逸したからだ。

フェイスガードを降ろすということは、明らかに戦いの合図であり、戦いの合図をしたあとでは、最初の一太刀は奇襲にならない。

カンカーはいきなり斬りかかってきたので、フェイスガードを降ろす機会がなかった。今となってはもちろん明白な戦闘状態にあるので、堂々とフェイスガードを降ろすことができるだろう。

が、その時には、長剣から片手を離し、隙を作る必要がある。

俺が落とした愛刀を拾いにいけば、のんびりとフェイスガードを降ろすだろう。

そうしたら、唯一の付け入る隙がなくなる。

「ふむ……」

「なあ、取り引きをしないか? 俺を見逃してくれたら、右耳をくれてやるよ」

俺は唐突に、時間稼ぎの提案をした。

これは嘘だった。

本当に見逃してくれるなら右耳をくれてやっても良いくらいだが、その上で追ってこない保証はない。

この状況から逃れられるのであれば、耳くらいは惜しくもなかったが、耳の切断は単純に負傷として多量の出血を伴う。

約束を破って追ってきた時、出血で体力を失っていては、抵抗が難しくなるだろう。

この提案は、既に一度考えたことで、頭の中で廃案にしていた。

「駄目だな」

どの道、カンカーを後退させることには成功した。

そして、また攻めに転じるのを躊躇《ためら》っている。

だが、後退させたのはいいものの、その目的であった爆弾については、一向に爆発しない。

爆弾はもう諦めたほうがいい。残念ながら不発だろう。

世の中、全てのことが自分の都合のいいようにはいかない。

仕方のないことだ。

不発であるのなら、リスクを負ってこれ以上後退させる意味もない。


「なんでだ?」

そうなれば、愛刀を拾うという選択肢も出てくる。

その後逃げに転じれば、カンカーは追ってこられないだろう。

装備には利点と欠点とがある。プレートアーマーはたしかに強力な装備だが、あんな大具足を着用したままマラソンで俺に追いつくというのは無理な話だ。

「貴様は首を届けることになっている。教皇領を怒らせすぎたな」

「ちっ……」

思わず舌打ちが出た。

怒ってるってのは、俺がさっき使ったエピタフってやつか。

根に持つ野郎だ本当に。

「若いくせに腕が立つようだな。悪いが一騎打ちでは手こずりそうだ」

「まったく」

逃げよう。

こんな場所で戦うより、森の中で逃げながら孤立した敵を一人一人殺したほうがいい。こいつがこんなにも腕が立つとは思わなかったが、一人一人殺してゆき、最後の一人になったところで寝込みを襲えば倒せないこともないだろう。そっちのほうが簡単で確実だ。

「情けないな。それでも騎士か」

この無意味な会話もそろそろ終わりか。

「貴様には敬意を表したいが、こちらも仕事だ」

カンカーがそう言った時だった。

カンカーの真後ろで閃光《せんこう》がひらめき、パンッという爆竹を鳴らしたような大きな音が起きた。

爆風はまったく感じなかったが、フラッシュを焚いたような鮮烈な光と同時に、何かが勢い良く飛散したのが視界に映る。

甲冑に鎧われたカンカーの体が、爆風にあおられたのか、一瞬前によろめく。

反射的に俺の体が動いていた。


一歩、二歩と踏み込み、飛び込むように軽くジャンプする。

空中で、カンカーの顔面を殴るように鋭いフックを繰り出した。

その右手には逆手に短刀が握られており、煌《きら》めくような刀身がカンカーの顔面を撫でた。

が、カンカーのほうも反応していた。

胸を張って顔をのけぞらせるようにして、ほんのわずかに顔面を後退させていた。

入ったか。

「ヌンッ！」

という裂帛《れっぱく》の声と共に、腹を強い衝撃が貫いた。

剣を両手で握ったままのカンカーが、双拳で俺の腹を強く叩いたのだ。

その力は、体ごと大きく吹き飛ばされるほどではなかったが、空中にいた俺をわずかながら引き離すには十分な威力だった。

そして、俺がふわりと下がって着地した場所は、十分に長剣の切っ先がとどく絶好の位置だった。

体勢を崩したまま着地した時には、カンカーは既に次の一撃を繰り出していた。

左から右に、長剣をぶん回すような横薙《よこな》ぎの一閃《いっせん》。

足を並べて着地し、体勢を作れていない俺はそれを受ける手段を持たない。

低く、腰のあたりを狙ってきた攻撃には、しゃがんで避けるスペースもない。


下がれ。

叩きこまれてきた教えがそう言った。


俺の体には双拳で押された勢いが残っていた。

足は着地の衝撃を逃がすために屈折している。

屈折した足を思い切り伸ばし、地面を強く蹴った。

足をピンと伸ばしながら、上半身を後ろに反らす。

地面を蹴った勢いは腰から上を支えず、ぐんと下半身だけが持ち上がり、空中でコマのように回転する。


俺の体は重心を中心にくるんと空中で一回りした。

バク宙だ。

ドンと運良く平らだった地面に両足をつくと、勢いが後ろに残り、たたらを踏むようにして後退した。

土壇場でスルリとこの動きが出てきたことに自分でも驚いた。

パッと顔を上げてカンカーのほうを見た。が、追いすがっての追撃はない。

カンカーにとっても苦し紛れの一撃だったのか、剣を振るったその場にまだ突っ立っていた。

それを一瞥《いちべつ》すると、たまたま前方に落ちていた自分の愛刀をひっつかむように回収する。踏んで折られなかったのは幸いだった。

改めてカンカーを見ると、こちらを見ながら片手を剣から離し、鼻先を押さえていた。鼻柱のあたりから、ここからでも見えるほど夥《おびただ》しい血が流れ出ている。

キャロルの短刀は出発してからこっち一度も使われる機会がなかった。研ぎから返ってきた時のままなので、よほど切れ味がよかったのだろう。

鼻先を薙いだ時は、空を掻いたような感触しかしなかった。が、実際は鼻っ柱を深く切断していたらしい。傷口から溢れた血が、押さえる手の甲まで真っ赤に染め上げていた。

そして、爪先にひんやりとした感覚があることにも気づく。

ぶん回した剣が靴底を引っ掛けていたようで、左足の爪先あたりの靴底が消え去っていた。

利き足でないせいで、飛んだときわずかに右足より遅れたのだろう。思わず冷や汗をかいた。あと数瞬遅かったら、足首から下がなくなっていた。

俺は即座に短刀を両方、鞘に納めた。

代わりに背中にぶらさげておいた短弓を手に取る。矢筒に手を伸ばし、矢を抜いた。

携行性を重視してコンパクトに纏められた短弓は、大人の男性用だけあって多少は力の要る作りになっていたが、肝心の引き尺が歯噛《はが》みをしたくなるほどに短い。

長弓と比べれば弱いが、粗悪な革の胸当てを貫く程度の威力はあるだろう。

引き絞って射放った矢は、狙い通りまっすぐカンカーの顔面に飛んでいった。

そして、カンッとあっけなく弾《はじ》かれた。

鼻を押さえている手の鉄板にカツンと当たっただけで、ぽろんと落ちた。

まあそうだよね。

いや、期待してなかったし。

俺は二の矢をつがえ、今度はカンカーの後ろにいる的に狙いをつける。

カンカーの背後には、飛散物が体のあちこちに食い込んだのか、苦しんでいる連中がいた。

俺は、目についた男に狙いを定め、弓を引いた。

そいつは、胸のあたりに破片が刺さったのか、何やら指を突っ込んで抜こうとしている。

ヒュンと飛んだ矢は、その男の首にストンと刺さった。ぐえっ、という濁った声が遠く聞こえ、そいつは倒れこんだ。

カンカーは、後ろを振り向き、俺のやったことを確認すると、憎々しげな目で改めて俺を見た。

俺だって、こんなことはしたくない。だが、追ってきたのはお前らだ。

俺は、もう一度矢をつがえ、弓を射た。狙ったのはカンカーを挟んで反対側にいる男だ。

今度は、カンカーが片手に持った長剣で矢を叩き落とそうとしてきた。

今回は間に合わなかったが、体ごと大きく動いて甲冑で矢を受けられれば弾かれてしまうだろう。

が、鼻を押さえたままの片手振りの一閃では間に合わず、無情にも矢はもう一人の肩口に刺さる。

それはそれで、全く構わなかった。カンカーの傷は、放っておいて自然に止血する範囲を超えている。このまま運動を続けてくれれば、間違いなく一番厄介な、唯一敵方に存在する俺と同等以上に戦える戦闘のプロが、勝手に失血死してくれるわけだ。

負傷している残り九人は、その後でゆっくり仕留めていけばよい。

第三矢を左にフェイントをかけて右の男に射ると、今度は妨害が間に合わず、矢は男の太ももに刺さった。

これを続けていけば、間違いなく勝てる。斗棋《とうぎ》で詰み筋を見つけた時のような確信があった。

靴底がないので四分の一素足みたいな感じだが、素足でも森の中を走るくらいのことはできる。もう激しい戦いをする必要はない。向こうが襲いかかってきたら逃げればいいだけだ。

第四矢を弾き返されると、カンカーはいよいよ険しい顔つきになった。状況を冷静に判断しはじめたのだろう。

第五矢が部下に突き刺さると、いよいよカンカーは思いを決めたようだった。

「逃げろ！」

大声で叫ぶと、こちらに背中を向けた。

「逃げろ、逃げろ！」

味方を叱咤《しった》しながら森の奥に走る。

逃げるか。

正直、不意を突かれたような思いがした。

俺は一人なのに。追われて逃げるのは俺の方だと思っていた。

だが、悪い判断ではない。どのみちカンカーが倒れたら烏合《うごう》の衆になる。俺に背を向けるのは言うまでもなく大変な不利だが、それでも現状維持よりもましだ。

俺は、カンカーが背中を向けたことで見えた的に矢を射た。背中にブスリと矢が刺さる。

十一本矢が入っている内、一本は鏑矢《かぶらや》のままになっている。

残りは五本しかない。焦りからか、この近距離においても一本外した。十メートルも離れていないのに。

それから四本立て続けに当てていくが、その頃には敵は元気な者から一目散の逃走に移っていた。

追うしかない。

素早く追跡に入り、さきほど首を射て即死した男が背負っていた矢筒に手を伸ばし、ひったくるように矢を奪う。そこから更に一歩を踏み出した時、足裏に痛みが走った。

その鋭利な痛みは、尖った岩を踏んだ時のような痛みではなかった。ざっくりと皮膚を貫く、ガラス片を踏んだような痛みだった。

忘れていた。

この場には俺が使った爆弾の破片が飛散していたのだ。

「……チッ」

思わず舌打ちをし、その場に立ったまま矢をつがえる。一人の背に吸い込まれるように矢が突き立ち、倒れこんだ。

その頃には爆弾と矢で傷を負っている連中も次々と森に消えつつあった。俺は文字通り矢継ぎ早に矢を放ってゆく。

大半が爆弾によって負傷していたこともあって、

殆どの敵には矢を与えたが、一人は狙いを定める前に森に消えてしまった。

カンカーを含めて、少なくとも二人は矢傷を全く負わずに逃げた。

「クソッ」

俺はすぐに足裏を確認した。すぐに、渡り三センチほどの鉄片が突き刺さっているのを見つけた。剣を砕いた破片だろう。

けっこう深い。

これを治療しないうちは追えない。

ああ、糞。

全てが裏目に出てきやがった。

◇　◇　◇

左足をかかとで地面につけながら、ケンケンしつつ近くの岩場にたどり着き、頭にかぶっていた頭巾を切り裂いた。

まずは鉄片を引き抜かねばならない。

「ッ……！」

指で鉄片をつまみ、引き抜いた。

鉄片を捨てると、すぐに爪先を強く縛る。

行くか。

立ち上がると、足先がぎゅっと疼《うず》き、血がどくっと流れる感じがした。縛ったくらいでは止血にもならないようだ。

だが、矢だけは沢山ある。ついでにいえば、鉄砲も二丁ある。

俺は余っていた矢を、近場で呻《うめ》いている連中に射ち込んでゆく。足が無事な者もおり、中には俺を倒そうと向かってくる者もいたが、矢を放つと避けるでもなく刺さってその場に倒れた。

全員の胴体に矢を一本ずつ入れると、追跡を開始した。

百メートルほど歩いたところで胴体に酷い傷を負った男が死亡しているのを見つけた。

先ほどの場所で殺したのが五人なので、これで十二人のうち七人を殺したことになる。残りは五人だ。

そこからの四百メートルほどの間で更に二人の男を見つけ、矢を射かけて重傷を負わせた。

死亡の確認が取れないが、どのみち連中にまともな治療はできない。この森から脱することは不可能、という程度の傷を負わせておけばよい。

そこから更に先に進むと、鎧が落ちていた。カンカーは、ここで鎧を脱いだらしい。

脱ぐのに手間がかかりそうな下半身の装甲はなく、胴鎧とメット、そして腕の鎧だけ落ちていた。俺が足を負傷したことを知らないので、鎧を着ていたら追いつかれると思ったのだろう。

足の裏は疼き、血が絶え間なく出ている感触がある。縛った布が当たっている部分は、水浸しの長靴を履いているような感触だった。この足ではカンカーを追うことはできない。

逃す他ない。

取り逃がした。

三人も。


せめてプレートアーマーを破壊しておこうと胴鎧を足でスタンプしてみたが、怪我のせいで力が入らず、形状が変わるほどにはならなかった。

できるだけ壊しておこうと、面頬の取り付けを足で踏んで壊し、腕鎧は指のところを持って木に叩きつけてみた。
五、六回やっても少し歪んだくらいで、目に見える形での破壊はできない。疲れてきたので気持ちが萎え、俺は引き返すことにした。
連中の荷物が纏めてあるところまで戻り、五人の死体を横目に連中が捨てていった荷物を漁った。逃げる時に背負い袋を捨てていったので、ここには全員分の荷物がある。

傷を縫合する針と糸は必携品というわけではないが、一部隊に一人くらい持っていてもおかしくないものだ。

実際、かさばるものでもないので、俺の荷物には入っている。

が、やはり縫合針はなかった。

裁縫用のまっすぐな針はあるが、これでは皮膚下を深く縫うことができない。やはり鎌状の針がないと難しい。できればこの場で傷を縫合してしまいたかったが、それは難しいようだ。

俺の針はキャロルのところに置いてあるので、戻るまで我慢しなくてはならない。

しかし、代わりに蒸留酒があった。

これはありがたい。傷の消毒に使えるだろう。

あとは銃か。

敵方の鉄砲を拾い上げてみると、俺が購入したものより大分重かった。

ずっしりという重さが持っていこうという気を失わせる。これでは相当な負担になってしまう。捨てていったほうがいいだろう。

矢筒にできるだけの矢を補充し、食料を漁ると、余った弓矢と剣、そして銃を荷物のところにかきあつめ、枯れ枝を拾ってきて軽く積んだ。

そして、ライターで火をつけた。敵方の虎の子とも言える資源が、火を纏ってゆく。

これで、彼らは生き残っても森を脱することは難しいだろう。たまたま街道に出て、たまたま友軍に発見されれば助かる望みもあるが、その可能性はそう高くはない。

荷物がぼうぼうと燃え盛ったのを確認すると、俺はキャロルのところへ足を進めた。


ヒョコヒョコと左足をかばいながら、どうにか迷わず戻ると、キャロルはどうやら元の場所で無事にいるようだった。

茶色の油紙が木々の間でもっこりと盛り上がっており、俺が木々の間から姿を現した時には、フードの隙間からじっと睨《にら》んでいた。

俺を認識すると、緊張を解いた。

「ユーリ……！」

「ああ、戻った」

キャロルは、心底嬉《うれ》しそうな顔で出迎えてくれた。

「足はどうした？　傷を負ったのか？」

俺が足を怪我したことにはすぐに気づいたようだ。

「ああ。情けないことにな」

本当に情けない。

道中で再三再四頭をよぎったが、俺が少し気配りをして爆弾の飛散したところを迂回《うかい》していれば、今頃は全てが終わり、全ての心配事を断ち切れていたのかもしれないのだ。

だが後悔しても時間を巻き戻してやり直せるわけではない。

「見せてみろ」

キャロルがそう言ったので、俺はその場に座り込んで、素直に左足を差し出した。

キャロルは合羽《かっぱ》を脱ぐと、少し身をよじって太ももの上に足を載せた。

自分で治療するつもりだったが、疲れきっている俺よりキャロルのほうが上手に縫えるだろう。

「布を解《ほど》いていいか」

「血が出るから針を用意してからのほうがいい。それと、酒を奪ってきた。消毒してくれ」

俺は酒瓶を渡した。

「わかった」

俺は地べたに体を横たえ、太ももに載った足が心臓より上になるようにする。

道具を用意し終わったのか、キャロルがキツく縛った布を解いた。

「深いじゃないか。こんな傷で無茶を……」

「早く傷を洗ってくれ」

俺がそう言うと、キャロルは傷口を酒で洗った。

「……くッ」

さすがに傷に染みる。

「大丈夫か……？」

「いいから、傷の奥までよく洗ってくれ」

そう言うと、キャロルは自分の指を洗い、さらに傷を揉むようにして軽く開き、中にまで酒を入れた。

「イッ……」

刺すような痛みが足を襲う。

「あのな」

「声が漏れるのは勘弁してくれ」

「いや、違うんだ」

じゃあ、なんだ。

「傷の中に……鉄のトゲみたいなものが埋まっているようなんだが」

ああ……。

思い当たるフシがある。鉄片が中で欠けるなりしたのだろう。

そりゃ歩くたびに刺すような痛みがあったはずだ。実際刺してんだから。

「取ってくれ」

「だけど……上手く取れるかわからない」

まあ、縫うにしても異物を取るにしても、できればピンセットみたいなもんが欲しいわな。

だけど、ないもんは仕方がない。

「指じゃどうしても無理そうか？」

「いや……試してみないと分からない」

「じゃあ、やってくれ。どの道、そんなものが入ってるうちは縫っても仕方ない」

「分かった」

キャロルは、指をもう一度念入りに消毒すると、思い切り良く傷口に指を突っ込んだ。

「ンッ……！　ぐぅ……っ！」

激痛に歯を食いしばって耐える。

傷の中から激痛の元が抜ける感じがして、キャロルの指が傷の中から離れた。

「……と、取れたか？」

痛すぎて頭から血の気が引いてる感じがする。

「取れた。もうないはずだ」

「そうか。そりゃよかった。一応もう一度酒で洗って、早く縫っちまってくれ」

大量に出血したといっても、まだ一リットルもいっていないはずだ。死ぬほどの流血ではないが、なるべく血は失いたくない。

「……糸が物凄《ものすご》く太いやつしかないんだが」

「あー、そうだったな」

思いっきり斬られてザッパリいったような傷を縫い合わせることを考えていたから、そんなのを持ってきたんだった。

「仕方ない。それでいい」

「もしよければ、私の髪でやるけど」

「それでもいい。いや、それにしてくれ」

ヒトの髪の毛は縫合糸としてかなり一般的に使われている。キャロルの髪なら長さ的にも十分だろう。

縮れてもいないし、俺の髪のように短くもない。

「髪なら、二重にして細かく縫ってくれ。切れると困る。あと、針も髪も酒できちんと洗ってくれよ」

「分かってる」

しばらくして、針に糸を通し終わると、

「行くぞ」

と言ってきた。

「やってくれ」

プスッと皮下に針が通るが、先ほどの抉るほどの痛みと比べれば大したものではない。

「ッく……」

痛いことには痛いが、足を暴れさせるほどではない。サクサクと縫合が進んでいき、縫合自体はすぐに終わった。

「よし。終わったぞ」

「そうか」

上体を起こして傷口を見ると、見事にかがり縫いされていた。

真ん中あたりは広く深く針が入っているので、奥まで縫い合わされているらしい。

袋になった傷に血が溜まることもなさそうだ。騎士院で習った後、陰で練習していたのかもしれない。真面目さが功を奏したな。

「ありがとう。助かった」

「……礼を言わなければならないのは、私のほうだ」

「それは言いっこなしだろ」

清潔なあて布が欲しいところだが、そんなものは持っていない。

大なり小なり膿《う》むのは避けられんだろうな。

「どの道、俺もこの足じゃな。これまでのようには」

「うん……」

キャロルは沈んだ声を出した。

この傷ではキャロルを背負うにしても今までのような働きはできないだろう。

「だが、村はもうすぐだ。着いたら少しの間療養しよう」

リスクは高くなるが、そうするしかない。一晩休んだらリフォルムに向けて元気に歩き出す、というわけにはいかなくなってしまった。

「少しここで休んでいったほうがよくないか？」

「村が無事だとすりゃ、清潔な布も家の設備も使える。多少無理してでも歩いたほうが治りも早い」

「分かった。じゃあ、私も歩くぞ」

えっ。

「そろそろ少し治ってきた気がする。杖《つえ》をついて歩けば、歩けないこともない」

「いや、無理すんなよ。悪化したらその方がキツい」

「杖を使えばゆっくりだけど歩ける。その足で背負って歩くより早いかもしれないぞ」

……それはそうかもしれない。

正直、キャロルと荷物を全部背負っての歩きはかなりキツい。それに加えて左足を庇《かば》いながら歩くとなると、キャロルが杖をついて歩く速さより格段に速く動けるとは言えない。

「荷物も、村で補給できそうなものは捨ててしまおう」

「……ああ、そうだな」

そう言いながら、俺は少し絶望的な気分になっていた。

もうすぐ俺たちが村に着くということは、街道を自由に馬で走り回っている敵はもっと早く村に着いていてもおかしくないということだ。そんな状況で隊員が村に残っているとは考えづらい。

それは敵の勢力圏内に隊がすっぽりと囲まれ、孤立している状態を意味する。リャオはそんな最悪の状況になるまでのうのうと待っていたりはしないだろう。

村に味方がいなかったら、今度はリフォルムに向かうことになるわけだが、リフォルムにたどり着くには今までと同じくらいの距離をまた歩かなければならない。

今日は墜落から十一日目になる。村で少し療養することを考えると、到着は三十日目以降になってしまうだろう。

クラ人の連中は、丸々一ヶ月以上もヴェルダン要塞にかかりきりになってくれるだろうか？

その可能性は薄い、というわけではない。要塞というのは攻略に年単位かかることもある防衛施設だ。

だが、もし敵が迅速に陥落させてしまえば、後顧の憂いをなくした敵は迅速に軍主体をリフォルムに移動させて包囲するだろう。そうなると、一生懸命歩いてリフォルムまで到達したところで、待っているのは温かいベッドではなく敵の大軍勢ということになる。

カンカーが率いていた連中も完全に殲滅できたわけではない。一番厄介な男を取り逃がしたままだ。

ああ、つくづくやってしまったなぁ。怪我さえしなければ。

時計を開いて、見る。

あれだけのことがあったのに、まだ午後の二時だった。

「じゃあ、食事をして、荷を整理して、日が暮れるまで距離を稼ぐとするか」

「うん」

キャロルは頷いた。

三キロくらいは歩けただろうか。日が暮れ始めると、俺は力尽きたように座った。

「……今日はここで休もう」

頭からは血の気が引いている。貧血のせいか、首の根っこのあたりがズキズキと疼くように痛かった。

拾っておいた木枝をおざなりに組むと、ライターで火をつける。そろそろライターの燃料も尽きる頃かな……。

「ふう……」

キャロルが杖に体重を預けながら、俺の横に座った。

焚き火が燃え盛るのを待ちながら、俺は荷物から地図を取り出す。現在の位置を確かめ、指二本分動いたところに鉛筆で印をつけた。

大体は合っていると思うが、こんな大雑把なマーキングでは大幅にズレてしまっているだろう。若干北よりに進路を取り、ニッカ村そのものではなく、村に通じる道に出るのを目指すのが賢そうだ。

地図をしまった。

「今夜は豪勢だぞ。久々の肉だ」

「一週間ほど前に食べたような」

墜落から大きな石球を見た道までの間に、兎《うさぎ》を一匹仕留めて食べた。

それのことだろう。

「あんな血抜きも碌《ろく》にしてない肉じゃない」

前に森のなかで会ったジーノ・トガは、あれも血抜きをしてない腐りかけの肉を食べていたが、結局は俺も急いでいたら同じだった。

のんびりと下処理をしている余裕はなく、腹に入っちまえば同じとしか考えられなかった。

「上等のハムだぞ。塩まである」

おそらくは、部隊におけるご褒美的な要素として、リーダーのカンカーが管理していたものなのだろう。

燻製《くんせい》にした上焼き締められた豚か何かのハムは、すでに半分になっている。

半分であってもかなり量があった。

「ごちそうだな」

「ああ。さっそく焼こう」

俺は布でくるまれたハムを開き、ナイフでざっくりと縦に割った。串に挿すと、一本をキャロルに渡す。

「ほら、パンもあるぞ」

「うん」

食に関しては、皮肉なことに追手がかかってからのほうが事情が好転している。

ざっくりと肉厚に切られた燻製ハムは、火にかざすと脂肪層がじゅくじゅくと泡立ち、焼け始めた。

更に回しながら、炭になる手前まで焼く。よだれが垂れそうなほど良い臭いだ。

「パンに挟まりきるかな」

「ちょっと串を持っていてくれ」

キャロルに串を渡してパンを探す。

保存を考えてか、ガッチガチに焼き締めた短いフランスパンのようなパンが袋にゴロゴロと入っている。表面には小麦の白い粉がこびりついていた。汚れても粉ごとはたき落として食べられるように、という工夫だろうか。

どちらにせよ肉は入りきらなそうだが、挟んで余った部分から食べれば関係ないだろう。

俺はナイフで八分目までパンを切って、二つに開いた。それを二つ作る。

「できた」

「うん」

肉と交換して、パンで挟みながら串を抜く。

はみ出た肉にかぶりつくと、肉についた焦げ目と燻製の香りが口の中いっぱいに広がった。

体が欲しているのか、肉はあまりにも美味《うま》かった。燻製の香りが移った油と肉汁が、甘露のように甘く感じる。

砕きの粗い岩塩のような塩をひとつまみし、ふりかけて食べると、体に足りていなかった養分が満たされたような、なんとも満足した気分になった。

キャロルはどうだろう。

そう思ってキャロルの方を向くと、大口を開けてパンを頬張っていた。

こちらも、なんとも幸せそうに食っている。

ただ、パンが硬いため、噛むのに苦労しているらしい。

もぐもぐと急いだ様子で口を動かし、ごくんと飲み込んだ。

俺がつぶさに見ているのに気づくと、

「ちょっと」

なぜか若干ドスの効いた声で言ってくる。

「ん？」

「そう見られると、は、恥ずかしいじゃないか」

「何が？」

「ナイフとフォークがあるならともかく、お、大口を開けてかぶりついているところなど、見られたくない」

今更な気がするんだが。

「じゃあ、見ないでおく」

俺もじっと見られてたら嫌な気分……というほどではないが、所作には気をつけたくなるもんな。

「た、たのむぞ」

キャロルがそう返すと、俺は焚き火を見ながら、残りのパンを口に含んだ。


「美味しかったな」

キャロルは満足気に言った。

「満腹か？」

「うん」

パンが結構残ったな。俺も胃が小さくなっているのか、満腹でこれ以上は入りそうにない。

「それじゃ、そろそろ寝るか」

「そうだな……その前に」

「ん？」

なんだ？

「ユーリ、ありがとうな」

なんか言ってきた。

「どうしたんだ急に？」

「いやさ、明日はニッカ村に着くんだろう？」

「まあ、予定ではな」

なんのかんので二百キロ前後歩いてきた計算になるから、よっぽどずれている可能性もある。地図上ではそういう計算になっているが、それほど自信はない。

「村では隊の連中や、助けの者が待っているかもしれないわけだろう？」

「そうだな」

俺はその可能性は低いと見ているが、キャロルが抱いている希望を散らす意味はない。それに、特別救助隊みたいのが編成されて待っている可能性もゼロではない。

「そうなったらさ、すぐに助けられて、お前に礼を言う機会がなくなるかもしれないじゃないか」

「なくなるってこたぁないだろ」

別に永遠に離れ離れにされることもないだろうし。

「そうだけど、あとで改めてお礼を……なんてことになると、ちょっと空々しくなるかもしれない。だから、今言っておきたかったんだ」

「そうか」

礼なんて言われる筋合いはない。などと言って突っぱねるのも、この場合は失礼だろう。

素直に受け取ったほうがいい、ように感じる。

「そうだな。だけど、俺のほうも礼を言いたいくらいなんだぞ」

「何にだ？」

「お前が生きていてくれてる事にさ。前にも言ったが、お前に死なれたら落ち込むどころじゃないからな」

「あのさ……これを訊いていいのか判らないが、途中で、その……私が死んでいたらよかったのにとは思わなかったのか？」

なんだその質問は。

可笑《おか》しみが湧いてきて、思わず口がにやけた。

「そういう質問は、正直な答えは返ってこないもんだぞ」

「……うん、そうだと思うけど。でも……そう思って当然だと思う」

やけに素直だな。

味方が待っていてくれている、と決めてかかっているわけではないだろうが、村が近づいて気がほぐれているのかもしれない。

「いいや、考えなかったな」

「そうなのか……なんでなのか、訊いていいか」

「なんでも何も、そうだからとしか言いようがない」

「でも、普通はそう考えるものだと思う」

どうも納得いかないらしい。

「なあ、お前にとって一番大切なものってなんだ」

「どうした、藪《やぶ》から棒《ぼう》に」

「まあ、答えてみろよ。話の流れだ」

「うーん……シャルタ王国、になると思うけど」

国か。

サイズが大きいが、そういう場合もあるだろうな。特にこいつの場合は生まれが生まれだし。

「俺は、自分が一番大切だったんだ」

と、俺は言った。

「普通の人はそうだと思うけど」

「そうだな。人間は誰でも自分が大事だ。まあ、もっといえば、自分の命が大事ってことになるんだろうが」

「うん。それは分かる。私もできれば死にたくないし」

「だが、自分が一番に大事という人生は虚《むな》しい」

俺は、こっちにくる前の人生がそうだったから、余計にそう思う。

「そうかな……?」

「自分が一番大事なら、一生自分を気にして終わりだ。だが、一番大事な自分より、さらに大事な何かが見つかれば……価値のない人生も、少しは値打ちのあるものになる」

「うぅん……それがつまりは私を助けた理由なのか?」

「まあ、そうなるな」

「……難しいな」

「分からないなら、それでなんの問題もない。他人の人生哲学なんてものは、頑張って理解するもんじゃないしな」

「その……じゃあ、お前にとっては、私は、自分の命より大事ってことなのか？」

「そうじゃなかったら、死ぬほど苦労して助けたりしない」

実際のところ、どうでもいい奴だったら……まあ、その場に放っておくということはないだろうが、ある程度カモフラージュできる穴を掘って、「食料を置いていくから、ここで助けを待て」くらいのことを言って、それで終わりだったかもしれない。

「それは、私が王女だからじゃなくてか？」

「はあ？」

あまりにもな質問に、思わず素っ頓狂な声がでてしまった。

何を馬鹿みてぇなこと考えてやがる。

「あのなぁ……俺が王家に感謝されるために死ぬほど頑張るような人間だと思うか？」

「いや、思わない」

すぐに答えられるようなら訊くなよ。

せっかくいいシーンだったのに。

「そうかぁ。なるほどなぁ」

キャロルは、分かったのか分かっていないのか、どこかしみじみと言った。

「……そろそろ寝るぞ。飯も食べたしな」

「火は消すのか？」

「消したほうがいいな。一応撃退はしたから追ってこないとは思うが、寝首をかかれたら馬鹿らしい」

「そうか。じゃ、崩すぞ」

キャロルは杖の先で焚き火を叩いた。組んだまま燃えていた木の枝が崩れる。枝に取り付いた炎はあかく燃えているが、そのうちに熾《おき》となって消えるだろう。

俺は立ち上がると、樹《き》の幹に背を預けた。

これで少なくとも背後をとられる心配はない。

いつものように油紙のポンチョを取り出すと、キャロルが近寄ってきた。

同じポンチョに包《くる》まると、

「なあ……」

キャロルが話しかけてきた。

服越しに温かい体温を感じ、近くにある顔からはキャロルの息遣いが聞こえてくるようだった。

囁《ささや》くような小さな声なのに、近いせいでよく聞こえる。何せ、キャロルの頭は、頬がくっつくほど近くにあるのだ。

「どうした？」

「訊いていいか？」

「何をだよ」

まだ話し足りないのか。眠くはないからいいけど。

「あのさ……婚約者とかいるのか？」

「……はぁ？」

今日のこいつは本当に思いもかけないことを言ってくるな。

不意を突かれっぱなしだ。

「いないけど……なんで？」

「じゃあ、交際している女の子は？」

「いない」

いるわけないだろ。

「なら……想《おも》いを伝えてもいいんだな」

緊張した声で言うと、キャロルが顔を動かし、俺の唇に生暖かい感覚が触れた。

口づけを離すと、

「……好きだ」

と、キャロルははっきりと口にした。

終章　ミャロの奮闘

観戦隊がニッカ村に戻ってから丸一日が経《た》った夜――。

ミャロ・ギュダンヴィエルは、ホウ家出身の隊員たちを村長の家に集めていた。

「とにかく、あなたたちは軽挙を謹んでボクの指示に従ってください」

ミャロは、努めて冷静にそう言った。

「だが、リャオ・ルベの好き勝手にさせておくわけにはいかない！」

ミャロより二つ年上の隊員が、荒い語気で気炎を吐くようにして言う。彼はホウ家の中でもかなりの名家の嫡男だ。

「あなた方の危惧は十分に分かっているつもりです。確かに、リャオ・ルベは必ずしもユーリくんを優先順位の最上に置いているわけではない。彼にとっては自分の身の安全やルベ家の利益のほうが重要です」

「それが分かっているのなら、我々が隊を離れて独自に動くべきだという案にも賛成のはずだろう！」

観戦隊は今割れかけていた。ユーリ・ホウとキャロル・フル・シャルトルという二人が抜け、リャオ・ルベが暫定的な指揮官になったからだ。

それによって、どちらかといえば隊内の主流派であったホウ家派は、ルベ家派の下に収まるような格好となった。なので、彼らホウ家出身の騎士院生たちは心配で居ても立ってもいられないのだ。

彼らにとってみれば、ユーリ・ホウという未来の主君を置いてシヤルタ王国に帰参することなどありえない。単純にホウ家の未来がなくなるし、主従の誓いを立てた関係ではないものの、家の繋《つな》がりでできた騎士の文化はユーリを放置して帰った自分たちを許してはくれない。

なので、リャオ・ルベに漫然と従うことに対して強い恐れを感じている。

「その案にはボクも賛成です」

と、ミャロは彼らの気分を逆撫《さかな》でしないように嘘《うそ》を言った。

「ですが、今すぐ割ることには反対です。リャオ・ルベの専横がユーリくんを蔑《ないがし》ろにするようなら、その時初めて隊を割りましょう」

「だが、その判断はいつ、どうやってする」

「ボクが割る必要があると判断したなら、その時にあなたたちに伝えます」

「………っ」

ホウ家派を代表している名家の嫡男は、何やら葛藤しているようだった。目の前の魔女を信じていいものか考えているのだろう。

この葛藤が起こっているのは、ユーリがあらかじめ「自分に何かあった時はミャロに判断を仰げ」と指示を出していたからだ。

それは正式に出した命令ではなく、口約束のような言葉ではあったが、今では支柱のようになってミャロの立場を支えていた。

「ボクを信用しろとは言いませんが、ボクを連れてきたユーリくんの判断は信用してください。彼は何の思惑もなく魔女家の女を連れて来るような人ではありません。ボクのことを絶対に裏切らない、そして判断もおおよそ誤らない人間だと評価しているからこそ連れてきたのです」

「それはそうだろう。だが、我らは貴殿の命令に従う部下ではないぞ」

「もちろんです。あなたたちが隊を割ると決断したら、ボクに止める力はありませんしね。ただ、事前に相談はしてください。ボクはそのためにここにいるわけですし、あなたたちにはそうする義務があります。ユーリくんは戦場で義務を怠り勝手をする者を好みませんよ」

「分かっている！」

不承不承といった感じだ。だが、それで問題ない。

ミャロには、言葉を話す機会さえ与えられれば彼らの行動をコントロールできる自信があった。自分たちのやろうとしている行動は間違っていると説き伏せられ、それでもなお実行に移そうとする集団は少ない。

それに、自分の言葉には安心感があるはずだ。独断で行動をすれば、当然その結果についても責任を負わなければならない。この場合はユーリの意に反した行動を勝手に取るわけだから、失敗すれば怒りを買うのは必定だ。だが自分の指示に従っていれば、失敗したとしても責任から逃れることができる。

ユーリが任命した参謀という役職には直接的な命令権はないが、そういった迂遠《うえん》な権力があるのだった。ミャロにとっては、それが実に良く手に馴染《なじ》む、自分と相性のよい武器のように感じられた。

「それでは、任務に戻ってください。リャオ・ルベのほうはボクのほうで注意を払っておきます」

「ああ、そうしてくれ。おい、行くぞ」

そう言って、厄介なホウ家派の隊員たちはミャロのところから離れていった。

◇◇◇

「ふう……」

夜になり、ミャロは休息を取るために自室となっている部屋に入った。

手に持っている外回り用のランプから、常夜灯として置いてある太い蜜蠟《みつろう》の蠟燭《ろうそく》に火を移すと、ランプの火を吹き消してベッドに横になった。

ユーリが言っていたことを思い出す。これから忙しくなるから、今は休みすぎなくらいが丁度いい。その通りだった。ここまでの事態を、あのときのユーリが想定していたとは思わないけれど……。

ミャロはベッドに横たわると、目を閉じてなるべく何も考えないように努めた。不安感や焦燥感は絶え間なく脳裏をよぎり、眠気はまったく来ないが、目を閉じているだけでも睡眠と似た効果は得られる。

こんな状況でも休息は取らなければならない。この事態は長丁場になる。連日の徹夜では意識を明瞭に保てず、正常な判断ができなくなる。休める時に休んでおくのは重要だ。

コンコン。

ノックの音がした。ただ、それはドアの方からではなかった。

木張りの窓が叩《たた》かれているようだ。

ミャロは枕の裏に隠してある短刀を手に取り、鞘《さや》から抜いた。戦いにはまったく自信がないが、叫びながら抵抗すれば他の隊員が駆けつけてくるだろう。

「開けろ」

窓の外から聞こえたのは、女性の声だった。

「誰ですか？」

「王剣の者だ」

ああ、とストンと腑《ふ》に落ちるものを感じた。

「今開けます」

ミャロは短刀を鞘に戻し、ベッドから離れると、打ち掛け錠を外して窓を開いた。

ミャロの自室は一階にある。窓の外には女性が立っていた。

「貴女《あなた》のことはユーリくんから聞いています。こんなことになってしまい申し訳ありませんでした」

ミャロはまずは慇懃《いんぎん》に頭を下げた。

王剣と話すのは初めての体験だが、彼女たちの性質から考えて怒り狂っていてもおかしくないと思ったからだ。

「……構わない。女王陛下も、こういうことが起こり得るということは理解なされていた。その上で送り出されたのだ」

「そうですか」

それはそうだろう。女王に呼び出された時、あのユーリが危険性を忠言しなかったはずはない。おそらく王剣の方でも危惧するところは十二分に伝えていたはずだ。

「私はこれから墜落地点に向かう。そこから足取りを追うつもりだ」

「……ああ、なるほど」

ユーリとキャロルは昨日の昼間に墜落した。目の前にいる王剣は、我々が昼過ぎに戻ってきてすぐ事件を知ったはずだ。なので、丸一日が経っているのに村にまだいるのはミャロにとっては不思議だった。

シビャクの王城に事態を報告するために急使を出す必要はあっただろうが、それにしても丸一日かかる仕事ではない。行動があまりにも遅い。だが、墜落地点に向かうつもりだと言われると納得がいった。

王剣は後ろに馬を連れているのだ。

それも隊内で使っている鈍重な荷馬車用の輓馬《ばんば》ではなく、きちんとした乗用の馬だ。これの調達に時間をかけていたのだろう。

敵のテリトリーに入るのであれば、服装を変えて耳を隠したとしても、駆鳥《かけどり》に乗っていては一瞬でシャン人だとバレてしまう。それでは何をするにも不便である。

「出発する前に、あの男がどの道を使うのか助言を貰《もら》いに来た。あの男の心理を一番知っているのは、お前だろうからな」

なるほど。王剣らしい合理的な判断だ。

「普通に考えれば、海沿いの道だと思います。味方の撤退路から外れていますから、敵の追撃に巻き込まれる心配がありません」

「そうか。まあ、そうだろうな」

「ただ、二人の状況が分からないのでなんとも言えません。ユーリくんが無事であったのはリャオ・ルベが確認していますが……」

その時、ミャロは竜《ドラゴン》と共に落下したキャロル側の集団を担当していた。なのでミャロはユーリが木の上に登ったところを直接目視で確認してはいない。

「その情報は確かなのか？　ルベ家の跡取りが虚偽の報告をした可能性は？」

「ありえません。王鷲《おうわし》隊は家で班が決められているわけではないので、ホウ家出身の隊員も見ています」

「そうか……」

仕事柄、将家に対しては無条件で疑う癖がついているのだろう。

「もし仮に、殿下が薨御《こうぎょ》されていたらあの男はどんな行動をとる」

「……そうですね」

ミャロもそのことについて考えないわけではなかったが、王剣がそのような仮定を考えるというのは意外だった。

ユーリは無事だったわけだが、そこそこの高度から森に墜落したというのは、普通に考えて死亡してもなんらおかしくない種類の事故である。

「ひとしきり落ち込むとは思いますが、ひとまず埋葬をして遺品を持って帰ろうとする可能性が最も高いでしょう」

「あの男に帰ってこられる能力はあるのか？」

「ユーリくんは母語話者でもほぼ違和感がないくらいクラ語を上手に喋《しゃべ》れます。なので、どうとでもなると思います」

ミャロはユーリについては心配していなかった。自分自身が大怪我《おおけが》を負ってしまったのなら別だが、木に登っていたという情報がある。それならば、墜落地点から帰ってくる程度のことは彼の能力からして造作もないことだ。

問題なのはキャロルの存在である。キャロルが大怪我を負ってしまっていたり、ユーリが木の上から急行するまでの間に連れ去られ捕虜になってしまっていたとしたら、ユーリはなんとしても連れ帰ろうとするだろう。そうしたら帰ってこられない可能性も出てくる。

「そうか……なるほどな」

「あなたはクラ語を喋れるのですか？」

「いや、喋れない。学習中だが会話できるほど習熟していない」

「そうですか……」

ミャロは会話中に考えついた案について考えを巡らせていた。

それは、自分が隊を捨てて、たった今から王剣と行動を共にするという案だ。それは実際、良い案に思えた。メリットが多くある。

まず、観戦隊はそもそも戦闘を目的としていないので、カケドリはいても突撃用の鎧《よろい》や槍《やり》などは持っていない。なので、敵の勢力圏内に潜り込んで捜索しながら戦うということができない。できないわけではないが、いちいち大きな犠牲を支払うことになる。

今のような状況では、大所帯で動くより王剣のような存在と二人で行動するほうがむしろ成果を挙げられる。二人なら敵陣深くに侵入することもできるし、敵を密《ひそ》かに捕えて情報を抜くといった動きもできる。

「なんだ？」

王剣は訝《いぶか》しげな顔でこちらを見ている。彼女はそういった隠密《おんみつ》侵入行動のエキスパートだ。クラ語をかなり喋れる自分がついていれば有利だろう。

「……いえ、なんでもありません」

考えた末、ミャロは言った。

「では、私はもう行く」

もう質問はないようだった。王剣の女性は、手綱を少し引いて馬を引き寄せた。

「そうですか。ご健闘を祈ります。心から」

「だろうな」

王剣はそう言い残して、馬に跨《また》るとミャロの前から姿を消した。

ミャロは同行する案を採用しなかった。墜落からまだ一日しか経っていないからだ。ユーリがキャロルを連れ、奪った馬に跨って颯爽《さっそう》と帰ってくる可能性も十分に残っている。落下地点から考えて、どんなに物事が上手《うま》く回っても行って帰るのに三日くらいはかかってしまう。

大事なくユーリが帰還した場合、自分が行方不明になっていることでユーリに新たな負担を強いることになるだろう。ユーリは自分を置いて気軽にシャルタに帰ることはできないから、言ってみれば二重遭難のような形ができあがってしまう。

それに、ホウ家派の隊員たちは自分がいなくなったら抑えが効かなくなる。たった一日で隊を割る必要があるなどと言い始める人たちだ。三日も放っておいたら頭を抱えたくなるような短慮極まる行動に走ってしまう可能性が非常に高い。

ミャロの中では重要なのはユーリ個人であって、ホウ家派の隊員の命は優先順位が低かったが、非常事態において部隊を健全な状態に保つことはミャロに与えられた重要な任務の一つだ。彼らの命はともかく、ユーリから与えられた任務はそう簡単に放り出していいものではない。

ユーリがミャロに期待しているのは自分を探しに来ることではなく、留守を守ることだ。

「……はぁ、疲れた」

重くのしかかる心労に溜《た》め息《いき》を一つ吐《つ》き、ミャロは再びベッドに潜った。

◇◇◇

ドンドンドンッ！　とドアを叩く音で、ミャロは目覚めた。明け方まで目を瞑《つぶ》っていたのだが、いつの間にか眠っていたようだ。

「ミャロっ！　起きろ！」

ドアの向こうから聞こえてきたのは、リャオ・ルベの声だった。

「なんですかぁ」

ミャロは寝不足のぼんやりとした意識で起き上がると、ドアの鍵を開けた。

「ドッラ・ゴドウィンがやらかしてる。説得してくれ」

「ドッラくんが？」

目が覚めた。

慌てて服を着替えて外に出ると、カケドリが繋いである厩《うまや》にドッラ・ゴドウィンがいるようだった。

大人数に囲まれている。ミャロが人の林をかきわけて近づくと、装備を完全に整えたドッラがカケドリに跨《また》がろうとしている。周囲の隊員はそれを阻止しようとしていて、一瞬即発の空気だ。

「ドッラくん、何をやっているんですか?」

ミャロがそう言うと、気心が知れた同寮生であることを知っている隊員たちは安心したような顔をして、一旦ドッラから離れた。

「キャロル様を助けに行くに決まってんだろ」

まあ、そうですよね。とミャロは思った。

ドッラは今まさに出陣するかのような出《い》で立《た》ちだった。行くところといえば一つしかない。

「やめてください、そういうのは」

ほんと困る。

「じゃあお前は何をしてるんだ?　ここで喋っていても殿下は助けられねえだろ」

「そうですね。何もできていません」

何もできていないのは事実なので、ミャロはそう答えた。作戦会議と称してあーだこーだと議論を空転させるのは何かをできているということにはならない。

鷲は数が揃《そろ》っているから、笛を鳴らしながら使うであろう街道の上空を飛んでみたり、あるいは広大な森を空から見張って、下にユーリとキャロルがいたら合図してくれるのを期待するくらいのことしかしていない。

ドッラは成果の挙がらないそれらの案が不満で、自らの身を張って探したいのだろう。

「なら、俺は行く。キャロル様を助けなきゃならないからな」

「どうやって助けるんですか?」

「どうやってでもだ」

「何も考えていないんでしょ。思うまま街道を逆に行ってみたところで、クラ人と戦って玉砕するのがオチですよ。そこで十人か二十人かクラ人を殺して自分も殺されるのがドッラくんの望みですか？」

「そんなことになるとは限らねぇだろ」

ミャロの指摘を聞いて、ドッラは不愉快そうな顔をした。

「そうなりますよ」

ミャロは繰り返した。そうなるに決まっている。

大勢の敵がやってきたら隠れるくらいの知恵は働かせるかもしれないが、そんな運任せの行動が長続きするわけがない。

「やってみなけりゃ分からない」

「いいえ、分かります。第一、クラ語も話せないドッラくんが敵の勢力圏内で何をできるとお思いですか？　敵を何人か倒して街道を突き進んでいたら、あるいは森の中を当《あ》て所《ど》なく彷徨《さまよ》い歩いていたら、二人と偶然ばったりと出会えるとでも？」

「やって、みなけりゃ、分からない」

「ユーリくんがここにいたら、戦場でそんな奇跡を期待して行動することは、最も愚かな行為だと言いますよ」

ミャロがそう言うと、

「あいつの話はするなッ!!」

ドッラは突然、叫んだ。

その怒りは強烈で、ミャロは自分が女でなかったら殴り倒されていたのではないかとすら感じた。

「あいつはキャロル様を守れなかった！」

ああ、それで怒っているのか。

「殿下が亡くなってしまったかのような前提で話をしないでください。お二人でこちらに向かっている可能性のほうが高いのですから」

「墜《お》ちた時点で駄目じゃねえか。守れていることにはならない」

「それはドッラくんが竜を間近で見ていないから言えることです。あの場にいた全員が何をすることもできなかったのに、ユーリくんは単騎で竜に突っ込んで撃退したんですよ」

あの時は、あの場にいた全員が啞然《あぜん》としたのだ。

槍でもって竜に攻撃しようとする者は多くいたが、近くを飛んで槍を振り回すくらいのことしかできず、槍が掠《かす》るくらいでは竜の肌は傷つけられもしなかった。

帰ってきたユーリが上空から急降下して鷲の体ごと槍を突き刺したときは、全員が驚いた。体当たりした勇気もそうだが、あの攻撃は真に卓越した技術と、鷲との信頼関係がなければ成り立たない一撃だった。

「黙れ。それでもなんとかすんのが、あいつの仕事だったはずだ」

イラッとした。

「ユーリくんのことを神様か何かだと思っているんですか？　ここは戦場ですよ。ユーリくんもキャロルさんも、そして我々も、相応の覚悟を持ってここに来たはずです」

「あいつを神だなんて思ってねえ。ただ、俺は俺にできることをするだけのことだ。もういいか？」

こいつと話しても無駄だ、と言わんばかりの態度で、ドッラはカケドリの鐙《あぶみ》に足をかけた。

ミャロは自分の頭にカッと血が昇るのを感じ、何かを考える前に体が動いていた。

気がついた時には、カケドリに乗ろうと鐙から浮き上がったドッラの太ももを、体重を乗せた足で思いっきり蹴っていた。

ミャロの足に重い何かを蹴り込んだ感触が伝わる。

「うおっ！」

ドッラはたまらず呻《うめ》き声《ごえ》をあげて、乗りかけた鐙から転落した。

地面に転がると、

「何しやがる！」

すぐに起き上がって、ミャロを睨《にら》みつけた。

「――二人を心配しているのがあなただけだとでも思っているんですか？」

ミャロが怒りを込めてそう言うと、

「……思ってねえよ」

バツの悪そうな声が返ってきた。

「心配で不安で、焦っているのは皆同じです。ドッラくんは焦燥感に負けて逃げているだけです」

「逃げっ――、違う！　俺は」

「もういいです。少し頭を冷やしなさい。一時間経ってまだ出ていきたいなら、勝手に出ていけばいいでしょう。ボクはもう止めませんせん」

「……っ」

ミャロはそれだけ言うと、もう知らないと思いながら踵《きびす》を返して歩いていった。

◇　◇　◇

思えば、訓練以外で人に暴力を振るったのは初めての経験だった。

いや、五歳の頃に愛好していた玩具を女中が壊してしまった時、ポカポカと殴った覚えがある。

暴力を振るったのは、それ以来のことだ。

遅れてやってきた体中がピリピリするような感触が収まると、ミャロは籠っていた自室を出た。

ドッラがいた。

「うわっ！」

思わずびっくりして声が出てしまった。ドアの反対側の壁に背を預け、ドッラが立っている。

「ミャロ、話がある」

「び、びっくりさせないでください。なんですか、一体」

「入っていいか？」

「え？　ま、まあいいですけど……」

ミャロはそう言って部屋の中に戻った。ドッラがついてきて、後ろ手にドアを閉める。

「それで？　頭は冷めたんですか」

「ああ。だけどな、俺にはキャロル様が行方不明のままシャルタに帰るって選択肢はねえんだ。帰ってこないなら、どうせ探しにいくことになる。それがどんなに無謀だろうとな」

……なるほど。

「そうですか」

そこまで惚《ほ》れ抜いているということか。だが、おそらくその恋は悲恋に終わる。ドッラとてそれを自覚していないわけではないだろう。

それなのに、彼女のために死のうとまでしている。他の男に惚れている女のために命を擲《なげう》つというのは、少なくとも男性にとって当たり前の感覚ではないはずだ。

いや……自分も似たようなものか。

「どうせ行くことになるなら、早いほうがいいと思っただけのことだ。迷っているうちに手遅れになっちまってたってのが一番しょうもねえからな。それは今でもおかしな考えだとは思わねえよ」

「そうですね。でも、少し早すぎますよ」

ミャロには男の友情は分からないので、ドッラが死んだらユーリがどのような反応をするのか想像できないところがあったが、ドッラが自分を助けるために無駄死にしたとなれば、少なくともキャロルは相当悲しむだろう。

「お前はどうなんだ？　二人がこのまんま戻らなかったら、リャオ・ルベは隊を引き連れてシヤルタに帰るだろ」

「彼らにとってもキャロルさんは大事な存在です。捨て置いて帰っては騎士として名が廃りますから、必死に探しますよ。ただ、何も成果が挙がらないままだったら最終的には帰ることになるでしょうね」

リャオ・ルベは労や犠牲を惜しまずキャロルを捜索するはずだ。

だが、それは少なくともドッラが抱いているような感覚とは違う。自分の命を危険に晒《さら》せばキャロルが助かる、といった場面で動くのは確実だが、自分が死ぬことで万に一つ助かる望みが生まれる、くらいの状況では動かない可能性のほうが高い。

つまり、全力で助けようとはするが、絶望的な状況には踏み込まないということだ。

「だろ。お前もそれと一緒に帰るのか」

「そんなわけないでしょ」

ミャロには二人を置いて帰るという選択肢はない。帰っても何もないのだから、生きている甲斐《かい》がない。

二人を置いて帰って騎士院を卒業したあと、待っている残りの人生になんの価値も見いだせない。

「帰りもしないし探しに行きもしないわけか。矛盾してるじゃねえか」

「矛盾はしていませんよ。日数が経過してユーリくんが自力で帰ってくる望みがないようなら、隊を帰してから向こうに潜入するつもりです。ボクはクラ語ができますので、ユーリくんを探し出します。捕虜になっているようなら、なんとかして解放しますよ」

ユーリはそうすることを絶対に望まないだろう。だが、ミャロのほうにも譲れないものがある。

ユーリが帰ってこないのならば隊の世話などする必要はない。全員死んでしまったところでなんら構わない。

「捕虜になっているとは限らないだろ」

「戦闘で死んでしまわなければ処刑されない方法があるんです。捕虜になっている可能性は高いはずです」

ユーリから絶対秘密を条件に与えられた情報だが、イーサ・ウィチタの名前を出せばかなり長い間裁定を延期できるらしい。ユーリはイーサ先生を恩師のように慕っているので、実際に彼女の命を差し出すようなことはしないだろうが、処刑を引き延ばすために名を出すくらいのことはするだろう。別にそれは裏切りではない。

「当然、キャロルさんは向こう側にとって利用価値が高いので捕虜にしたがるはずです」

「そんなもん、かもしれないの話じゃねえか」

「そうですよ。現状、情報が少なすぎてお二人がどんな状況なのか、何も分からないんです」

それが問題なのだ。ただ闇雲に動けばいいというものではない。

「ドッラくんは最悪を想定しろと思っているのでしょうが、最悪を想定して無茶をすれば隊員が大勢犠牲になります。そのあとで二人がひょっこり帰ってきたらどうします？　ドッラくんがボクと同じ立場だったら、今の状況で簡単に死ねという命令を出せますか」

「別に俺は幹部じゃねえし、そんな話はしてない。隊がなんにもできないなら、お前はどう行動するんだって話だ」

正論だった。

言いくるめようとしても口車には乗らない。

こういうのをなんて言うのだろう。賢いのとは違うが、他人の言葉で曲がらない一本の強い意思を持っている。

「ボクは、隊を帰路に送り出すまでは勝手に動けません。隊が手を付けられない暴走状態になったら見捨てることになるかもしれませんが」

そうなる可能性は意外と高いかもしれない。もともと、向上心と愛国心が高く血気盛んな生徒を選《よ》りすぐって連れてきたのだから、全体が無謀で短慮な行動を起こしやすい気質を帯びている。

そうならないようにするのがミャロの役目だが、重要なのはミャロではなくリャオ・ルベのほうだ。暴走しないためには、リャオが冷静沈着に隊の人心を掌握し続ける必要がある。それは会話が面白いだけの伊達男《だておとこ》に務まる仕事ではないので、これからが彼の能力が試されるところだろう。

「二人が帰ってこなくて、リャオが隊を帰らせたらお前は向こう側に探しに行くんだな？」

「はい、そうするつもりです」

「なら、そのとき俺もついていく」

「は？」

俺もついていく？　一緒についてくるということか。

「お前が言っていたとおり、確かに俺が一人で森を探していても二人を見つけることはできねえだろう。だが、俺の頭じゃ他にどうすることもできねえ。それならお前にくっついてたほうが、まだキャロル様のお役に立てる」

「はあ……まあ、そうかもしれませんね」

期せずして、昨日王剣と話していたときに考えたような展開になった。

「お前は頭が取り柄で、俺は腕っぷしが取り柄だしな。丁度いいだろ」

「じゃあ、そうしましょうか。とはいえ、自力で帰ってくる可能性が残っているのを忘れないでくださいね」

今は落ち着いているが、ドッラは時間が経てばまた苛立《いらだ》つだろう。それは、現在の捜索は鷲による偵察が主な仕事になっているからだ。

つまり、鷲に乗れないドッラはキャロルのためにやれる仕事が何もない。行動で何かをしたいドッラにとっては、トゲのついた針のむしろに包まれているようなものだ。

「分かってる……じゃあ、俺は訓練でもしておく」

「そうしてください。やりすぎないように」


ミャロがそう言うと、ドッラは部屋から去っていった。

「……ふう」

一人になった部屋で、ミャロはベッドに座って溜め息をついた。ドッラが思ったより理性的で良かった。怒って蹴ったのが相当効いたのだろうか。たまには怒ってみるものだ。

「……ユーリくーん、どこにいるんですかぁ～……」

枕に顔をうずめ、小さく独り言を言う。心細くて、誰かに甘えたかった。ユーリがいなくなったことで、ミャロはずっと背を預けていた巨木がなくなり、冷たい雨に打たれているような気分だった。

出会ってから長いこと一緒にいたせいで、背を預けていたことも忘れていた。居なくなれば雨に打たれることも。

大丈夫だ。きっと何事もなく帰ってくる。そう考えようとしているが、それでも心が削れていく

ような気持ちがする。死んでしまっていたら、一人で生きていくのは厳しい。存外、自分は弱い人間なのかもしれなかった。

「はやく帰ってきて……おねがいします……」

一人きりの部屋で、誰に聞かれることもなく独り言をつぶやいた。そうすると、心が慰められるような気がした。

寂しさを自分の心で埋めるような行動をひとしきり済ませると、ミャロは部屋を出て仕事に戻った。

あとがき

やっと第四巻まで漕《こ》ぎ着けることができました。不手折家《ふでおるか》です。

戦記と銘打ったこの作品も、ようやく戦争が始まるところまできましたね。

ここまで気長に付き合ってくださった読者様方には頭が下がる思いです。


戦争というのは中々難しいものです。

孫子は、戦争に勝つために「戦う前に敵を知って己を知って、勝てる戦争をしろ」と説いていますね。要するにそれが全てなのですが、戦争というのは複雑すぎてそれが難しいんですね。

敵の戦車はずいぶんと旧式だから、自国の最新鋭の戦車なら五倍の数の差があっても絶対に負けない。なんてことは簡単に分析できますが、現地民のアイデンティティーはこういう形で自分たちとは違うから、こういうことをすれば衝突する可能性を少なくできる。なんていうのを事前に策定するのは難しいです。おまけにそれを一冊の本にまとめて、全将兵に読ませ理解させ現地人と衝突しないマニュアルを作って確実に実践させる。なんていうのはどの国の軍隊であっても非常に難しいことです。

シミュレーションでは数ヶ月で勝てていたのに、実際には現地のインフラがまったく整備されておらず陸上部隊が思うように進軍できなかったり、傀儡《かいらい》政府を作ったはいいものの中の人たちが汚職ばかりで現地人にすぐに嫌われて敵軍の支配を望むようになったり、想定できていなかったトラブルがボコボコと湧いてきて「百戦危うからず」とはいかないわけですね。
そんな難しい話でなくとも、例えば戦争中に友好的だった隣国の王様が死んで、後継者が自分のことを嫌いだったので宣戦を布告されて挟み撃ちの状態になってしまった。なんてことも考えられます。戦う前にそうなることを想定するなんて難しいですよね。フリードリヒ大王の七年戦争では逆のことがおこり、敵対するロシアの女帝が急死して後継者が自分の崇拝者だったので即講和が成り立ち勝ちを拾うことができました。

プロイセンの話になりましたね。フリードリヒ大王より少し後の時代の戦争指導者に、オットー・フォン・ビスマルクがいます。
彼はドイツを統一してプロイセンをドイツ帝国にした人です。ドイツを統一する過程で、彼は「フランスと戦争することが必要だ」と考えました。つまり、古くから因縁のあるフランスと戦争をすれば、ドイツ諸国民はドイツ国民としてのアイデンティティーを奮い立たせ、その結果ドイツ統一が成るだろう。と考えていたんですね。
そのためだけにではないですが、彼はフランスに戦争を仕掛けました。仕掛けたといっても、国王が発信しようとしていた電報を改ざんして、フランスの外交官が国王に対して非常に無礼な態度を取って国王は大変立腹したという、嘘《うそ》ではないですが事実を大げさにした出来事を創作し、フランスがもはや開戦は不可避と考えるような内容にしたうえで全世界に公表しました。（エムス電報事件）
その改ざんをした時には、軍部のモルトケ参謀総長とローン陸軍大臣も臨席していました。結局、フランスは老獪《ろうかい》なビスマルクに踊らされるように宣戦布告してしまい、モルトケの計算通り惨敗したわけです。そしてビスマルクの目論見《もくろみ》の通り、ドイツ統一とドイツ帝国樹立も成りました。

こうやって終わった普仏戦争は数ある戦争の中でも例外的で、はじめから終わりまで計画的で、怒りの感情ではなく完全に政治家の意思のもと統御された戦争でした。ナポレオンやハンニバル・バルカがやったような華々しい戦争とは違いますが、政治の天才と軍事の天才が手と手を取り合った非常に合理的な戦争だったと言えると思います。勝つべくして勝った、孫子の考える理想の戦争に近かったのではないでしょうか。

さて、あんまり戦争の話をしていても仕方がないので、作品の話をしようと思います。(今回はあとがき用ページがとても多いので、せっかくなので埋めます)

この作品は北欧を舞台にしているものの、作中世界は現実世界とはちょっと違います。まず、二巻で説明があったと思いますが、作中世界の地球の赤道傾斜角は十九度前後です。読者の皆様の存在している現実世界の赤道傾斜角は二十三度前後です。そのため、やや季節感がゆるく、バルト海の根本が広く開いている関係上、気候もかなり変わっています。

なぜそんな設定を加えたのかというと、現実と全く同じにしてしまうと北欧に実際に住んで、気候を肌で感じて知っている人には違和感があるかもしれないと考えたからです。

気温や湿度は別にいいとしても、僕が最も問題だと思っていたのは白夜と極夜です。実際の北欧の高緯度地域では夏は一日中太陽が沈まない白夜となり、冬は逆に一日中夜の極夜になります。（このボーダーは緯度六十六・三度で、ストックホルムのあたりでは完全な白夜や極夜は起こりません。ただ、それに近い現象は当然起こります）

この作品の主な読者は当然日本人なので、そういう現象が起こる舞台は身に馴染《なじ》みがなく、一日中昼間だったり夜だったりする世界では没入感がまったく得られなくなるだろうと考え、そういう世界にしました。まあ、こっちはこっちということで馴染んでいただけると助かります。

設定の話をもっとすると、赤道傾斜角の変化は過去に落ちてきた巨大隕石《いんせき》の衝突で起こりました。現実世界でデンマークがある群島や半島地域が作中世界で存在しないのは、落下時に分裂した大破片の一つが落ちたせいです。

さて、さすがにもう書くことがないので、いつも書いているお話の続きを書きたいと思います。これで完結です。

ランニング中の父親が車中泊のおじさんに呼び止められて、仕事場まで走っていって求人の載っている新聞を渡したところからですね。

「そうしたらえらく感謝されてな」

と父親が言いました。

「せめてものお礼にって、物が散乱してるゴチャゴチャの助手席に置いてあった菓子パンを無造作に拾って渡してきたんだよ。さすがにちょっと不気味だったわ」

「え」

「さすがに食う気がしなかったんでテーブルに置いたまま放っておいたんだが、腹は壊さなかったか?」


その菓子パンは間違いなく、昨晩僕が食べたものでしょう。

同乗していた兄は大爆笑です。


「壊してないけれども」

「まあ、人に助けてもらったお礼に毒を渡せる人間ってのは、世の中そうはいないからな。大丈夫だろ」


これで話はおしまいです。しょーもないオチですみません。

作品のご感想、ファンレターをお待ちしています

あて先

〒141-0031　東京都品川区西五反田 8-1-5 五反田光和ビル4階
オーバーラップ編集部
「不手折家」先生係／「toi8」先生係

スマホ、PCからWEBアンケートにご協力ください

アンケートにご協力いただいた方には、下記スペシャルコンテンツをプレゼントします。
★本書イラストの「無料壁紙」　★毎月10名様に抽選で「図書カード（1000円分）」

公式HPもしくは左記の二次元バーコードまたはURLよりアクセスしてください。
▶ **https://over-lap.co.jp/824000033**
※スマートフォンとPCからのアクセスにのみ対応しております。
※サイトへのアクセスや登録時に発生する通信費等はご負担ください。

オーバーラップノベルス公式HP ▶ **https://over-lap.co.jp/lnv/**

亡びの国の征服者 4
～魔王は世界を征服するようです～

発　行　2021年9月25日　初版第一刷発行

著　者　不手折家

イラスト　toi8

発行者　永田勝治

発行所　株式会社オーバーラップ
〒141-0031
東京都品川区西五反田8-1-5

校正・DTP　株式会社鷗来堂

印刷・製本　大日本印刷株式会社

ISBN 978-4-8240-0003-3 C0093

【オーバーラップ　カスタマーサポート】
電　話　03-6219-0850
受付時間　10時～18時（土日祝日をのぞく）

「勇者召喚」に巻き込まれて異世界へ召喚された向田剛志。現代の商品を取り寄せる固有スキル『ネットスーパー』のみを頼りに旅に出るムコーダだったが、このスキルで取り寄せた現代の「食品」を食べるととんでもない効果を発揮してしまうことが発覚!
さらに、異世界の食べ物に釣られてとんでもない連中が集まってきて……!?

OVERLAP NOVELS
現代社会で乙女ゲームの悪役令嬢をするのはちょっと大変
It's a little hard to be a villainess of a otome game in modern society
二日市とふろう
［イラスト］景
「北海道開拓銀行を買収するわ」
好評発売中!!!
2008年9月15日、リーマンショック勃発。
とある女性もまた時代の敗者となり――そして、現代を舞台にした
乙女ゲームの悪役令嬢に転生!?
持てる知力財力権力を駆使し、悪役令嬢・桂華院瑠奈はかつての
日本経済を救うため動き出す。

第9回 オーバーラップ文庫大賞
原稿募集中!
イラスト:KeG
紡げ、魔法のような物語!
【賞金】
大賞…300万円
(3巻刊行確約+コミカライズ確約)
金賞……100万円
(3巻刊行確約)
銀賞………30万円
(2巻刊行確約)
佳作………10万円
【締め切り】
第1ターン 2021年6月末日
第2ターン 2021年12月末日
各ターンの締め切り後4ヶ月以内に佳作を発表。通期で佳作に選出された作品の中から、「大賞」、「金賞」、「銀賞」を選出します。
投稿はオンラインで! 結果も評価シートもサイトをチェック!
https://over-lap.co.jp/bunko/award/
〈オーバーラップ文庫大賞オンライン〉
※最新情報および応募詳細については上記サイトをご覧ください。
※紙での応募受付は行っておりません。